LE CUISINIER

Martin Suter

LE CUISINIER

ROMAN

Traduit de l'allemand
par Olivier Mannoni

Préface inédite de Serge Joncour

Christian Bourgois Éditeur

TEXTE INTÉGRAL

TITRE ORIGINAL
Der Koch

ISBN 978-2-7578-7491-2
(ISBN 978-2-267-02093-9, 1re édition)

PRÉFACE

Le jongleur des êtres

En tant qu'habile jongleur des êtres, Martin Suter s'est un jour proposé de faire le portrait d'un manipulateur. Pour un romancier, voilà qui est bigrement tentant : écrire sur un manipulateur revient rien moins qu'à manipuler un manipulateur, à se faire soi-même le deus ex machina du démiurge. L'originalité c'est que, pour incarner ce personnage, le choix de Suter ne s'est pas porté sur un fanfaron ou un prestidigitateur, pas plus que sur un gourou ou un grand séducteur, mais sur un cuisinier. Un cuisinier mais pas n'importe lequel, puisque Maravan est un réfugié tamoul, commis de cuisine au début de l'intrigue, qui, par la grâce d'un licenciement et avec l'aide d'une collègue, se lancera dans une aventure audacieuse : la préparation de plats ayurvédiques à vocation aphrodisiaque… Dès lors il s'agit d'une cuisine bien plus ambitieuse que celle qui se contente de satisfaire le palais, une cuisine qui vise littéralement à prendre possession des corps, à posséder en quelque sorte ces riches couples zurichois en mal de désir et de sensations. L'ayurvéda est la médecine traditionnelle indienne basée sur l'équilibre des éléments et des énergies, la nourriture est l'élément clé pour trouver cet équilibre. Notre cuisinier agira donc sur ses contemporains en prenant possession de leurs corps… C'est lui, le petit cuisinier tamoul, l'obscur réfugié, qui réinstallera le désir dans ces corps qui n'ont jamais connu la faim, c'est lui qui manipulera ces êtres jusqu'à recréer en eux du plaisir, il réveillera les appétits sensuels de cette civilisation occidentale si savamment nourrie…

Tout roman devrait avoir pour projet de contenir le monde. Tous n'y aspirent pas, et pour le reste bien peu y arrivent. *Le Cuisinier* de Martin Suter est de ces œuvres qui embrassent large. Au fil de cette intrigue brillamment orchestrée, on passe des affres de ce réfugié sans emploi, un être isolé sans nouvelles de sa famille, à des affairistes suisses consolidés de toute part et vivant dans des décors opulents. Dans le même élan, on explore les milieux les plus défavorisés du Sri Lanka et les décors raffinés des grands bourgeois de Zurich. Dans cette histoire, on s'accordera aux états d'âme d'une serveuse lesbienne qui se lance dans les affaires et on explorera la modeste soupente d'une grand-tante hindoue au fin fond du Sri Lanka, qui, elle, passe littéralement sa vie dans sa cuisine – Nangay, personnage tutélaire à l'origine de toute cette histoire…

La première richesse de ce roman-monde, c'est de nous immerger dans une grande diversité des sorts. Mieux que dans la vie on approche au plus près ces vivants qui peuplent le monde de leur silhouette, de leur histoire. *Le Cuisinier* de Martin Suter passe par tous les genres ; comme c'est le cas de toute vie, il tient autant du roman social que de la comédie, de la satire géopolitique que du thriller. À la palette déjà complète de Martin Suter, il faudrait ajouter une catégorie : celle du roman visionnaire. Car en faisant d'un réfugié le personnage principal de son roman, il y a plus de dix ans, on peut dire que Suter nous parle de notre monde d'aujourd'hui, de nos sociétés qui ont du mal à voir les évidences les parcourant. Chaque réfugié est un être-monde, un être-histoire, chaque réfugié porte en lui, en plus de son existence, la charge historique d'un drame, d'une guerre, d'une catastrophe quelconque, chaque réfugié est le symbole d'une crise, et les Occidentaux ne savent plus quel regard porter sur les réfugiés, les voyant tantôt comme l'ultime péril d'une civilisation menacée, tantôt comme des êtres prophétiques, des émissaires affolés annonçant la catastrophe, d'abord humanitaire puis climatique…

À l'ombre des grands enjeux du monde à venir, *Le Cuisinier* est aussi un roman sur la transmission, car cet art qui permet à Maravan non seulement de vivre mais d'exceller, cette science culinaire, pour tout dire ce don, il le tient de cette vieille tante auprès de laquelle il a été élevé au Sri Lanka, et qui le fascinait dès son plus âge. À cinq ans, Maravan savait déjà cuisiner. En voyant faire sa grand-tante, il gravait dans sa mémoire les ingrédients et les quantités, les temps de cuisson. Il aura passé son enfance à suivre tous les processus de cette curieuse alchimie. Et s'il a un jour appris à lire, c'est uniquement pour épauler cette mémoire d'enfant qui n'arrivait pas à tout retenir. « Il grandit ainsi entre les poêles et les casseroles, les épices et les fines herbes, les légumes et les fruits. Il aidait à laver le riz, à trier les lentilles, à râper la noix de coco, à effeuiller la coriandre. Dès l'âge de trois ans, on le laissait, sous surveillance, couper les tomates en cubes et hacher les oignons avec un couteau tranchant. Maravan fut fasciné de bonne heure par ces gestes qui transformaient quelques produits bruts et crus en tout autre chose. Et cette autre chose, non seulement on pouvait la manger, non seulement elle vous nourrissait, vous rassasiait – mais elle vous rendait heureux. » Preuve est faite que manger nourrit en soi quelque chose de bien plus essentiel que le corps, l'âme peut-être, les désirs tout au moins.

Tout au long de ce roman, on plonge avec délectation au cœur même des recettes aux intitulés exotiques qui sentent les feuilles de curry, la cannelle et la coco.

Et enfin, cerise sur le gâteau, à la fin de l'ouvrage, l'auteur nous suggère toute une série de recettes de cuisine ayurvédiques et aphrodisiaques qu'il n'est pas interdit d'essayer, manière ultime sans doute de manipuler le lecteur…

Serge Joncour
août 2018

Pour Toni,
20 juillet 2006 – 25 août 2009

On trouvera en fin de volume une annexe comprenant des recettes détaillées et une bibliographie.

Mars 2008

1

– Maravan ! Siphon !

Maravan posa d'un geste rapide le couteau affûté à côté des fines lamelles de légumes, se rendit à l'armoire chaude, y prit le siphon en acier inoxydable et l'apporta, avant qu'il ne refroidisse, à Anton Fink.

Le siphon contenait la pâte du sabayon à l'ail des ours que l'on servait avec les maquereaux marinés.

Avant même qu'il n'ait atteint la table, la pâte serait retombée, Maravan en aurait mis sa main au feu. Il avait vu Fink, le spécialiste de cuisine moléculaire, utiliser de la gomme xanthane et de la farine de caroube. Au lieu de xanthane et de farine de guar, comme il convenait pour les mousses chaudes.

Il déposa le siphon sur le plan de travail, devant le cuisinier qui attendait avec impatience.

– Maravan ! Julienne !

Cette fois, c'était la voix de Bertrand, l'entremétier, à la demande duquel il était censé préparer la julienne. Maravan revint en vitesse à sa planche de bois. En quelques secondes, il eut fini de découper le reste des légumes – Maravan était un virtuose du couteau – et les apporta en lamelles à Bertrand.

– Et merde ! cria derrière lui Anton Fink, l'homme du moléculaire.

Le Huwyler – personne ne disait « Chez Huwyler », le nom qu'on pouvait lire sur la façade – était bien achalandé, compte tenu de la situation économique et du climat. Seul un observateur attentif aurait remarqué que les tables quatre et neuf étaient vides et que, sur deux autres, les écriteaux « réservé » attendaient toujours leurs clients.

Comme tous les grands restaurants de l'époque Nouvelle Cuisine, celui-là était un peu surdécoré. Les papiers peints à motifs, les rideaux en lourde imitation de brocart, les murs portant des oléographies de natures mortes célèbres dans des cadres d'or. Les assiettes de présentation étaient trop grandes, leurs teintes trop vives, les couverts trop peu maniables et les verres trop originaux.

Fritz Huwyler était bien conscient que son restaurant n'était plus dans le coup. Il possédait des plans précis pour son repositionnement, le terme qu'employait sa conseillère en aménagement. Mais l'heure n'était pas aux investissements, et il avait décidé d'introduire les innovations à petits pas. L'une d'elle était la couleur de la veste de cuisinier, du pantalon et du foulard triangulaire : le tout en noir tendance. Toute la brigade portait cette tenue, y compris les commis de cuisine. Seuls les aides et le personnel de l'office restaient vêtus de blanc.

Dans le domaine culinaire aussi, il avait entamé un changement de cap en douceur : les plats classiques et semi-classiques étaient ponctués, çà et là, de grands numéros moléculaires. C'est à cette fin qu'il avait confié le poste vacant de garde-manger à un homme ayant l'expérience de ce type de cuisine.

Dans ce domaine, Huwyler n'avait plus d'ambitions personnelles. Il n'intervenait plus que rarement dans la préparation des plats, se concentrant sur la partie administrative de son travail et sur l'accueil de ses clients. À cela s'ajoutait le fait qu'il était au milieu de la cinquantaine et que ce maître queux couronné de multiples prix avait même été, trente ans plus tôt, un pionnier de la Nouvelle Cuisine. Il estimait avoir apporté sa part au développement gastronomique du pays. Il était trop âgé pour se relancer dans un nouvel apprentissage.

Depuis qu'il s'était séparé sans élégance de son épouse, à laquelle il devait une grande partie du succès de « Chez Huwyler », mais aussi toute la décoration intérieure ratée, c'est lui qui assumait la totalité des relations avec la clientèle. Avant leur séparation, les tournées qu'il faisait tous les soirs d'une table à l'autre étaient une obligation pesante ; depuis, il y avait pris goût. Il lui arrivait de plus en plus souvent de s'attarder à une table pour y papoter. Ce talent tardivement découvert pour la communication l'avait aussi incité à s'engager dans son association professionnelle et à y consacrer beaucoup de temps. Fritz Huwyler était membre du conseil d'administration de *swisschefs*, dont il occupait pour l'heure la présidence tournante.

Pour le moment, il se tenait à côté de la une, une table pour six à laquelle on n'avait, ce jour-là, dressé que deux couverts. Éric Dalmann y était installé avec un partenaire d'affaires venu de Hollande. En guise d'apéritif, Dalmann avait demandé un Malans, cépage chardonnay 2005 de Thomas Studach, à cent vingt francs suisses, plutôt que la bouteille habituelle de Grande Cuvée Krug à cent quarante francs.

Mais c'était aussi son unique concession à la crise économique. Pour le repas, il avait comme à l'ordinaire commandé la Grande Surprise.

– Et vous ? Vous ressentez les effets de la crise ? s'informa Dalmann.

– Zéro, mentit Huwyler.

– La qualité ne craint pas les crises, répondit Dalmann en levant les mains pour laisser place à l'assiette que la serveuse apportait sous une lourde cloche.

Encore une chose qu'il éliminerait sous peu, les cloches et tout le cinéma qui allait autour, se dit Huwyler avant que la jeune femme ne prenne un bouton en laiton dans chaque main et ne soulève les hémisphères argentés.

– Filet de maquereau mariné sur son lit de cœur de fenouil et son sabayon d'ail des ours, annonça-t-elle.

Aucun des deux messieurs ne regarda son assiette : ils n'avaient d'yeux que pour la femme qui l'avait apportée.

Seul Huwyler observait fixement le sabayon qui s'étalait sur le fond de l'assiette comme une coulée de bave verte.

Andrea s'était habituée à l'effet qu'elle produisait sur les hommes. Le plus souvent, cela lui pesait, mais il lui arrivait aussi de trouver cela pratique et de s'en servir. Surtout lorsqu'il s'agissait de trouver une place. Ce qui arrivait souvent, car son physique ne lui facilitait pas seulement la tâche lorsqu'elle postulait à un emploi : il lui rendait aussi sa conservation plus difficile.

Cela ne faisait pas dix jours qu'elle était au Huwyler, et déjà elle remarquait à la cuisine et au service ces petites rivalités qu'elle connaissait si bien et dont elle avait par-dessus la tête. Autrefois, elle avait tenté d'y réagir en adoptant une attitude de joyeux copinage. Mais, chaque fois, cela s'était terminé par des malentendus. Depuis, elle gardait une réserve indistincte. Cela lui valait une réputation d'arrogance. Mais ça ne l'empêchait pas de vivre.

Pas plus que de voir ces deux sacs la reluquer au lieu de regarder leur assiette. Ils ne s'apercevraient peut-être pas, comme ça, que les filets de maquereaux ramollissaient dans leur gadoue à l'ail.

– On mangeait mieux du temps de sa femme, nota Dalmann lorsqu'il fut de nouveau seul avec son invité.

– Elle s'occupait aussi de la cuisine ?

– Non, mais lui y passait plus de temps.

Van Genderen éclata de rire et goûta le poisson. C'était le numéro deux d'une entreprise internationale dont le siège était en Hollande, l'un des principaux fournisseurs de l'industrie solaire. Il rencontrait Dalmann lorsque celui-ci était en mesure de lui établir certains contacts. C'était l'une des spécialités de Dalmann : établir des contacts.

Dalmann avait eu soixante-quatre ans quelques semaines plus tôt et portait les traces d'une vie professionnelle dans laquelle l'élément gastronomique avait toujours été un instrument de persuasion décisif : une petite surcharge pondérale qu'il tentait de contenir un peu dans un gilet, des valises sous ses yeux d'un bleu pâle et aqueux, la peau du visage flasque, un peu rougie au-dessus des pommettes, les pores dilatés, des lèvres étroites et une voix qui devenait de plus en plus sonore au fil des ans. De sa chevelure blond d'or, il n'était resté qu'une demi-couronne qui, sur la nuque, atteignait le col de chemise et se transformait, sur les côtés, en deux demi-longueurs d'épaisses rouflaquettes, du même jaune mêlé de gris que ses sourcils.

Dalmann avait toujours été ce que l'on appelle aujourd'hui un homme de réseau. Il entretenait systématiquement ses relations, servait d'intermédiaire en affaires, donnait des tuyaux et en recevait, mettait des gens en contact, collectait des informations et les transmettait après sélection, savait quand il fallait se taire et quand on devait parler. Et il vivait de tout cela, assez bien d'ailleurs.

Pour l'instant, Dalmann se taisait. Et tandis que van Genderen le soûlait avec son allemand gargouillant de Hollandais, il regardait discrètement qui d'autre était présent ce soir-là au Huwyler.

Les médias étaient représentés par deux membres (avec dames) de la direction de l'une des grandes maisons d'édition qui s'était fait remarquer ces derniers temps par des mesures d'économie drastiques. La politique, par un apparatchik un peu oublié accompagné de son épouse et de deux jeunes couples, sans doute membres du même parti, chargés par la direction du mouvement de célébrer l'anniversaire du senior. La médecine brillait par la présence d'un directeur de clinique plongé dans une conversation sérieuse avec un médecin-chef. Juste à côté, le haut fonctionnaire d'un club de football en crise et pour l'heure dépourvu de sponsor partageait la table du directeur financier d'un groupe d'assurances, tous deux accompagnés de leurs épouses. Pour le reste, on trouvait là un importateur de voitures, le propriétaire d'une agence de publicité et un président de banque dont la démission récente n'avait pas été tout à fait volontaire, tous avec leurs grandes, minces, blondes deuxièmes épouses.

La salle bourdonnait du brouhaha convivial des voix feutrées, du claquement et des cliquetis précautionneux des couverts et des parfums discrets de plats composés avec soin. La lumière était chaude et flatteuse, et les bourrasques pluvieuses qui avaient commencé, à la tombée du soir, à transformer la neige fraîche et tardive en une boue grise n'étaient perceptibles, sous forme d'un lointain crissement traversant les rideaux, que pour les clients assis près de la vitrine. On aurait dit que, ce soir-là, le Huwyler s'était emmitouflé pour affronter le monde.

Le monde extérieur n'offrait pas, il est vrai, un spectacle réjouissant. On s'était enfin aperçu que, depuis des années, les marchés financiers échangeaient de la monnaie de singe. Des banques insubmersibles tanguaient dangereusement et lançaient des SOS. Chaque jour qui s'écoulait plongeait de nouveaux secteurs économiques dans le tourbillon de la crise financière. Les constructeurs automobiles décrétaient le chômage partiel, les fournisseurs déposaient leur bilan et les financiers se suicidaient. Le taux de chômage grimpait partout, les États étaient au bord de la faillite, les apôtres de la dérégulation se blottissaient dans les bras de l'État, les prophètes du néolibéralisme se faisaient tout petits, le monde globalisé vivait le début de sa première crise globalisée.

Et comme s'il pouvait aussi survivre à cet ouragan imminent dans son bathyscaphe, le petit pays alpin commença à s'enfermer de nouveau dans sa capsule. À peine l'avait-il entrouverte.

Andrea dut attendre que Bandini, l'aboyeur, ait contrôlé les assiettes et les ait comparées à la commande. Elle observa Maravan, la silhouette la plus agréable de la brigade.

C'était un grand homme pour un Tamoul, certainement plus d'un mètre quatre-vingts. Un nez aux lignes tranchées, une moustache taillée et des ombres de barbe bleues dès le début de la soirée. Et ce, bien qu'il ait pris, comme toujours, son service de l'après-midi les joues rasées de près. Il portait la tenue de travail blanche des aides de cuisine, avec un long tablier rappelant une tenue hindoue traditionnelle. Le petit calot en crêpe ressemblait à un topi gandhien. Maravan était à présent à la plonge : il éliminait à la douchette les restes de sauce sur les assiettes et les rangeait dans le lave-vaisselle. Il le faisait avec la grâce d'un danseur du temple. Comme s'il avait senti qu'Andrea l'observait, il leva brièvement les yeux et montra ses dents d'un blanc immaculé. Elle lui répondit d'un sourire.

Au cours de sa brève carrière dans l'hôtellerie-restauration, elle avait eu régulièrement affaire à des Tamouls. Beaucoup étaient des demandeurs d'asile titulaires d'une carte « N » qui leur donnait tout juste le droit de travailler à un poste précis et pour un bas salaire dans la restauration. Et ce uniquement sur requête de l'employeur, dont ils étaient ainsi encore plus dépendants qu'un travailleur possédant un permis de séjour. Elle s'entendait bien avec la plupart d'entre eux, ils étaient aimables et discrets, et lui rappelaient le voyage qu'elle avait fait dans le sud de l'Inde, en touriste, sac au dos.

Depuis qu'elle avait commencé à travailler au Huwyler, elle avait vu Maravan occuper tous les postes. C'était un virtuose dans la préparation des légumes. Quand il ouvrait des huîtres, il donnait l'impression qu'elles bâillaient volontairement à son intention ; en quelques gestes bien rodés, il savait ôter les arêtes des soles et était capable de préparer les pattes de lapin avec un soin tel qu'on avait l'impression que l'os était encore dedans.

Andrea avait vu l'amour, la précision et la rapidité avec lesquels il composait des œuvres d'art sur les assiettes, l'habileté avec laquelle il empilait des baies sauvages marinées et des arlettes en pâte feuilletée croustillante pour en faire des millefeuilles à trois strates.

Les cuisiniers du Huwyler faisaient souvent et volontiers appel à Maravan pour des travaux qui, normalement, relevaient de leur secteur. Mais Andrea n'en avait encore jamais entendu aucun lui adresser un compliment pour la manière dont il les accomplissait. Au contraire : à peine avait-il livré l'une de ses œuvres qu'on le renvoyait à la plonge et aux basses besognes.

Bandini laissa partir la commande, les deux serveurs posèrent les cloches sur les assiettes et les portèrent à la table. Andrea put appeler le plat suivant pour la une.

2

Minuit était passé depuis longtemps, mais certains trams roulaient encore. Les passagers du douze étaient des ouvriers de nuit fatigués qui revenaient chez eux et des noctambules réjouis en humeur de fête. Le quartier où logeait Maravan n'était pas seulement celui où vivaient la plupart des demandeurs d'asile, mais aussi le secteur des clubs, des boîtes et des lounges les plus en vue de la cité.

Maravan était installé à une place isolée, derrière un homme à la nuque grasse dont la tête ne cessait de basculer sur le côté. Un confrère, à en juger par ses exhalaisons de cuisine. Maravan avait le nez sensible et tenait à n'avoir aucune odeur, même lorsqu'il revenait du travail. Ses collègues utilisaient de l'eau de toilette ou de l'after-shave pour recouvrir celles de leur cuisine. Lui mettait ses vêtements de ville à l'abri d'un sac antimites à fermeture éclair, à l'intérieur de son vestiaire, et utilisait chaque fois qu'il le pouvait la douche du vestiaire du personnel.

Il existait bien des odeurs de cuisine qu'une personne humaine était en droit de porter sur elle, mais on n'en trouvait pas dans les cuisines de ce pays. Elles se trouvaient dans celles de Nangay.

Lorsque Nangay avait épluché neuf des petites feuilles de caloupilé que Maravan était allé lui cueillir sur l'arbrisseau devant la cuisine, qu'elle les jetait dans l'huile de coco brûlante, alors la cuisine étroite s'emplissait d'un parfum qu'il voulait garder sur lui aussi longtemps que possible.

Tout comme le parfum de la cannelle. « Utilise toujours un peu plus de cannelle que nécessaire, avait coutume de dire Nangay. Ça sent bon, ça a bon goût, ça désinfecte, ça stimule la digestion, on en trouve partout et pour trois fois rien. »

Maravan avait toujours considéré Nangay comme une très vieille femme ; pourtant, à cette époque, elle n'avait que cinquante-cinq ans environ. C'était la sœur de sa grand-mère. Lui et ses frères et sœurs s'étaient réfugiés à Jaffna avec les deux femmes après la mort de ses parents, carbonisés dans leur voiture lors des pogromes de 1983, à proximité de Colombo. Par la suite, Maravan, le plus jeune des quatre enfants, avait passé ses journées dans la cuisine de Nangay, l'aidant à préparer les plats que ses frères et sœurs vendaient sur le marché de Jaffna. Toutes les connaissances scolaires dont il avait besoin, c'est Nangay qui les lui avait inculquées à la cuisine.

Elle avait travaillé comme cuisinière de maître dans une grande maison à Colombo. À présent, elle tenait sur le marché une gargote dont la réputation se propageait rapidement et leur assurait des revenus modestes, mais réguliers.

Outre les plats simples pour le marché, Nangay préparait cependant aussi des mets spéciaux et mystérieux pour une clientèle de plus en plus nombreuse et qui tenait à la discrétion, en règle générale des couples caractérisés par une grande différence d'âge.

Aujourd'hui encore, lorsque Maravan faisait frire des feuilles de caloupilé fraîches ou lorsqu'un curry mijotait à feu doux sur sa cuisinière, il revoyait l'image de cette petite femme maigre dont les cheveux et les saris sentaient toujours les feuilles de caloupilé et la cannelle.

Le tram s'arrêta, quelques passagers montèrent, aucun ne descendit. Lorsque les portes se refermèrent, l'homme assis devant lui sortit brusquement de son sommeil et se précipita vers la porte. Mais ils étaient déjà repartis. Furieux, le gros homme appuya sur le bouton d'ouverture, jura bruyamment et dévisagea Maravan d'un air réprobateur.

Maravan détourna les yeux et regarda par la vitre. Il continuait à pleuvoir. Les gouttes qui tombaient de biais sur la fenêtre reflétaient les lueurs nocturnes de la ville. Devant un club, un jeune homme debout, les bras en croix, offrait son visage à la pluie. Protégés par un surplomb de la façade, quelques jeunes types fumaient et riaient de l'homme sous la pluie.

À l'arrêt suivant, les fêtards descendirent. Suivis par le gros à l'odeur de cuisine. Maravan le vit réapparaître de l'autre côté du tram et s'installer, l'air grognon, sous l'abri de la direction opposée.

Il ne restait plus que quelques passagers dans la rame, et la plupart avaient l'air de venir de pays étrangers. Ils somnolaient ou étaient plongés dans leurs réflexions, seule une jeune Sénégalaise papotait allègrement dans son portable, sachant que personne ne comprenait un traître mot de sa conversation. Elle descendit à son tour. Maravan la suivit des yeux ; elle se dirigea vers une rue adjacente, sans cesser de bavarder et de rire.

Le silence régnait à présent dans le tram, uniquement troublé par la voix enregistrée qui annonçait automatiquement la station suivante. Maravan descendit à son tour, deux arrêts avant le terminus, et continua à pied dans la même direction. Le douze passa devant lui, les vitres éclairées s'éloignèrent jusqu'à ne plus être qu'une lointaine tache lumineuse dans la rue trempée.

Il faisait froid. Maravan resserra son écharpe et emprunta la Theodorstrasse. Des deux côtés, des alignements d'immeubles gris, des voitures garées qui luisaient d'humidité à la lumière blanche des réverbères, çà et là une boutique, des spécialités asiatiques, une agence de voyages, un magasin d'articles de seconde main, des bureaux de transfert d'agent liquide.

Devant un immeuble de location brun datant des années cinquante, Maravan sortit son trousseau de clefs de sa poche et emprunta un passage maculé de tags et encombré par deux conteneurs à ordures surchargés avant de rejoindre la porte d'entrée.

Dans le hall, il s'arrêta devant le mur couvert de boîtes aux lettres et de supports destinés aux bouteilles de lait frais, et ouvrit la case portant l'étiquette « Maravan Vilasam ».

Il y trouva une lettre du Sri Lanka dont l'adresse portait l'écriture de la plus âgée de ses sœurs, le tract d'une entreprise qui proposait son truchement aux femmes de ménage en quête d'emploi, des dépliants électoraux vantant un parti xénophobe et le catalogue d'un grossiste en appareils spéciaux pour la cuisine. Il l'ouvrit avant même de s'être éloigné de la boîte aux lettres et le feuilleta tout en montant les marches menant au quatrième étage, où se trouvait son appartement. Deux petites pièces, une salle de bains minuscule et une cuisine étonnamment vaste avec balcon, le tout relié par un couloir recouvert d'un linoléum élimé.

Maravan alluma la lumière. Avant d'entrer dans le séjour, il passa dans la salle de bains et se lava le visage et les mains, puis ôta ses chaussures, posa le courrier sur la table et gratta une allumette sur la mèche de la dîpam, la lampe en terre cuite qui se trouvait sur l'autel domestique. Il s'agenouilla, joignit ses mains à plat devant son front et s'inclina devant Lakshmi, la déesse de la richesse et de la beauté.

Il faisait froid dans l'appartement. Maravan s'accroupit devant le poêle à huile, tira sur l'allumeur et le laissa se rétracter. À cinq reprises, le martèlement métallique et aigu résonna dans l'appartement avant que le poêle ne se mette en marche. Maravan ôta sa veste de cuir, l'accrocha à l'une des deux patères du vestiaire, dans le couloir, et passa dans la chambre à coucher.

Lorsqu'il en ressortit, il portait une chemise en batik, un sarong à rayures bleu et rouge et des sandales. Il s'assit à côté du poêle et lut la lettre de sa sœur.

Les nouvelles n'étaient pas bonnes. Les convois passaient au compte-goutte aux checkpoints donnant sur les territoires tamouls. Très rares étaient les camions de vivres à avoir atteint le district de Kilinochchi en février et en mars. Les prix des produits alimentaires de base, des médicaments et du carburant atteignaient des niveaux inaccessibles.

Il posa la lettre sur la table et tenta d'apaiser sa mauvaise conscience. Près de trois mois s'étaient écoulés depuis qu'il s'était rendu pour la dernière fois au bazar Batticaloa, la boutique tamoule située à proximité, pour y remettre au propriétaire de l'argent et le numéro de compte de sa sœur. Il avait envoyé quatre cents francs suisses, trente-sept mille huit cents roupies frais déduits.

Il gagnait un peu moins de trois mille francs suisses, et même s'il n'en déboursait que sept cents pour son loyer modique, même s'il vivait seul, une fois retranchés les charges sociales et ce que Huwyler lui retenait au titre de l'impôt à la source, il lui restait tout juste assez pour ses repas. Ou plus exactement : pour cuisiner.

Cuisiner n'était pas seulement la profession de Maravan : c'était sa grande passion. Lorsque toute sa famille vivait encore à Colombo, il passait le plus clair de son temps à la cuisine auprès de Nangay. Ses parents travaillaient tous les deux dans l'un des grands hôtels de la ville, son père à la réception, sa mère comme gouvernante. Lorsque les enfants n'étaient pas à l'école, on les plaçait sous la garde de leur grand-mère. Mais comme Maravan n'était pas encore scolarisé, sa grand-tante Nangay l'emmenait parfois avec elle au travail, pour que sa sœur puisse faire les travaux domestiques et les courses. Dans la grande cuisine, Nangay dirigeait six auxiliaires. Il y en avait toujours une qui trouvait le temps de s'occuper du petit.

Il grandit ainsi entre les poêles et les casseroles, les épices et les fines herbes, les légumes et les fruits. Il aidait à laver le riz, à trier les lentilles, à râper la noix de coco, à effeuiller la coriandre. Dès l'âge de trois ans, on le laissait, sous surveillance, couper les tomates en cubes et hacher les oignons avec un couteau tranchant.

Maravan fut fasciné de bonne heure par ces gestes qui transformaient quelques produits bruts et crus en tout autre chose. Et cette autre chose, non seulement on pouvait la manger, non seulement elle vous nourrissait, vous rassasiait – mais elle vous rendait même heureux.

Maravan regardait attentivement, gravait dans sa mémoire les ingrédients, les quantités, les préparatifs et l'ordre de cuisson. À cinq ans, il savait préparer des menus entiers ; à six ans, avant même de devoir aller à l'école, il apprit à écrire et à lire parce qu'il n'arrivait plus à retenir toutes les recettes de mémoire.

Sa scolarisation fut pour lui une tragédie, plus grande encore que la mort de ses parents, décédés peu avant dans des conditions dont il n'apprit les détails qu'au moment où il était déjà adulte. Pour lui, puisqu'ils étaient de toute façon le plus souvent absents, la réalité était simple : ils ne l'avaient pas accompagné à Jaffna, voilà tout. Il fit pour se rendre dans cette ville un voyage qui lui parut chaotique et la maison des parents auprès desquels ils vécurent dans les premiers temps lui sembla petite et surpeuplée. Cela dit, il n'était pas forcé d'aller à l'école et pouvait passer ses journées à la cuisine avec Nangay.

Le poêle à mazout avait diffusé un peu de chaleur dans le petit séjour. Maravan se leva et passa à la cuisine.

Quatre lampes fluorescentes plongèrent la pièce dans une lumière blanche. On y trouvait un grand réfrigérateur et un congélateur de la même taille, une cuisinière à bois à quatre feux, un double évier, un plan de travail et une armoire murale plaquée acier où étaient rangés différents ustensiles et machines de cuisine. La pièce luisait de propreté et ressemblait plus à un laboratoire qu'à une cuisine. Il fallait regarder de près pour se rendre compte que les différents éléments n'avaient pas tous la même hauteur et que les façades étaient un peu différentes. Maravan les avait achetés pièce après pièce dans les bourses d'échange et les braderies, puis les avait intégrés avec l'aide d'un compatriote qui avait été installateur en plomberie dans son pays d'origine et travaillait ici comme aide magasinier.

Il posa une petite poêle sur la flamme la moins large, y versa de l'huile de coco et ouvrit la porte du balcon. De l'autre côté, les fenêtres étaient presque toutes dans l'obscurité et la cour, bien en dessous de lui, était silencieuse et déserte. Il pleuvait encore, à gouttes lourdes et froides. Il entrouvrit la porte du balcon.

Dans sa chambre à coucher s'alignaient des pots avec de petits plants de caloupilé ; chacun de ces petits arbres disposait de son tuteur de bambou, et tous avaient un âge différent. Le plus grand lui arrivait à peu près sous l'aisselle. C'est un compatriote du Sri Lanka qui le lui avait donné quelques années plus tôt, alors que ce n'était encore qu'une pousse. De ses rejets, il avait tiré des arbrisseaux, jusqu'à en posséder un nombre tel qu'il pouvait en vendre un de temps en temps. Il ne le faisait pas de bon cœur, mais l'hiver il manquait de place. Les arbustes ne résistaient pas aux grands froids, il ne pouvait les laisser que pendant la saison chaude sur le balcon de la cuisine ; le reste de l'année, il devait les installer dans sa chambre, à la lumière de lampes spéciales pour végétaux.

Il coupa deux des petites branches à neuf feuilles, passa à la cuisine, les jeta dans l'huile bouillante et y ajouta un bâton de cannelle d'une dizaine de centimètres de long. L'odeur de son enfance commença lentement à se répandre.

Dans un petit placard, sous l'armoire murale, il conservait ses ustensiles de distillation : un ballon, un pont de distillation avec manteau réfrigérant, deux supports à ballon, un thermomètre et un rouleau de tuyau en PVC. Il assembla prudemment les éléments en verre de telle sorte que le ballon soit bien centré au-dessus du brûleur à gaz, posa le rouleau de tuyau dans l'évier et rattacha une extrémité au robinet d'eau, l'autre au manteau de refroidissement. Il remplit ensuite d'eau froide l'un des bacs de l'évier, alla charger un sac en plastique plein de glaçons dans le congélateur et les versa dans l'eau.

Pendant ce temps-là, l'odeur de l'huile de coco, des feuilles de curry et de la cannelle avait atteint son apogée. Maravan versa le contenu de la poêle dans un grand bol résistant aux hautes températures, et le passa au mixeur pour en faire un épais liquide brun noisette qu'il versa dans le ballon.

Maravan alluma le gaz sous le ballon, approcha l'unique chaise et s'assit à côté de son centre de distillation improvisé. Il était important qu'il garde le contrôle sur la procédure. Si le liquide chauffait trop, il le savait par expérience, l'arôme ne serait plus le même. Il avait déjà souvent tenté d'extraire l'essence de ce parfum, celui de sa jeunesse. Il n'y était encore jamais arrivé.

La paroi de verre du ballon commença à s'embuer. Des gouttes se formèrent, se multiplièrent et dessinèrent des pistes transparentes dans la buée opaque. La température de la vapeur monta rapidement à cinquante, soixante, soixante-dix degrés. Maravan réduisit la flamme et ouvrit un peu le robinet d'eau. L'eau froide monta dans le tuyau transparent, remplit la double paroi du manteau refroidissant, le quitta et alla se déverser, à l'extrémité d'un morceau de tuyau, dans le siphon du deuxième bac de l'évier.

Dans la cuisine, on entendait juste de temps en temps le gargouillement de l'eau de refroidissement dans le siphon. Il percevait de temps en temps des pas dans la mansarde, au-dessus de lui. C'est là qu'habitait Gnanam, un Tamoul comme lui-même et comme tous les habitants du 94, Theodorstrasse. Il n'était pas ici depuis longtemps et avait trouvé un emploi après les six mois d'interdiction de travail habituels. Une place d'aide cuisinier, comme pour la plupart des demandeurs d'asile en provenance du Sri Lanka. Lui travaillait à l'hôpital municipal. Si Maravan l'entendait se promener à cette heure-ci – il était un peu moins de deux heures –, c'était que Gnanam était de l'équipe du matin.

Maravan n'avait que le statut de demandeur d'asile et devait lui aussi travailler comme aide. Mais par rapport à Gnanam, c'était un privilégié.

Au Huwyler, il n'y avait pas de brigade du matin commençant à quatre heures. Lorsqu'il était de jour, il devait être présent en cuisine à neuf heures. Et il n'avait pas non plus à manier des casseroles de deux cents litres ou à briquer le fond encalminé de sauteuses basculantes d'un mètre carré. Au Huwyler, il pouvait apprendre, même si on ne le laissait pas faire. Il n'avait pas ses yeux dans sa poche, cela lui suffisait pour retenir les techniques et tirer les leçons des mésaventures subies par d'autres que lui. Que les cuisiniers ne lui réservent pas un traitement particulièrement favorable ne le dérangeait pas beaucoup. Il avait déjà été traité plus mal. Ici et dans son pays natal.

Maravan se leva, jeta deux poignées de farine de blé dans un bol à pâtisserie, ajouta un peu d'eau tiède et une noix de ghee, se rassit sur sa chaise, le bol à la main, et commença à pétrir la pâte.

Lorsqu'il avait suivi son apprentissage de cuisinier à Jaffna, ses enseignants supportaient mal qu'il soit plus habile, plus doué et plus inventif qu'eux-mêmes. Il avait dû apprendre à jouer l'imbécile pour qu'on le laisse progresser. Plus tard, lorsqu'il quitta Jaffna pour aller travailler dans un hôtel sur la côte sud-ouest, les Singhalais le traitèrent avec le dédain qu'ils réservaient toujours aux Tamouls.

La pâte était à présent souple et élastique. Maravan écarta le bol et le recouvrit avec un torchon propre.

Il se plaisait beaucoup ces derniers temps au Huwyler. Pour être précis, depuis qu'Andrea y travaillait. Comme tous ceux de la brigade, il était fasciné par cette créature singulière, mince et blême, qui transperçait tout le monde du regard, un sourire absent aux lèvres. Mais il s'imaginait qu'il était le seul à être observé par elle, rarement, certes, mais tout de même. Plaidait aussi pour cette hypothèse le fait que, dès qu'elle était dans les parages, les cuisiniers le prenaient d'encore plus haut que d'habitude.

Aujourd'hui, par exemple, alors qu'Andrea attendait de pouvoir annoncer un plat à Bandini, tandis que Maravan rinçait des assiettes, elle avait regardé dans sa direction et souri. Pas comme s'il était transparent. Elle *lui* avait souri.

Maravan avait peu de contacts avec les femmes. Dans la communauté tamoule, les filles non mariées étaient trop surveillées pour avoir des relations avec des hommes. Une femme tamoule devait arriver vierge au mariage. Et, par tradition, c'étaient les parents qui choisissaient le futur époux.

Il y avait bien des Suissesses qui s'intéressaient à lui. Mais, compte tenu de leur mode de vie très libre, les Tamouls les considéraient comme de mauvaises femmes. Se compromettre avec l'une d'entre elles porterait la honte sur sa famille au Sri Lanka. Et la communauté des réfugiés tamouls, la diaspora, ferait en sorte qu'elle soit au courant tôt ou tard. Il s'était accommodé de sa vie de célibataire et se consolait en imaginant un vague avenir de mari et de père au Sri Lanka.

Mais, depuis l'apparition d'Andrea, il sentait monter en lui des sentiments qu'il croyait avoir surmontés grâce à sa profonde et puissante passion, la cuisine.

La première goutte du distillat tomba, claire et limpide, dans l'ampoule à décanter. Une autre suivit, et une autre encore. Le distillat ne tarda pas à tomber, goutte à goutte, à intervalles réguliers, dans le récipient. Maravan tenta de ne penser à rien d'autre qu'à ces gouttes. La manière dont elles s'écoulaient à intervalles réguliers, tels des secondes, des minutes, des jours et des années.

Il ne savait pas combien de temps il avait fallu avant que le contenu du ballon se réduise à quelques centilitres et que les gouttes aient tari. Maravan ouvrit le petit robinet de l'ampoule et fit couler l'eau jusqu'à ce qu'il ne reste plus que l'huile éthérée dans la partie inférieure du récipient conique. Il la mélangea au concentré sorti du ballon et le porta à son nez.

Il sentait les feuilles de curry, la cannelle, l'huile de coco. Mais il ne trouva pas ce qu'il cherchait : l'essence des trois substances unies dans la poêle en fer de Nangay, sur le feu de bois.

Maravan prit sur le mur une *tawa,* une lourde poêle en fer, et la posa sur le gaz. Il saupoudra un peu de farine sur le plan de travail, à côté de la cuisinière, et moula quelques chappatis avec la pâte. Lorsque la poêle fut suffisamment chaude, il y posa le premier et le dora des deux côtés. Et une fois encore, l'odeur le replongea dans sa jeunesse.

Lorsque Maravan eut quinze ans, Nangay l'envoya au Kerala, dans le sud de l'Inde. Une vieille amie à elle y travaillait comme cuisinière ayurvédique dans un complexe hôtelier récemment ouvert, le premier du pays à proposer une offre abondante de traitements ayurvédiques. Maravan devait y apprendre à travailler dans une cuisine d'hôtel et y être initié à ce type de cuisine.

Maravan avait déjà appris beaucoup de choses en observant Nangay, et il ne se donnait pas de mal pour le dissimuler. Il se retrouva rapidement dans la situation de l'écolier débutant qui sait déjà lire et écrire en entrant au cours préparatoire : avec toutes ses connaissances, il tapait sur les nerfs des professeurs et de ses condisciples. Il avait beau cohabiter avec eux dans l'espace étriqué de la maison du personnel, il ne parvenait pas à communiquer avec ses collègues et ses supérieurs. Même l'amie de Nangay gardait ses distances, craignant qu'on ne rende la vie encore plus dure au jeune homme s'il passait pour son protégé.

Maravan restait souvent seul et se concentrait entièrement sur ses études, ce qui alimentait encore l'animosité à son égard. Lorsqu'il avait du temps de libre, il faisait de longues promenades sur la plage interminable et déserte. Ou bien il passait des heures à piquer élégamment des têtes dans les vagues obstinées de l'océan Indien.

Au Kerala, Maravan était devenu un solitaire. Et il l'était resté jusqu'à ce jour.

Les chappatis étaient prêts. Il en prit un, fit couler dessus un peu du condensat frais, ferma les yeux et inspira l'odeur. Puis il prit un morceau, le mâcha soigneusement, le garda en bouche, le souleva avec la langue contre son palais, expira lentement par le nez – de tous ses essais ratés, il donnerait à celui-ci la deuxième note, un neuf. Dans un bloc-notes intitulé « extrait », il nota la date, l'heure, les ingrédients, la durée de la distillation et la température.

Il mangea ensuite, rapidement et sans appétit, le produit de son expérience sur les chappatis frais, lava les ballons et les tuyaux de son installation, les mit à sécher sur l'évier, éteignit la lumière et revint dans son salon.

Là, sur une petite table contre le mur, se trouvait un ordinateur d'occasion et démodé. Maravan l'alluma et attendit patiemment qu'il ait démarré. Il se connecta à Internet et regarda où en était ce rotovapeur dont il suivait la vente aux enchères depuis quelques jours. Mille quatre cent trente, exactement comme la veille. Encore deux heures et douze minutes avant la clôture.

Un rotovapeur accomplirait à sa place les gestes qu'il avait de nouveau tenté d'exécuter aujourd'hui, il le ferait au bon moment et à la bonne température, sans rien brûler et sans gâter le goût. Seulement, un objet pareil coûtait plus de cinq mille francs, plusieurs fois ce que Maravan pouvait se permettre. On proposait parfois aux enchères, sur Internet, des modèles de seconde main, plus anciens, comme celui qu'il avait sur l'écran, devant lui.

Moins de mille cinq cents francs suisses, c'était un bon prix. Maravan en avait mille deux cents de côté. Et il trouverait le reste d'une manière ou d'une autre si le prix ne montait pas. Il attendrait les deux heures restantes et enchérirait juste avant la fin. Il aurait peut-être de la chance.

Il prit la lettre de sa sœur sur la table et la lut jusqu'au bout. Elle n'abordait l'essentiel qu'à la dernière page : Nangay était malade, un *diabetes insipidus*. Ce n'était pas un vrai diabète. Elle avait soif toute la journée, buvait des litres d'eau et allait sans arrêt aux toilettes. Il y avait un médicament contre cette maladie-là, mais il était cher et on ne le trouvait guère à Jaffna. Mais si elle ne le prenait pas, disait le médecin, elle se déshydraterait.

Maravan soupira. Il revint à l'écran. Toujours mille quatre cent trente. Il éteignit l'ordinateur et alla se coucher. Il entendit dans l'escalier les pas de Gnanam qui allait rejoindre l'équipe du matin.

3

Quelques jours plus tard se déroula dans la cuisine du Huwyler une scène qui ne serait pas sans conséquences pour Maravan.

Anton Fink avait créé une entrée à laquelle il donna le nom de « Langoustines glacées avec leur croquant de riz à la gelée de curry », un plat qu'il comptait intégrer le matin au menu surprise. Debout devant la plonge, Maravan observait le cuisinier qui préparait le curry pour la gelée : il fit rissoler quelques oignons hachés menus, y mélangea une poudre de curry industrielle et cria :

– Maravan ! Lait de coco !

Maravan alla en chercher une boîte dans un placard, la secoua énergiquement, l'ouvrit et l'apporta au demi-chef de partie. Tout en en versant la moitié dans la poêle, Maravan proposa :

– Si tu veux, la prochaine fois, je te fais un vrai curry.

Fink posa la louche à côté de la poêle, se tourna vers Maravan, le toisa de haut en bas et lui dit :

– Tiens, tiens, un vrai curry. Voilà un commis qui va m'apprendre à faire la cuisine. Vous avez entendu ça ?

Il avait haussé la voix, et les cuisiniers à proximité levèrent la tête.

– Maravan, que voici, vient de me proposer un cours de cuisine. Peut-être l'un d'entre vous souhaite-t-il s'inscrire en même temps que moi ?

Fink avait remarqué qu'Andrea était entrée, son bloc de commandes à la main.

– Comment on prépare un vrai curry. Cours d'introduction pour débutants.

Maravan s'était jusque-là contenté de rester immobile et muet. Mais lorsqu'il remarqua la présence d'Andrea, il expliqua :

– Je voulais juste aider.

– Mais c'est exactement pour ça que tu es là. Un aide, dans une cuisine, ça sert à aider. Tu es là pour aider, nettoyer les poêles, rincer les assiettes, laver la salade, essuyer ce qu'on a renversé. Mais m'apprendre la cuisine ? Je te remercie, ça devrait aller, je devrais être capable de préparer un petit curry !

Si Andrea n'avait pas été témoin de la scène, Maravan se serait excusé et serait revenu à ses poêles. Mais les choses étant ce qu'elles étaient, il dit courageusement :

– J'ai passé toute ma vie à préparer du curry.

– Ah oui ? Tu as fait des études de curry ? Toutes mes excuses, Docteur Curry. À moins qu'il ne faille déjà dire Professeur ?

Maravan ne sut pas quoi répondre. Et, dans le silence qui s'était installé, Andrea lança :

– Moi, je goûterais volontiers l'un de tes currys, Maravan. Tu m'en prépareras, un de ces jours ?

La surprise empêcha Maravan de répondre. Il hocha la tête.

– Lundi soir ?

Le lundi était le jour de fermeture du Huwyler.

Maravan opina du chef.

– Promis ?

– Promis.

De la fumée s'élevait à présent du curry de Fink, et elle sentait le brûlé.

Maravan pressentait que l'intervention d'Andrea lui avait causé plus de tort que de bien. Elle ne lui avait pas seulement valu l'hostilité de Fink, mais aussi la jalousie de tous les autres. Et pourtant il n'avait pas eu le cœur aussi léger depuis longtemps. Il accomplit joyeusement ses basses besognes et ne se vexa pas de ce que personne ne lui en ait proposé une plus ambitieuse ce jour-là.

Avait-elle parlé sérieusement ? Voulait-elle vraiment qu'il fasse la cuisine pour elle ? Et où ? Chez lui ? L'idée de recevoir et de servir dans son petit appartement une femme comme Andrea lui fit douter d'avoir vraiment envie qu'elle ait parlé sérieusement.

Elle le laissa se débattre dans cette double incertitude. Lorsqu'il put enfin quitter son travail, elle était déjà partie.

C'était la première fois que Hans Staffel venait au Huwyler avec son épouse. Ses affaires l'avaient déjà contraint à y déjeuner à deux ou trois reprises, et chaque fois il avait dû promettre à Béatrice de l'y emmener aussi un jour. Mais ainsi va la vie d'un manager : s'il lui arrive d'avoir une soirée de libre, il préfère rester chez lui.

Cette fois, il n'y avait pas d'échappatoire : il avait un événement à fêter, et ne pouvait le partager, à cet instant précis, qu'avec sa femme. Le rédacteur en chef de la principale revue économique du pays le lui avait révélé sous le sceau du secret absolu : Hans Staffel avait été élu « manager du mois » – pour le mois de mai. Ce serait officiel d'ici dix jours.

Béatrice ne le savait pas encore. Il comptait le lui annoncer entre les amuse-gueule et la viande, au moment adéquat, lorsque le sommelier aurait tout juste resservi.

Staffel était le CEO de la Kugag, une vieille entreprise familiale du secteur de la machine-outil, dont il avait repris la direction douze ans plus tôt, et qu'il avait régénérée – c'étaient les mots du rédacteur en chef. Il avait convaincu les propriétaires d'investir dans une réorientation de la gamme et d'apporter des capitaux frais à l'entreprise en faisant une entrée en Bourse. La Kugag avait acheté une petite société qui détenait un certain nombre de brevets pour des pièces de capteurs photovoltaïques, et était rapidement devenue un important fournisseur de l'industrie solaire. Le cours de l'action n'avait cessé de monter, en sens inverse de celui de la Bourse, et lui-même était devenu un homme riche. Il s'était fait verser une partie de son salaire en actions, qui valaient encore beaucoup d'argent sur le marché.

Ils avaient commandé deux menus surprise, Béatrice en excluant d'éventuels abats ou cuisses de grenouille. Par égard pour les cuisiniers, il s'était rallié à ces conditions.

La grande serveuse blême aux longs cheveux noirs entièrement rabattus sur la droite venait d'apporter le poisson – deux crevettes géantes glacées sur une gelée au goût un peu désagréable. Le sommelier resservit du champagne – ils avaient décidé de renoncer au vin blanc et de rester au champagne jusqu'au poisson. C'était donc le moment idéal.

Staffel leva son verre, sourit à sa femme et attendit que celle-ci l'imite. Elle le fit et sut qu'elle allait à présent savoir à quoi elle devait cette soirée.

Au même instant, quelqu'un s'approcha de leur table et dit :

– Je ne veux pas vous déranger, n'interrompez surtout pas votre fête. Je veux seulement vous adresser toutes mes félicitations. Nul ne les mérite autant que vous.

Il serra chaleureusement la main de Staffel, stupéfait, à demi dressé sur son siège, et se présenta à son épouse :

– Éric Dalmann. Vous pouvez être fier de votre mari. S'il y en avait un peu plus comme lui, aucune crise ne nous ferait peur.

– Qui était-ce ? demanda Béatrice lorsqu'ils se retrouvèrent tous les deux.

– Je ne sais pas. Dalmann, Dalmann ? Un conseiller quelconque, je ne sais pas exactement.

– Et pour quelle raison t'a-t-il félicité ?

– J'allais justement te le dire à l'instant même où il est arrivé : je suis le manager du mois.

– Et, bien entendu, je suis la dernière à l'apprendre.

Maravan était en poste au retour des couverts lorsque Andrea rapporta les assiettes de la trois. Fink arriva à grands pas, pressé de savoir comment les clients avaient réagi aux « langoustines glacées et leurs croquants de riz à la gelée de curry ». C'était la première surprise ce soir-là.

Les assiettes étaient vides, mis à part les têtes des langoustines – et la plus grande partie de la gelée de curry.

Maravan fit comme s'il ne le remarquait pas. Mais Andrea regarda les assiettes avec un geste incrédule de la tête, adressa à Fink un sourire compatissant, se tourna vers Maravan et demanda ;

– Dix-neuf heures, lundi, ça va ? Et laisse-moi ton adresse par écrit.

Le lendemain matin, Maravan était le premier client au bazar Batticaloa. C'était déjà sa deuxième visite en quelques jours. À la première, il avait laissé au propriétaire huit cents francs suisses destinés à payer le médicament de Nangay.

La boutique n'était pas bien pourvue : on n'y trouvait que des produits en boîte et du riz, pratiquement pas de légumes. On pouvait en revanche y acheter des affiches et des tracts pour les manifestations et les institutions de la communauté tamoule, et quelques autocollants des LTTE, les *Liberation Tigers of Tamil Eelam* – ou Tigres de Libération de l'Îlam tamoul. Le bazar Batticaloa était moins un magasin d'alimentation qu'un point de liaison et de contact pour les Tamouls en exil, et une adresse de premier ordre pour les transferts non officiels d'argent liquide vers le nord du Sri Lanka.

Maravan demanda au propriétaire de contacter sa sœur par le biais de son correspondant à Jaffna et de la prévenir qu'elle devait attendre dans la boutique de ce dernier avec Nangay, à deux heures et demie, heure du Sri Lanka, l'appel de Maravan. Un service payant que seul le truchement du bazar Batticaloa permettait d'organiser.

Maravan partit travailler de bonne humeur et tous les efforts déployés par la brigade pour la lui gâter ne servirent à rien. Bien entendu, la nouvelle du rendez-vous avec Andrea avait circulé – lundi soir, dix-neuf heures, chez lui ! – et l'on aurait dit qu'ils s'étaient tous donné le mot pour lui rendre le temps qui l'en séparait particulièrement pesant. Maravan, va chercher ça, Maravan, apporte ceci, Maravan, du nerf, Maravan !

Ce fut l'heure de gloire de Kandan, l'autre aide cuisinier tamoul. C'était un gaillard puissant, massif, obtus et dénué du moindre talent pour la cuisine. Et comme beaucoup d'hommes tamouls vivant en exil, il avait un problème d'alcoolisme qu'il savait dissimuler, sauf au nez fin de Maravan. Ce jour-là, c'est pourtant à lui que l'on confiait tous les travaux un peu exigeants, tandis que Maravan rinçait, récurait, nettoyait, brossait et déplaçait.

En cuisine, il y avait de l'électricité dans l'air. Le restaurant ne faisait pas le plein et, pour le lendemain soir, on avait décommandé une tablée d'anniversaire, douze couverts d'un coup. Huwyler obstruait le passage dans la cuisine et passait son humeur sur ses chefs. Lesquels la transmettaient aux sous-chefs, et ceux-ci à leur tour aux commis et aux aides.

Mais Maravan se portait admirablement. Dès qu'Andrea avait pris son service, il lui avait discrètement glissé le morceau de papier où figurait son adresse. Elle avait souri et dit, d'une voix si forte que Bertrand, qui se trouvait par hasard à proximité, avait pu l'entendre : « Je suis ravie. »

À quelques détails près, qu'il réglerait le lendemain, il savait ce qu'il voulait préparer à manger. Et il avait aussi un plan audacieux pour se procurer les éléments techniques nécessaires à la préparation.

Maravan était assis devant l'ordinateur, le casque sur la tête. La liaison avait beau être d'une qualité étonnante, la voix de Nangay semblait faible. Elle lui fit la leçon : il aurait dû garder son argent et la laisser mourir en paix. Elle était fatiguée.

Nangay avait plus de quatre-vingts ans, et Maravan l'avait toujours entendue dire qu'elle voulait mourir en paix.

Dans un premier temps, elle se montra méfiante et ne voulut pas répondre à ses questions. Mais lorsqu'il dit que ces informations lui serviraient à améliorer ses revenus, elle lui fit la liste des ingrédients, lui dicta les recettes et lui donna de bon cœur toutes les informations désirées.

La conversation dura longtemps. Quand elle arriva à son terme, le bloc-notes de Maravan était presque plein.

4

Le dimanche suivant, à midi, le Huwyler accueillait un nombre réjouissant de clients. La soirée avait été tranquille, les derniers convives étaient repartis de bonne heure, comme tous les dimanches soir.

Maravan était le dernier membre du personnel de cuisine sur les lieux. Il se tenait devant l'évier de nettoyage des poêles et s'occupait des ustensiles de cuisine les plus complexes : les thermostats, les jet-smokers et les rotovapeurs.

Il attendit que l'équipe de nettoyage soit entrée dans la cuisine, puis transporta les appareils dans la salle du matériel. Il se rendit ensuite dans le vestiaire.

En quelques gestes exercés, il démonta les éléments en verre du rotovapeur, les enroula dans deux tee-shirts, les fourra dans son sac de sport, veilla à ce qu'ils y soient bien protégés par ce rembourrage contre le lourd châssis contenant le récipient du bain chaud et la partie électronique.

Maravan se déshabilla, passa une serviette éponge autour de ses hanches, jeta ses vêtements de travail dans la corbeille à linge, glissa ses sous-vêtements dans le sac de sport, prit du shampooing et du savon dans son casier et passa sous la douche. Cinq minutes plus tard, il en sortit, prit son sac de vêtements dans son placard et s'habilla.

Alors qu'il se dirigeait vers la sortie, il jeta encore un coup d'œil à la cave à vins. Lorsqu'il quitta le Huwyler, son lourd sac de sport à la main, en empruntant la sortie de service de la cuisine, il portait un pantalon noir, un pull à col roulé bleu marine et sa veste de cuir. Il n'avait aucune odeur.

Le soir même, il se mit au travail. Il détacha les petits grains des panicules de poivre long, dénoyauta des piments séchés du Cachemire, dosa des grains de poivre noir, des graines de cardamome, de cumin, de fenouil, de fenugrec, de coriandre et de moutarde, éplucha des racines de curcuma, brisa des tiges de cannelle et fit frire le tout dans la poêle de fer, jusqu'à ce que tout le parfum se soit déployé. Il mélangea les épices en différentes combinaisons soigneusement dosées et les pila en poudres fines qu'il utilisa la nuit même ou conserva jusqu'au lendemain, dans des bocaux étanches et étiquetés.

Jusqu'aux premières heures du matin, le rotovapeur tourna avec ses différents contenus, curry blanc, riz sali passé au moulinet avec du lait et de la farine de pois chiche et – bien entendu – l'inimitable huile de coco avec des feuilles de caloupilé et de la cannelle.

Dans une poêle, il laissa décanter du beurre frais à feu doux pour en faire du ghee, et dans des récipients en terre cuite, l'eau chaude et la noix de coco râpée se mêlèrent pour former un lait.

Le soir tombait déjà lorsque Maravan s'allongea sur son matelas, à même le sol de la pièce, pour un sommeil bref et constamment interrompu, de la manière la plus agréable qui soit, par d'étranges rêves érotiques.

Andrea avait été à deux doigts d'appeler Maravan et de se décommander sous un prétexte quelconque. Elle maudit son syndrome du saint-bernard. Maravan s'en serait sorti tout aussi bien sans elle. Et même mieux, vraisemblablement. Il était probable qu'en intervenant stupidement, comme elle l'avait fait, elle avait encore compliqué la situation de son collègue. Non, pas probable : certain.

C'est à cette certitude que Maravan devait le fait qu'elle se trouvât à présent dans le tram, tenant sur ses genoux son sac à main et, dans un sac en plastique, une bouteille de vin.

Elle avait choisi d'en apporter en cadeau parce qu'elle ne savait pas si les Tamouls buvaient de l'alcool. S'ils n'en consommaient pas et n'en offraient donc pas à leurs invités, elle pourrait se rabattre sur cette bouteille de pinot noir. Ce n'était pas un vin fabuleux, mais il était tout de même décent. Plus décent, sans doute, que ce que pouvait s'offrir un aide de cuisine. Pour autant qu'il eût du vin chez lui.

Si elle avait pris son parti, c'est qu'elle ne supportait pas les chefs cuisiniers, ce Fink tout particulièrement. Et non parce qu'elle tenait à Maravan. Il faudrait qu'elle le lui fasse comprendre tout de suite – le genre de mission diplomatique dans lequel elle avait une bonne expérience.

Son aversion pour les chefs se développait à chaque changement de poste. Cela tenait peut-être à la hiérarchie rigoureuse qui régnait en cuisine. Au fait que les chefs se comportaient comme s'ils avaient des droits sur le personnel de service féminin. C'était en tout cas son impression.

Car dans les cuisines, même les plus simples, on pratiquait un culte des stars qui poussait les chefs à se juger irrésistibles.

Andrea se demandait chaque jour pourquoi elle ne changeait pas enfin de branche. La réponse était toujours la même : parce qu'elle n'avait rien appris d'autre – elle était serveuse, voilà tout.

À l'origine, elle voulait devenir directrice d'hôtel ou patronne de bar. Elle avait commencé l'école hôtelière, mais avait lâché ses études pendant un stage de serveuse. Elle ne pouvait plus supporter l'enseignement, et la possibilité de travailler après un bref apprentissage dans différents hôtels sur le lac de Côme ou à Ischia l'été, en Engadine ou dans l'Oberland bernois l'hiver, correspondait fort bien à sa nature inconstante. Le travail n'était pas mal payé, lorsqu'on avait son allure et qu'on savait comment décrocher les pourboires.

Elle avait de bons certificats, de l'expérience, et s'était tout de même hissée au niveau de demi-chef de rang.

Elle avait aussi expérimenté d'autres petits boulots. Par exemple guide de voyage. L'essentiel de ses missions avait consisté à brandir, à l'aéroport de Kos, un écriteau portant le nom de son voyagiste, à répartir les clients à l'arrivée dans les différents bus qui les transportaient à leur hôtel et à recueillir leurs réclamations. Andrea ne tarda pas à comprendre qu'elle préférait se battre avec des steaks trop crus ou trop cuits qu'avec des bagages manquants ou des chambres donnant sur la rue plutôt que sur la mer.

Il lui était même arrivé de postuler à des titres de miss. Elle était allée assez loin, on lui avait dit qu'elle avait ses chances. Jusqu'à ce que cette idiote aille faire la maligne pendant une séance de photos en maillot de bain et réponde à un photographe qui lui demandait si elle avait déjà posé pour des magazines de mode professionnels : « Pas aussi habillée. »

« Chez Huwyler » était une bonne adresse qui ferait de l'effet dans son curriculum. Mais uniquement si elle tenait le coup un peu plus longtemps que les quelques mois habituels. Un semestre, ou mieux : toute une année.

De l'autre côté de l'allée, en biais par rapport à elle, était assis un homme entre trente et quarante ans. Elle le vit la regarder fixement dans le reflet de la vitre. Chaque fois qu'elle tournait la tête, il lui souriait. Elle prit un journal gratuit et usé sur le siège d'à côté et se cacha derrière.

Elle devrait peut-être une fois de plus repartir de zéro. Elle n'avait que vingt-huit ans, à cet âge-là on pouvait encore se lancer dans une formation. Elle avait un diplôme de second cycle qui lui permettrait de s'inscrire aux beaux-arts. Ou au moins de passer l'examen d'entrée. La photographie, ou encore mieux : le cinéma. Avec un peu de chance, elle obtiendrait une bourse. Ou une autre aide de l'État.

Andrea entendit annoncer sa station. Elle se leva et se dirigea vers une porte plus éloignée pour ne pas devoir passer devant l'homme qui l'observait.

Dans une poêle, des okras mijotaient avec des piments verts, des oignons, des graines de fenugrec, de la poudre de piment rouge, du sel et des feuilles de caloupilé. Le lait de coco épais reposait encore dans une coupe à côté du poêle. Maravan avait choisi des okras comme légumes, à cause de leur nom anglais : *ladies' fingers*, des doigts de dame.

Le *pathiya kari* était lui aussi un plat féminin : on le préparait pour les mères qui allaitaient. Il avait fait mariner la chair de jeunes poulets dans un peu d'eau avec des oignons, du fenugrec, du rhizome de curcuma, de l'ail et du sel, puis fait cuire dans ce bouillon de poule l'un des mélanges d'épices de la nuit précédente – coriandre, cumin blanc, poivre, piment, pâte de tamarin –, l'avait ôté du feu et recouvert. Il le chaufferait encore une fois juste avant de servir.

L'élément masculin de son menu était un plat à base de chair de requin : le *churaa varai*. Il avait émietté un steak de requin bouilli, l'avait mélangé à de la noix de coco râpée, au curcuma, au cumin et au sel, puis l'avait mis de côté. Dans une poêle en fer, il avait glacé des oignons dans l'huile de coco, ajouté des piments séchés, des graines d'oignon et des feuilles de caloupilé jusqu'à ce que les graines sautillent, puis ôté la poêle de la cuisinière. Il les réchaufferait peu avant de servir, ajouterait le mélange d'épices au requin et mélangerait le tout.

Ces trois plats traditionnels permettaient à Maravan d'affirmer qu'il savait cuisiner les currys et lui servaient de prétexte pour ce qu'il construisait autour. Il les présenterait en petites parts faciles à manier, comme un unique hommage à la cuisine expérimentale, avec trois airs différents – mousse de coriandre, de menthe et d'ail – et de petites branches de caloupilé vitrifiées dans l'azote.

Maravan était en effet le propriétaire d'un conteneur à vide d'isolation dans lequel il pouvait conserver de l'azote liquide pendant une courte période. Cela lui avait coûté un cinquième de son salaire mensuel, mais c'était un auxiliaire indispensable de ses expériences culinaires autant que des efforts qu'il produisait pour surpasser les cuisiniers du Huwyler.

L'essentiel, dans ce repas, c'étaient les entremets : une série d'aphrodisiaques ayurvédiques qui avaient fait leur preuve, mais accommodés avec autant d'audace que d'innovation. Au lieu de faire sécher au four et par portions toute la purée de petits haricots urad en gelée de lait sucré, il en mélangea la moitié avec de l'agar-agar. Il déposa les deux moitiés sur des planches de silicone et les découpa en rubans. Il fit sécher dans le four la moitié dépourvue d'agar-agar et la tordit, encore chaude, en forme de spirales. Il laissa refroidir l'autre moitié et glissa les feuilles élastiques dans les spirales devenues croustillantes.

Il ne servit pas en liquide le mélange de safran, de lait et d'amandes, mais utilisa de la crème à la place du lait, en fit un mélange aéré avec du safran, du sucre de palme, des amandes et un peu d'huile de sésame, et en plongea chaque fois trois cuillerées en plastique bien tassées dans l'azote liquide jusqu'à ce que les espumas au safran et aux amandes soient gelés à l'extérieur et tendres à l'intérieur.

Il les servirait avec du ghee sucré au safran qu'il étala et roula sur de fines bandes de gel de miel ornées de filins de safran. Il entoura les sphères avec ces cylindres jaune clair dont les parois opaques laissaient briller les lignes jaune foncé formées par le safran.

Le mélange de ghee, de poivre long, de cardamome, de cannelle et de sucre de palme produisit lui aussi une nouvelle structure : il mélangea de l'eau plate et du sucre de palme, fit réduire cette mixture de moitié dans le rotovapeur avec les épices, y incorpora de l'alginate et de la gomme de xanthane, laissa les bulles s'échapper et forma de petites boules avec la cuillère à portion. Il déposa celles-ci dans un mélange d'eau et de lactate de calcium. En quelques minutes, elles s'étaient transformées en petites balles lisses et brillantes dans lesquelles il injecta, avec une seringue jetable, une petite quantité de ghee réchauffé. Il fit tourner les boules rapidement pour que l'emplacement de la piqûre se referme et les mit à chauffer à soixante degrés. Il les servirait au dessert.

Pour accompagner le thé, il avait préparé trois sortes de confiseries, autant d'aphrodisiaques à l'effet éprouvé, eux aussi bien entendu préparés à l'ancienne : il récupéra l'eau extraite d'une bouillie de riz sali et de lait, et la mélangea à de la farine de pois chiche et à du sucre pour en faire une pâte fluide et épaisse, qu'il travailla avec des amandes, des sultanines, des dattes, du gingembre râpé et du poivre jusqu'à ce qu'elle forme une pâte compacte dans laquelle il découpa de petits cœurs ; il les fit cuire et les glaça au fondant rouge.

Il avait ramolli des asperges séchées, les avait broyées au batteur et en avait extrait l'essence dans le rotovapeur. Puis il l'avait mêlée au ghee et à l'algine, et au moment où cette pâte s'épaississait, il lui avait donné la forme de petites asperges dont il colora les pointes en vert avec de la chlorophylle.

De la préparation ayurvédique la plus couramment utilisée pour éveiller le désir, un simple mélange de réglisse broyé, de ghee et de miel, il avait fait des esquimaux en leur donnant la forme de petites glaces pourvues d'un bâton de bois, décorées avec des éclats de pistache et congelées.

À sept heures moins vingt, il prit sa douche, se changea et ouvrit une nouvelle fois toutes les fenêtres. Seule la nourriture devait sentir la nourriture.

5

Sur le bref trajet qui séparait la station de tram et le 94, Theodorstrasse, Andrea se fit taper par un junkie, accoster par un dealer et draguer par un automobiliste. Au retour, le soir, elle appellerait un taxi, même s'il était encore tôt. Et il serait tôt, elle y était fermement résolue. Dès l'instant où elle entrerait dans l'appartement de Maravan, elle dirait qu'elle avait failli ne pas venir tant elle se sentait malade.

Dans l'escalier flottaient les odeurs qui remplissent tous les immeubles de location à cette heure-là. Sauf que ce n'était pas le fumet du rôti de viande hachée, mais celui du curry. Au premier étage, deux femmes tamoules bavardaient depuis l'entrebâillement de leur porte d'entrée respective. Au troisième, un petit garçon guettait sur le palier et se faufila à l'intérieur, déçu, lorsqu'il vit Andrea.

Maravan l'attendait devant la porte de son appartement. Il portait une chemise aux couleurs vives et un pantalon sombre, il était rasé de frais et venait de prendre sa douche. Il lui tendit sa main longue et fine et lui dit :

– Bienvenue au Maravan Curry Palace.

Il la fit entrer, la débarrassa de la bouteille de vin et l'aida à ôter son manteau. Des bougies étaient allumées de tous les côtés ; tout juste quelques spots, çà et là, assuraient-ils un éclairage assez sobre.

– L'appartement ne supporte pas beaucoup de lumière, expliqua-t-il dans un suisse alémanique mâtiné de claquements de langue à la tamoule.

Sur le sol du séjour, à moins de vingt centimètres de hauteur, il avait dressé une table pour deux personnes. Des coussins et des tissus faisaient office de sièges. Au mur se trouvait un autel domestique avec une dîpam allumée. En son centre, la statue d'une déesse à quatre bras assise dans une fleur de lotus.

– Lakshmi, dit Maravan avec un geste de la main, comme s'il présentait un autre invité.

– Pourquoi a-t-elle quatre bras ?

– Dharma, Kama, Artha et Moksha. Loi du devoir, plaisir, prospérité et rédemption.

– Ah bon, répondit Andrea comme si elle était plus avancée.

Sur une table, contre le mur, un seau à glace était posé à côté d'un ordinateur recouvert d'un foulard en batik. Maravan ôta du seau une bouteille de champagne, la sécha avec une serviette blanche, la déboucha et remplit deux verres à ras bord. Elle aurait préféré l'autre scénario : pas de vin dans la maison, il aurait été forcé d'ouvrir le cadeau qu'elle avait apporté et elle aurait eu un peu moins mauvaise conscience au moment d'évoquer sa mauvaise forme.

Lorsqu'ils eurent trinqué, elle remarqua qu'il plongeait à peine ses lèvres dans la boisson.

Il désigna la table :

– Les repas particuliers, nous les prenons par terre. Est-ce que cela te dérange ?

Elle se demanda un bref instant comment il prendrait la chose si elle répondait par l'affirmative, et finit par suggérer :

– Mais je peux avoir des couverts ?

Elle plaisantait – mais Maravan répondit avec le plus grand sérieux :

– Tu en as besoin ?

Avait-elle besoin de couverts ? Andrea réfléchit rapidement.

– Où est-ce que je peux me laver les mains ?

Maravan la guida jusqu'à une minuscule salle de bains. Elle se lava les mains et fit ce qu'elle faisait toujours dans les salles de bains inconnues : elle ouvrit la petite armoire à glace et en inspecta le contenu. Dentifrice, brosse à dents, fil à dents, savon de rasage, blaireau, rasoir électrique, ciseaux à ongles, deux boîtes portant des inscriptions en tamoul, l'une jaune, l'autre rouge. Le tout aussi bien rangé et aussi propre que Maravan lui-même.

Lorsqu'elle revint dans le séjour, lui n'y était plus. Elle ouvrit la porte derrière laquelle elle pensait trouver la cuisine, mais c'était la chambre. Elle aussi bien en ordre, seulement meublée d'un placard, d'une chaise et d'un lit sans cadre. À un mur, un poster représentant une plage blanche avec quelques cocotiers dont les cimes touchaient presque le sable, et au premier plan, un catamaran usé par les intempéries. Sur le mur d'en face étaient alignés des pots contenant des plantes qu'elle ne connaissait pas. Au mur, derrière l'oreiller, un portrait de la même déesse hindoue que dans le séjour, quelques photos de famille, des femmes du même âge que Maravan, des enfants, des jeunes, une petite dame aux cheveux blancs, les bras de Maravan sur ses épaules. Et une assez vieille photo de studio, guindée, retouchée et colorée, où l'on voyait un jeune couple à l'air sérieux, peut-être ses parents.

Andrea ferma la première porte et ouvrit l'autre. Elle entra dans une pièce qui ressemblait à la réplique en miniature d'une cuisine professionnelle. Beaucoup d'acier, beaucoup de blanc, partout des casseroles, des poêles et des plats. Elle remarqua alors que c'était la seule pièce à avoir une odeur, bien que la porte du balcon eût été grande ouverte.

Maravan vint à sa rencontre, un plateau à la main.

– Les compliments de la cuisine, dit-il.

Il remarqua que, justement prononcée depuis la cuisine, la phrase avait quelque chose d'un peu bizarre. Ils rirent tous les deux et Andrea s'assit à sa place.

Les petites assiettes contenaient cinq minuscules chappatis, rien d'autre.

Andrea en prit un, le huma et voulut le mettre dans sa bouche.

– Un moment.

Maravan prit une pipette qui se trouvait dans un récipient en verre posé sur le plateau et laissa tomber trois gouttes de liquide sur les aliments.

– Maintenant.

La petite galette dégagea aussitôt un parfum tellement exotique et pourtant si familier qu'Andrea renonça à annoncer qu'elle prévoyait de partir de bonne heure.

– Qu'est-ce que c'est que ça ?

– Feuilles de caloupilé et cannelle dans l'huile de coco. C'était le parfum de ma jeunesse.

– Et comment l'as-tu capturé ?

– Secret de cuisinier.

Maravan fit couler quelques gouttes de cette essence sur chacun des chappatis. Puis il s'assit en face d'Andrea.

– Tu as dû avoir une belle jeunesse, pour te rappeler si volontiers son parfum.

Maravan prit son temps avant de répondre. Comme s'il fallait commencer par décider si sa jeunesse avait été belle.

– Non, finit-il par dire. Mais le peu qui était beau sentait comme cela.

Il lui parla du temps qu'il avait passé dans les cuisines de Nangay, les grandes et les petites, faites de planches ajustées à la hâte. Au milieu de la phrase, il la pria de l'excuser, se leva avec souplesse de ses coussins, disparut pour un bref instant et revint avec le premier plat.

Il était composé de deux rubans bruns entrelacés, le premier dur et croustillant, l'autre souple et ferme. Tous deux étaient composés du même matériau au goût étrangement suave et terreux, mais leur texture radicalement différente leur donnait des goûts aussi opposés que le jour et la nuit. Andrea ne se rappelait pas avoir jamais mangé avec autant de jouissance quelque chose de si singulier.

– Comment ça s'appelle ? voulut-elle savoir.

– Homme et femme, répondit Maravan.

– Et lequel est la femme ?

– Les deux.

Il lui resservit du champagne – un Bollinger Spécial Cuvée, qu'on servait pour cent trente francs à la carte du Huwyler –, débarrassa les assiettes et repartit dans la cuisine. Elle but une gorgée et observa son verre plein, du fond duquel ne s'élevait plus que rarement une petite bulle éclairée par la lueur des bougies.

– Et ça, comment ça s'appelle ? demanda-t-elle lorsqu'il déposa l'assiette suivante devant elle.

– Nord-Sud.

Sur l'assiette étaient disposées trois formes jaune clair aux contours irréguliers, comme des pierres en soufre. Lorsqu'elle les attrapa, elles étaient dures et froides au toucher, mais lorsqu'elle imita Maravan et mordit dedans, leur contenu était tiède et aéré, il fondait pour devenir une substance moelleuse, amicale, au goût suave de pâtisserie exotique.

Ces petites sphères glacées étaient entourées d'un cylindre de gelée d'un autre jaune à travers lesquels transparaissaient, à la lueur des bougies, des fils de safran orangés. En bouche, ils se déployaient comme une nouvelle récompense offerte à qui avait eu le courage de mordre dans ces blocs de soufre glacés.

– C'est toi qui as inventé ça ?

– Les ingrédients sont ceux d'une très ancienne recette, seule la préparation est de moi.

– Et le nom aussi, certainement.

– Celui-là aussi, j'aurais pu l'appeler homme et femme.

En avait-elle juste eu l'impression, ou bien avait-il mis quelque chose d'aguicheur dans sa voix ? Cela lui était égal.

Jusqu'ici, elle n'avait pas eu de mal à manger avec les mains, les plats étaient aussi maniables que des *finger-foods*. Mais voilà que Maravan servait les currys.

Trois assiettes, une petite portion de curry sur chacune d'entre elles, et chacune présentée sur un piédestal formé par une sorte de riz différente, ornée d'une pointe de mousse et d'une petite branche glacée.

– *Ladies'-fingers-curry* sur riz sali avec mousse d'ail. Curry de jeune poulet sur riz sashtika avec mousse de coriandre. *Churaa varai* sur riz nivara avec mousse à la menthe, annonça Maravan.

– Qu'est-ce que c'est, le *churaa varai* ?

– Du requin.

– Ah bon.

Il attendait qu'elle commence.

– Toi d'abord, réclama-t-elle, et elle le regarda modeler une petite balle de riz mêlé d'un peu de curry, avec le pouce, l'index et le médium, puis glisser le tout dans sa bouche.

À la première tentative, Andrea se montra encore un peu maladroite, mais dès qu'elle eut la première bouchée sous le palais, elle ne fit plus attention à la technique et ne pensa plus qu'au goût. Elle eut l'impression d'être capable d'extraire la saveur de chacune des épices. Que chacune d'elles explosait et que le tout se déployait pour un feu d'artifice en mutation constante.

Le piquant, lui aussi, était parfaitement dosé. Il ne brûlait pas sur la langue, se faisait à peine remarquer et descendait discrètement. Ensuite, il se comportait comme un parfum supplémentaire, une ultime intensification de cette expérience gustative, et laissait une chaleur délicieuse qui s'apaisait doucement pendant le laps de temps dont Andrea avait besoin pour former une nouvelle bouchée.

– Tu as le mal du pays ? demanda-t-elle.

– Oui. Mais pas celui du Sri Lanka que j'ai quitté. Juste celui du pays où j'aimerais revenir. Pacifique et juste.

– Et réunifié ?

La main droite de Maravan se déplaça comme si elle avait coupé tout contact avec le cerveau qui la commandait et remplissait désormais de manière autonome la mission consistant à nourrir son propriétaire. Celui-ci regardait fixement son invitée, et lorsque la bouche parlait, la main attendait avec sa bouchée, respectueuse, conservant une distance discrète.

– Les trois à la fois ? Pacifique, juste et réunifié ? Ce serait bien.

– Mais tu n'y crois pas.

Maravan haussa les épaules. Comme si c'était le signe qu'elle attendait, la main se mit en mouvement, glissa une petite boule de riz dans la bouche et commença à en assembler une autre.

– J'y ai longtemps cru. J'ai même abandonné ma place de cuisinier au Kerala pour rentrer au Sri Lanka.

Maravan raconta sa période de formation au Kerala et sa carrière dans différents *Ayurveda Wellness Resorts*.

– Un an de plus et j'étais chef, dit-il en soupirant.

– Et pourquoi es-tu revenu ?

Andrea avait à la main un morceau de chappati avec de la mousse à la coriandre, et brûlait d'impatience à l'idée de le glisser dans sa bouche. Elle ignorait jusqu'alors à quel point il était plus sensuel de manger avec les doigts.

– En 2001, c'est le *United National Party* qui a gagné les élections. Tous ont cru à la paix, les LTTE ont proclamé un cessez-le-feu, des négociations de paix ont commencé à Oslo. On aurait dit que le Sri Lanka où je voulais revenir était enfin en train de voir le jour. Et il fallait que j'y sois dès le début.

Il plongea les doigts dans la coupe, les sécha avec la serviette, regroupa les assiettes et se leva, tout cela dans une seule et fluide succession de mouvements – c'est du moins l'impression qu'eut Andrea.

Elle le vit disparaître dans la cuisine. Lorsqu'il en ressortit, peu après, il portait avec précaution une longue plaque très étroite au centre de laquelle ne se trouvait qu'une rangée de balles brillantes et alignées avec exactitude. Elles ressemblaient à de petites boules de billard à l'ancienne, en ivoire bruni, elles étaient chaudes, avaient la consistance de fruits confits et le goût suave et fort du beurre, de la cardamome et de la cannelle.

– Et ensuite ? demanda Andrea, comme un enfant à qui l'on raconte une histoire avant de s'endormir.

– J'ai trouvé un emploi de commis dans un hôtel de la côte ouest.

– De commis ? l'interrompit-elle. Je croyais que tu étais presque chef ?

– Mais aussi tamoul. Au Kerala, ça ne jouait pas un grand rôle. Mais dans la partie singhalaise du Sri Lanka, c'était une autre affaire. J'ai travaillé près de trois ans comme commis.

Andrea mordait déjà la deuxième des boules polies.

– Et pourtant tu es un artiste.

– En 2004, on m'a donné ma chance. La chaîne d'hôtels qui m'employait avait transformé une fabrique de thé du haut pays en boutique-hôtel ; on m'a nommé chef de partie.

– Et pourquoi n'es-tu pas resté ?

– Le tsunami.

– Dans le haut pays ?

– Il avait détruit l'hôtel de la côte, et l'on a donné ma place à l'un des survivants singhalais. Il a fallu que je rentre dans le nord. Et là, j'ai vu comment les LTTE et le gouvernement utilisaient l'aide humanitaire venue du monde entier pour mener leur politique. J'ai su, alors, que ce n'était pas le Sri Lanka dans lequel j'avais voulu rentrer. (Lui aussi picora un peu de sa boule et la reposa dans son assiette.) Et qu'il n'était pas près d'exister.

– Le tsunami ne remonte quand même pas à si loin que ça.

– Un peu plus de trois ans.

– Et comment se fait-il que tu parles déjà aussi bien notre langue ?

Maravan haussa les épaules.

– Nous avons appris à nous adapter. Les langues étrangères font partie du lot.

Il marqua une brève pause et articula le mot suisse allemand imprononçable qui désignait un placard de cuisine :

– *Chuchischätschli !*

Andrea éclata de rire.

– Et pourquoi la Suisse ?

– Dans les *Ayurveda Resorts*, au Kerala, et dans les hôtels du Kerala, il y avait beaucoup de Suisses. Ils étaient toujours aimables.

– Ici aussi ?

Maravan réfléchit.

– Ici, les Tamouls sont mieux traités que dans leur patrie. Nous sommes près de vingt-cinq mille dans ce pays… Un peu de thé ?

– Si tu veux.

Il débarrassa les couverts usagés.

– Au fait, c'est normal, que je reste assise ici et que je me fasse servir ?

– C'est ton jour de congé, répondit-il avant de disparaître dans la cuisine.

Un peu plus tard, il apporta un plateau avec un service à thé et remplit les tasses.

– Thé blanc. Fait avec les pointes argentées des feuilles du thé du haut pays, près de Dimbula, commenta-t-il.

Il repartit dans la cuisine et apporta deux assiettes de pâtisserie, une pour chacun d'entre eux. Un esquimau tacheté de vert, entouré de petites asperges dont la pointe brillait d'un vert vénéneux, et de petites touches rouge foncé en forme de cœur.

– Je crois que je ne peux plus rien avaler.

– Les pâtisseries, ça s'avale toujours.

Il avait raison. L'esquimau avait un goût de réglisse, de pistache et de miel, comme une friandise de fête foraine. Les asperges avaient la consistance de petits ours en gomme et un goût intense… d'asperge. Les petits cœurs étaient suaves et vifs, leur parfum était celui d'un marché indien et leur goût était – elle ne trouva pas de meilleure expression – frivole.

D'un seul coup, elle prit conscience du silence qui s'était installé entre eux. Le vent, lui aussi, avait cessé de lancer ses bourrasques contre la fenêtre. Quelque chose lui fit demander :

– Tu me montres des photos de ta famille ?

Sans dire un mot, Maravan se leva, l'aida à se relever et la conduisit dans la chambre à coucher, jusqu'au mur où se trouvaient les photos.

– Mes frères et sœurs, et quelques-uns de leurs enfants. Mes parents, ils sont morts en 1983, on a mis le feu à leur voiture.

– Pourquoi ?

– Parce qu'ils étaient tamouls.

Andrea posa la main sur son épaule et se tut un instant.

– Et la vieille femme, c'est Na…

– Nangay.

– Elle a l'air d'une sage.

– C'est une sage.

Il y eut un nouveau temps de silence. Andrea tourna les yeux vers la fenêtre. Dans la faible lumière qui s'échappait de la chambre pour pénétrer dans l'obscurité, elle vit danser des flocons.

– Il neige.

Maravan lança un bref coup d'œil vers la fenêtre et ferma les rideaux. Il resta sur place à la regarder, indécis.

Andrea se sentait rassasiée et satisfaite. Mais une petite faim la titillait encore. À cet instant seulement, elle comprit de quoi.

Elle marcha vers lui, prit sa tête entre ses deux mains et l'embrassa sur la bouche.

Avril 2008

6

Le lendemain matin, on apprit que la plus grande banque du pays devait rayer de ses comptes dix-neuf milliards supplémentaires et en emprunter quinze. Cela coûta sa place à son président. Pour Maravan aussi, ce serait une mauvaise journée.

Il était déjà près de six heures lorsqu'il était discrètement sorti de la chambre pour aller préparer des *egg-hoppers* avec du sothi et du chutney à la noix de coco. Quand il quitta la cuisine avec le plateau, il faillit bousculer Andrea. Elle était tout habillée.

Il ne trouva rien de mieux à dire que :

– *Hoppers ?*

– Merci, je ne suis pas tellement petit déjeuner.

– Ah bon, répondit-il seulement.

Ils restèrent un moment à se regarder sans un mot. C'est Andrea qui rompit le silence.

– Il faut que j'y aille.

– Oui.

– Merci pour ce merveilleux repas.

– Merci d'être venue. Tu fais la matinée ?

– Non, le soir.

– Alors à cet après-midi.

Andrea hésita, comme si elle avait quelque chose sur le cœur.

– Maravan… commença-t-elle.

Mais elle changea d'avis, lui déposa un baiser guindé sur les deux joues et partit.

Par la fenêtre, il la vit sortir de l'immeuble et, les mains profondément enfouies dans les poches de son manteau, marcher d'un pas énergique jusqu'à l'arrêt du tram. La matinée était sombre, mais la chaussée était sèche.

Maravan passa dans la cuisine et accomplit le travail dont il était aussi chargé au Huwyler : nettoyer les poêles, faire la plonge, ranger.

C'était la première fois qu'il couchait avec une femme depuis qu'il avait fui le Sri Lanka. Quant aux occasions précédentes, il pouvait les compter sur les doigts d'une main. Trois dans le sud de l'Inde, deux au Sri Lanka. Quatre étaient des prostituées, la cinquième une touriste. Elle venait d'Angleterre, avait la quarantaine et prétendait s'appeler Caroline. Mais sur l'étiquette de sa valise on lisait « Jennifer Hill ».

C'était aussi la première fois qu'il se sentait bien après. Sans mauvaise conscience. Sans éprouver le besoin de se doucher pendant des heures. Il ne s'en étonna pas. C'était la première fois que cela avait quelque chose à voir avec l'amour.

C'est pour cette raison qu'il fut durement touché par le comportement d'Andrea. Lui était-il arrivé ce que d'autres Tamouls vivant en célibataires lui avaient raconté : avait-on abusé de lui, l'espace d'une nuit, pour un petit intermède exotique ?

Il faisait tellement sombre, ce matin-là, qu'il dut allumer la lumière pour nettoyer le rotovapeur. Il remballa l'appareil dans son sac de sport, bien à l'abri au cœur du molleton formé par le linge frais et la serviette éponge propre.

Lorsqu'il sortit de l'immeuble, il pleuvait de nouveau. Il était encore tôt et il voulait arriver le premier, juste après Mme Keller. C'est elle qui assurait l'administration du

Huwyler, elle avait des horaires de bureau. À huit heures et quart précises, elle ouvrait la porte de l'entrée de service. Cela laisserait suffisamment de temps à Maravan pour remettre le rotovapeur à sa place.

C'est alors que sa poisse commença : il se tenait à l'arrière de la deuxième rame, plongé dans ses réflexions sur la nuit passée et sur l'étrange comportement d'Andrea, lorsque le tram freina soudain brutalement, dans un tintement strident, et s'arrêta avec un bruit de choc.

Maravan ne se tenait à rien. Il tenta d'éviter la chute et buta contre une jeune femme qui avait cherché un appui sur le dossier d'un siège. Ils tombèrent tous les deux.

Quelques passagers crièrent ; ensuite, le silence se fit et l'on entendit de plus loin, à l'avant, le klaxon persistant d'une voiture.

Maravan se redressa et aida la jeune femme à se remettre sur ses jambes. Un vieux monsieur assis sur un siège grogna en agitant la tête :

– Typique !

La jeune femme portait un pottu sur le front. Elle était vêtue d'un punjabi vert clair sous un coupe-vent matelassé.

– Tout va bien ? s'enquit Maravan en tamoul.

– Je pense que oui, répondit-elle en regardant vers le bas de son corps.

Depuis le genou droit jusqu'aux pieds, son punjabi avait été sali par le bouillon qu'avaient laissé sur le sol les chaussures trempées des voyageurs. Le tissu léger de son pantalon brodé d'or lui collait à la jambe et donnait un je ne sais quoi de vulgaire à son allure vertueuse. Maravan sortit de la poche de sa veste un paquet de mouchoirs jetables et le lui tendit.

Tandis qu'elle essayait de redonner une apparence de propreté à la viscose salie, Maravan ouvrit la fermeture à glissière de son sac de sport et ausculta à la dérobée le bocal de verre enroulé dans la serviette éponge. Il était intact. Il en fut tellement soulagé qu'il arracha une page du bloc-notes où il notait ses idées de recettes, y écrivit son adresse et son numéro de téléphone et la donna à la jeune femme. Au cas où elle devrait faire nettoyer son punjabi au pressing.

Elle lut le petit mot et le rangea dans sa poche.

– Sandana, dit-elle. Je m'appelle Sandana.

Ensuite ils ne dirent plus rien. Sandana tenait la tête baissée et Maravan pouvait seulement voir la naissance de la raie qui séparait sa coiffure, sous sa capuche. Et l'extrémité de ses longs cils.

Les passagers commençaient à s'agiter. Un jeune homme, à l'avant du wagon, ouvrit l'étroit clapet d'aération au-dessus d'une fenêtre et cria :

– Eh ! Il y a des gens à l'intérieur qui ont encore du travail !

Peu après, on entendit le message de la centrale : « Accident dans la Blechstrasse. La ligne douze est bloquée dans les deux sens. Le trafic est assuré par des bus, mais il risque d'y avoir de l'attente. »

Les portes de la rame restèrent fermées. Même au moment où les sirènes de la police et de l'ambulance se firent de plus en plus bruyantes et se turent d'un seul coup à côté du tram.

On entendit de nouveau le jeune homme qui avait protesté un peu plus tôt par le clapet d'aération. Il prit l'affaire en main, appuya sur la vanne d'ouverture d'urgence au-dessus d'une porte et descendit. Les autres passagers le suivirent, d'abord en hésitant, puis de plus en plus vite. En moins d'une minute, le deuxième wagon du tram était vide.

Maravan et Sandana furent les derniers à sortir. Maravan était encore à côté de la porte lorsqu'il prit congé en ces mots :

– Je dois me dépêcher, je suis déjà en retard. Au revoir !

– *Mihdum sandipom*, répéta-t-elle.

Les passagers de la première rame, plus respectueux de la loi, étaient toujours serrés à l'intérieur et regardaient, ahuris, passer ces évadés.

Une fourgonnette était encastrée dans la voiture de tête. Un infirmier se tenait penché à la vitre ouverte du passager.

Un deuxième tenait un flacon de perfusion dont le tuyau menait à l'intérieur de l'habitacle. On entendait de loin la sirène des pompiers qui venaient désincarcérer le conducteur de l'épave.

Maravan fut le dernier à arriver au Huwyler. Il ne s'en serait pas fallu de beaucoup pour qu'il soit en retard. Il n'avait aucune chance de pouvoir ranger discrètement le rotovapeur à sa place. Mais il avait un plan B.

La première personne qui aurait besoin de l'appareil crierait « Maravan ! Rotovapeur ! », car c'était lui qui était chargé du matériel fragile. Il laisserait entrouverte la porte de son armoire ; en allant à la salle du matériel, il passerait par le vestiaire et y prendrait l'appareil.

Les cuisiniers l'accueillirent avec des remarques salaces. Ils savaient tous qu'il avait eu la veille la visite d'Andrea.

– J'espère que tu ne l'as pas trop fait chauffer. Le curry, je veux dire, dit l'un d'eux avec un sourire en biais

Ce à quoi un autre répondit :

– Il paraît qu'un vrai curry doit brûler deux fois. Ça ne ferait pas de mal à ce cul de glace.

Maravan s'efforça de sourire et de se taire. Mais l'ambiance resta tendue. Même Huwyler fit une apparition anormalement matinale dans la cuisine, traîna un peu sur le passage et l'appela « notre tigre bouillant ».

Maravan épluchait des pommes de terre en se disant : si vous saviez, si vous saviez, lorsque Fink cria tout d'un coup, d'un bout à l'autre de la cuisine :

– Kandan ! Rotovapeur !

Kandan n'avait jamais ne serait-ce que touché cet appareil. Il resta pétrifié, et Maravan avec lui.

– Eh bien alors, tu y vas, qu'est-ce qui se passe ? demanda Fink en lançant un bref regard oblique à Maravan.

Kandan se mit en mouvement.

Maravan réfléchissait fébrilement. Devait-il attendre que Kandan revienne les mains vides et espérer que Fink l'y enverrait à son tour ? Ou bien devait-il simplement l'accompagner, aller chercher l'instrument et espérer que Kandan ne le trahirait pas ? Ou encore dire très tranquillement : Le rotovapeur est dans mon armoire, je l'avais emprunté.

Il continua à éplucher ses pommes de terre et attendit la suite.

Kandan mit un bon bout de temps avant de revenir.

– Il n'est pas là-bas, bredouilla-t-il.

– Il n'est pas où ça ?

– Pas là où il est d'habitude.

Maravan laissa passer l'instant où il aurait pu intervenir. Fink passa devant lui à grands pas, se dirigea vers Kandan et s'engouffra dans la porte donnant vers la salle du matériel et les salles du personnel. Kandan le suivit.

Maravan posa son éplucheur et sa pomme de terre avant de se mettre en marche dans la même direction, tout en se séchant mécaniquement les mains à son tablier.

Dans la salle du matériel, il entendit Fink ouvrir et fermer en jurant les placards et les tiroirs. Il passa devant lui, entra dans le vestiaire du personnel, ouvrit son armoire et déballa le rotovapeur.

Derrière lui, la voix de Huwyler annonça :

– Nous sommes aujourd'hui le premier, tu as reçu ton salaire. Nous allons vérifier si cet appareil fonctionne encore correctement. Si c'est le cas, Mme Keller te versera ta fraction du treizième mois. Sinon, nous le ferons réparer et nous paierons les frais avec ce que nous te devons.

Le rotovapeur marchait parfaitement, et Maravan quitta le Huwyler avec un peu plus de six cents francs en liquide. Pendant qu'il emballait ses frusques, le patron se tenait à côté de lui et vérifiait qu'il ne chapardait rien.

En guide d'adieux, il lui lança :

– Tu verras, quand on a été licencié sans préavis du Huwyler, on ne retrouve pas si facilement un travail en cuisine. Tu peux t'estimer heureux que je ne porte pas plainte. Tu repartirais tout droit au Sri Lanka.

Andrea prit son service à seize heures. Elle ignorait ce qui lui était le plus désagréable : retrouver Maravan ou retrouver la brigade. Mais lorsqu'elle se fut changée et aida à dresser les tables, personne ne fit la moindre remarque. Pendant le briefing du chef de service, on n'évoqua pas non plus l'invitation de la veille chez Maravan. Même lorsqu'elle fit sa première apparition en cuisine, personne ne dit un mot.

Il semblait aussi que la rencontre avec Maravan lui serait épargnée. On lui avait sans doute attribué un poste dans la partie arrière de la cuisine car, de là où elle se tenait, elle ne le voyait nulle part. Il aurait terminé son service dans une heure, d'ici là elle n'aurait pas de mal à éviter de croiser son chemin.

Au deuxième passage dans la cuisine, elle nota que Kandan était affecté au nettoyage des poêles, au poste où elle aurait pensé trouver Maravan. Cela signifiait sans doute que celui-ci était occupé à l'apprêtement, comme chaque soir.

Mais c'était un des commis qui coupait la julienne pour l'entremétier. Il le faisait avec beaucoup moins d'habileté que Maravan.

Il régnait toujours un silence exceptionnel dans la cuisine, mais elle remarqua, à ce moment-là, quelques regards curieux dans sa direction.

– Au fait, où est passé Maravan ? demanda-t-elle à Bandini, l'annonceur, qui se trouvait à côté d'elle et prenait des notes sur une carte de menu.

– Viré, marmonna-t-il sans lever les yeux. Sans préavis.

– Pour quelle raison ? demanda-t-elle d'une voix plus forte qu'elle ne l'avait prévu.

– Il a emprunté le rotovapeur. Un truc comme ça, ça vaut plus de cinq mille balles.

– Emprunté ?

– Sans demander.

Andrea balaya la cuisine du regard. Tous affichaient une concentration appuyée sur leur travail. Et au milieu de tout ce monde, gommeux et arrogant, Huwyler dans son *outfit* noir simiesque.

Andrea tapota un verre avec le bout d'un couteau, comme si elle allait faire un discours.

Toutes les têtes se tournèrent dans sa direction.

– Maravan a sous l'ongle du petit doigt plus de talent qu'il n'y en a dans toute cette cuisine !

Et puis le petit diable qui l'avait si souvent mise dans des situations difficiles revint la chatouiller. Elle ajouta :

– Pour le lit aussi !

7

Une journée rayonnante d'avril. Un cortège de près de deux mille cinq cents enfants traversait la ville en tenues traditionnelles et uniformes bigarrés au son de la musique de défilé. Le cortège était clos par un attelage à cheval avec un bonhomme de neige en ouate qui devait être solennellement livré aux flammes le lendemain soir à six heures.

Un peu à l'extérieur de la cité, quelques centaines de Tamouls, eux aussi vêtus de couleurs vives, s'étaient rassemblés dans leur temple. Ils étaient ici pour célébrer le Nouvel An, qui, cette année, coïncidait avec le défilé des enfants pour *Sechseläuten*, la fête du printemps à Zurich.

Assis par terre dans le temple, ils bavardaient et, tandis que jouaient les enfants, écoutaient les prédictions pour l'année à venir.

Maravan éteignit le mixeur, se sécha les yeux avec la manche et déversa le contenu du récipient en verre dans le saladier où se trouvait la pâte d'oignons crus, de graines de moutarde et de feuilles de caloupilé.

Dans un fait-tout en inox digne d'une grande cuisine, des mangues vertes découpées en tranches baignaient dans leur jus. Maravan les avait mélangées avec de la noix de coco émincée, du yaourt, des piments verts et du sel ; il y ajouta la masse mixée et versa dessus le ghee épicé aux piments et aux graines de moutarde.

Le pachadi aux fleurs de nîm était déjà prêt. Il l'avait préparé à l'ancienne, avec les fleurs amères du margousier, le nectar suave des fleurs de palmier de Palmyre mâles, le jus acide des fruits du tamarinier, la chair de fruit fraîche de la mangue et l'enveloppe piquante des piments. Car un pachadi aux fleurs de nîm devait avoir le goût de la vie : amer, sucré, acide, frais et épicé.

Après la cérémonie, les fidèles du temple, à jeun, mangeraient une part des deux pachadis et se souhaiteraient *puthandu vazhthugal*, une bonne et heureuse année.

Huwyler avait laissé à Maravan le choix entre un certificat de travail et une attestation de travail. Dans le premier, il mentionnerait le licenciement sans préavis et son motif (détournement, pour son usage personnel, d'un ustensile de cuisine précieux), dans la deuxième uniquement sa fonction et la période à laquelle il l'avait occupée.

Maravan avait choisi l'attestation. Mais, partout où il se présentait, on s'étonnait qu'il n'ait que ce document à produire au bout d'un an chez Huwyler. Ensuite, ou bien il n'avait plus de nouvelles, ou bien il recevait une lettre de refus.

Il touchait des allocations de chômage. Il aurait reçu un peu plus de deux mille francs suisses à la fin du mois. Plus ce qu'il gagnait au noir.

Cela dit, ce petit boulot au temple était la première commande de ce genre. Et il était lui aussi mal payé. On avait fait appel à son sens de la communauté – en réalité, on s'était attendu à ce qu'il ne fasse pas payer son intervention : une sorte de bénévolat au profit de la collectivité. Ils avaient tout de même fini par tomber d'accord sur la somme symbolique de cinquante francs suisses. Le prêtre avait promis de mentionner son nom devant les fidèles. Maravan espérait que cette publicité et la qualité de la nourriture feraient connaître ses mérites de cuisinier.

La diaspora sri-lankaise était une société fermée. Elle veillait à préserver sa culture et à la mettre à l'abri des influences de son pays d'accueil. Autant les Tamouls étaient bien intégrés du point de vue professionnel, autant ils menaient une vie sociale à part. Mais Maravan n'était pas un membre très actif de cette communauté. Hormis les cours d'allemand, il n'avait profité d'aucune des offres que l'on faisait aux nouveaux arrivants. Il fréquentait bien sûr le temple pour les principales fêtes, mais restait pour le reste à distance. Toutefois, maintenant qu'il tentait de gagner sa vie comme cuisinier indépendant, les relations avec la diaspora lui manquaient.

Les hindouistes tamouls célébraient de nombreuses fêtes religieuses et familiales – cérémonies de puberté, noces, fêtes pour les grossesses. Pour aucune d'entre elles on ne se montrait avare, et chacune d'entre elles était prétexte à partager des repas.

Faire la cuisine pour le Nouvel An, c'était tout de même un début. Et qui sait ? Peut-être finirait-il par se savoir, même chez les Suisses, qu'il existait un homme capable de livrer à domicile de la haute cuisine indienne, ceylanaise et ayurvédique. Un jour, on rencontrerait dans les beaux quartiers de la ville une camionnette, peut-être une Citroën Jumper jaune curcuma, sur laquelle figurerait l'inscription *Maravans Catering*.

Il caressait encore un autre rêve : le Maravan's. La seule adresse où l'on servirait de la cuisine sous-continentale d'avant-garde. Cinquante places au maximum, un petit temple gastronomique dans lequel on célébrerait les fumets, les arômes et les textures de l'Inde du Sud et du Sri Lanka.

Et lorsque le Maravan's l'aurait rendu un peu riche, lorsque la paix régnerait au Sri Lanka, il rentrerait chez lui et rouvrirait le restaurant à Colombo.

Dans ces rêves, une femme réapparaissait constamment. Mais elle n'avait plus rien désormais d'un fantôme, elle avait pris forme : celle d'Andrea. C'est elle qui surveillait le personnel de service du *catering*, elle aussi qui occupait les fonctions de maître d'hôtel au Maravan's. Plus tard, à

Colombo, elle ne s'occuperait plus que de la maison et de la famille, comme une authentique épouse tamoule.

Cela dit, il n'avait plus eu de nouvelles d'Andrea depuis ce mardi matin d'avril. Il ne possédait ni son adresse ni son numéro de téléphone. Au bout d'une semaine sans le moindre message, il ravala sa fierté et appela au Huwyler. Mme Keller l'informa qu'elle n'y travaillait plus.

– Pouvez-vous me donner son adresse ou son numéro de téléphone ? demanda-t-il.

– Si elle avait voulu que tu l'appelles, elle te l'aurait donné, répondit Mme Keller avant de raccrocher.

Maravan porta les récipients à l'extérieur. Là-bas, devant l'entrée du temple, on avait dressé une grande table sous un baldaquin coloré. Deux femmes se chargèrent des pachadis et commencèrent à les répartir en petites portions sur des assiettes en plastique. Maravan les aida.

Ils n'en avaient pas encore fait la moitié lorsque la porte du temple s'ouvrit, laissant échapper le flot des croyants qui cherchèrent leur paire de chaussures dans l'amas étalé devant l'entrée. « *Puthandu vazhthugal* », se lançaient-ils les uns aux autres, « bonne et heureuse année ».

Maravan continua à découper des parts de pachadis tandis que les femmes distribuaient les assiettes. Il se concentra sur son travail, mais écouta avec la curiosité et l'angoisse de l'artiste les commentaires du public de son vernissage. Il n'entendit rien de désagréable, mais pas de louanges non plus. La communauté avalait dans la joie et l'irréflexion ce qu'il avait préparé avec tant d'amour.

Il connaissait certains de ces visages, mais pas beaucoup. Les activités de Maravan dans la diaspora se limitaient à la fréquentation des fêtes les plus importantes et aux contacts avec les autres habitants de son immeuble, dont il invitait certains, de temps à autre, à venir tester sa nourriture. Il lui arrivait aussi de faire une apparition dans les boutiques tamoules et d'y échanger quelques mots avec les propriétaires ou les clients. Mais, pour le reste, il demeurait dans son coin.

Ce n'était pas seulement que son travail et son accaparant hobby ne lui aient pratiquement pas laissé le temps. Il avait encore un autre motif : il voulait se tenir à distance des LTTE, qui jouaient un grand rôle parmi les réfugiés tamouls et collectaient auprès d'eux les fonds nécessaire à la lutte de libération.

Maravan n'était pas un militant. Il ne croyait pas en l'État indépendant de l'Îlam tamoul. Il ne le l'aurait certes pas dit à voix haute, mais il estimait que les Tigres de libération rendaient toute réconciliation plus difficile et retardaient leur retour à eux tous, eux qui étaient coincés ici, qui avaient froid et accomplissaient les basses besognes – ils l'empêchaient peut-être même encore pour plusieurs générations. Il ne voulait pas que son argent serve à financer cela.

– *Puthandu vazhthugal*, fit une voix féminine.

Une jeune femme se trouvait devant lui. Elle portait un sari rouge à large galon doré et était d'une beauté que seule pouvait atteindre une jeune Tamoule. Ses cheveux brillants, séparés par une raie, prenaient naissance à la base du front, ses sourcils épais, à peine arqués, laissaient tout juste assez de place pour le point rouge qui lui ornait le front. Le noir de ses pupilles se détachait tout juste du noir de ses iris, son nez était fin et droit, surmontant une bouche charnue dont le sourire exprimait un peu la timidité, un peu l'attente.

– Alors, vous êtes tout de même arrivé à l'heure à votre travail ? demanda-t-elle.

C'est à ce moment-là seulement qu'il la reconnut. La jeune femme du tram. Dans sa grossière veste matelassée, il n'avait pas remarqué à quel point elle était belle.

– Et vous ? Les taches sont parties ?

– Grâce à ma mère. (Elle désigna une femme potelée qui se tenait à côté d'elle, vêtue d'un sari rouge vin.) C'est l'homme qui m'a fait tomber, expliqua-t-elle.

Sa mère se contenta de hocher la tête, son regard alla de Maravan à sa fille, puis dans l'autre sens.

– Allons-y, papa attend.

À cet instant seulement, Maravan remarqua que la fille portait deux assiettes, et la mère une seule.

– *Mihdum sandipom*, dit-elle.

– Au revoir, répondit Maravan. Sandana, c'est bien ça ?

– Maravan, c'est bien ça ?

MAI 2008

8

Au mois de mai, Maravan avoua à sa famille qu'il était au chômage. Il n'avait plus d'autre choix, car sa sœur l'implorait d'envoyer des sommes bien plus importantes que celles dont il pouvait se priver. Il n'y avait pratiquement ni riz ni sucre à Jaffna. Ce qu'on vendait au marché noir aurait même dépassé les possibilités financières de Maravan s'il avait eu du travail.

Il promit tout de même de rassembler de l'argent d'une manière ou d'une autre et de rappeler le lendemain. Mais, le jour dit, il lui fut impossible d'avoir sa sœur au bout du fil. Au bazar Batticaloa, il apprit ensuite la mort du brigadier Balraj, le héros de l'offensive du col de l'Éléphant : on avait proclamé un deuil de trois jours, que beaucoup respectaient aussi à Jaffna.

Le quatrième jour, il eut enfin la ligne et dut apprendre à sa sœur qu'il ne pouvait pas lui envoyer plus de deux cents francs suisses, à peine vingt mille roupies. Il ne l'avait encore jamais entendue réagir comme cela : furieuse et réprobatrice. À cet instant seulement, il lui confessa sa situation.

Le mois de *vaikasi* ne débordait pas vraiment de fêtes, et personne ne l'avait encore jamais engagé comme cuisinier pour une cérémonie familiale. Sa recherche d'emploi suivait un cours déprimant, il n'intéressait même pas les cuisines d'hôpital et les cantines d'usine.

S'il avait eu un travail régulier, son chagrin d'amour l'aurait peut-être moins occupé. Il n'aurait pas eu à passer ses journées à somnoler chez lui, tout seul et coupé du monde.

Ce n'était pas seulement la relation amoureuse dont il portait le deuil : c'était, tout simplement, la première fois qu'il avait une relation personnelle avec quelqu'un de ce pays. Il n'avait noué aucune amitié, ni avec les Suisses ni avec les Tamouls. Et il constatait à présent que cela lui manquait.

Dans cette humeur, il regardait les coussins sur lesquels ils s'étaient assis lors de cette soirée avec Andrea, et il buvait du thé. L'air doux, presque estival, la fenêtre ouverte, les bruits de l'été à l'extérieur, de la musique, les criailleries d'enfants qui jouaient, le rire des adolescents devant les entrées d'immeuble et l'aboiement des chiens.

C'est alors qu'on sonna. Andrea était devant la porte.

Cela lui avait beaucoup coûté. Dans un premier temps, elle avait été certaine de ne jamais, jamais plus vouloir le revoir. Ce qui s'était produit au cours de cette nuit avait ébranlé ses fondations les plus solides. Comment cela avait-il pu arriver ? Elle n'avait cessé, depuis, de se poser la question.

Le fait que Maravan ait été congédié le matin même lui avait permis de l'éviter plus facilement. Elle était bien entendu désolée d'avoir été le véritable motif de son licenciement – ce dont elle était convaincue. Mais elle estimait qu'avec son acte de solidarité elle avait contribué à effacer sa faute. Et d'ailleurs, sa tirade s'était elle aussi achevée sur un renvoi sans préavis.

Mais une question l'obsédait depuis : comment les choses avaient-elles pu tourner ainsi cette nuit-là ? La réponse la plus agréable à ses yeux était que cela avait dû tenir à la nourriture. C'était certes assez invraisemblable, mais cette explication ne la forcerait pas à repenser toute sa conception de l'existence.

Car plus elle repassait cette soirée dans son esprit, plus elle reconstituait en détail ses sentiments et ses sensations, plus elle était certaine d'avoir été prise sous influence.

Et pourtant, elle avait tout vécu de manière très consciente. Elle ne s'était pas retrouvée à moitié groggy ou sans défense. Au contraire, c'est elle qui avait pris la direction et lui qui l'avait suivie, de bon gré, certes, mais suivie. Cette soirée et cette nuit avaient mis tous ses sens en éveil, avec une intensité qu'elle n'avait encore jamais connue. Elle n'aimait pas se l'avouer, mais si tout cela avait été déclenché par quelque chose qui échappait à son contrôle, ce serait un peu moins compliqué.

C'est ainsi qu'en cette soirée de mai d'une beauté inattendue elle se rendit tout de même chez lui. Elle surgirait sans prévenir, pour qu'il ne puisse pas se mettre sur son trente et un avant son arrivée. Elle voulait que cette visite reste aussi sobre et brève que possible. Et puis, en opérant ainsi, elle se laissait une petite possibilité d'éviter tout de même la rencontre. S'il n'était pas chez lui, le destin aurait tranché.

Le journal derrière lequel elle se cachait, comme si souvent, au cours du trajet en tram, évoquait la destruction secrète de documents, un acte commis par le gouvernement sous la pression des États-Unis. C'étaient des plans de centrifugeuses à gaz susceptibles d'être utilisées pour la construction de bombes atomiques. Ils avaient été récupérés dans le cadre d'une affaire retentissante de trafic nucléaire.

Andrea lut l'article sans intérêt particulier, en regardant constamment la rue pas très animée, par la vitre couverte de graffitis gravés dans le verre à la sauvette. Le trafic des retours de bureau était terminé, celui des sorties en ville n'avait pas encore commencé. Le tram, lui aussi, était à moitié vide. En face d'elle s'était assise une adolescente obèse qui démêlait patiemment le câble de l'écouteur de son iPod.

Devant le 94, Theodorstrasse, se tenait un groupe de jeunes filles tamoules de la deuxième génération. Elles riaient et plaisantaient dans un suisse pâteux. Lorsqu'elles virent qu'Andrea se dirigeait vers elles, elles parlèrent un peu moins fort et dans une autre langue. Elles lui ouvrirent le passage et la saluèrent gracieusement. Dès qu'elle eut disparu dans l'entrée, Andrea les entendit bavarder de nouveau dans leur drôle de dialecte.

Une odeur d'oignons frits et d'épices flottait dans l'immeuble. Elle s'arrêta, indécise, sur le premier palier, et se demanda si elle devait faire demi-tour. La porte d'un appartement s'ouvrit, et une femme en sari passa la tête à l'extérieur. Elle salua Andrea d'un hochement de tête, Andrea l'imita et fut forcée de poursuivre son ascension. Une autre décision du destin.

Elle s'immobilisa un moment devant la porte de Maravan avant d'appuyer sur le bouton. La sonnette retentit à l'intérieur de l'appartement, mais elle n'entendit personne marcher. Il n'est peut-être pas chez lui, espéra-t-elle. L'instant d'après, la clef tournait dans la serrure et il se tenait devant elle.

Il portait un tee-shirt blanc aux manches courtes barrées d'un pli soigné, un sarong simple bleu rayé de rouge, et des sandales. De longues ombres qu'elle ne lui avait encore jamais vues, bleu noir comme sa barbe naissante, se dessinaient sous ses yeux.

Il souriait à présent. D'un air tellement heureux qu'elle regretta de ne pas avoir fait demi-tour sur le palier. Elle lut sur son visage qu'il se demandait s'il devait la serrer dans ses bras, et le tira de ce dilemme en lui tendant la main.

– Je peux entrer ?

Il la fit entrer dans son appartement. Les lieux étaient tels qu'elle en avait gardé le souvenir : bien rangés et aérés. La lampe en terre cuite brûlait dans le séjour, devant l'autel domestique. Comme la dernière fois, il n'y avait aucune musique, les bruits de la rue entraient par la fenêtre ouverte.

Sur la table basse, une théière côtoyait une tasse, l'empreinte creusée sur un côté des coussins montrait que Maravan venait tout juste d'y manger. Il lui offrit une place en face de lui.

– Ça te dérange si je m'assois ici ?

Elle désigna la chaise, devant l'ordinateur.

– Je t'en prie, dit-il en haussant les épaules. Tu aimes le thé ?

– Pas de thé, merci. Je ne reste pas longtemps. Je voulais juste poser une question.

Elle s'assit sur la chaise. Maravan resta debout devant elle. Il avait belle allure. Soigné, mince, bien proportionné. Mais il ne lui inspirait aucun autre sentiment que de la sympathie et de la bienveillance. L'idée qu'elle avait partagé son lit paraissait grotesque à Andrea.

– Tu n'as pas une deuxième chaise ?

– Dans la cuisine.

– Tu ne veux pas aller la chercher ?

– Chez nous, il est discourtois de discuter à la même hauteur qu'une personne à laquelle on doit le respect.

– Je ne suis pas une personne à laquelle on doit le respect.

– Pour moi, si.

– Tu parles ! Va chercher une chaise et assieds-toi.

Maravan s'assit par terre.

Andrea se contenta de hocher la tête et posa sa question :

– Qu'est-ce qu'il y avait dans le repas ?

– Tu veux dire quels ingrédients ?

– Juste ceux qui ont provoqué cet effet.

– Je ne comprends pas.

C'était un piètre menteur. Jusqu'ici, Andrea avait douté de sa propre théorie. Mais il avait tellement l'air d'avoir été pris la main dans le sac qu'elle en fut désormais tout à fait sûre.

– Tu sais bien ce que je veux dire.

– Le repas était composé d'ingrédients traditionnels. Rien de ce que j'y ai mis n'y avait pas sa place.

– Maravan, je sais que ce n'est pas vrai. J'en suis totalement certaine. Je me connais, et je connais mon corps. Il y avait quelque chose d'anormal dans la nourriture.

Il se tut un moment. Puis il secoua la tête, l'air buté.

– Ce sont des recettes très anciennes. J'ai juste un peu modernisé la préparation. Je te le jure, il n'y avait rien dedans.

Andrea se leva et fit des allers-retours entre l'autel et la fenêtre. Le soir tombait à présent, le ciel s'était teinté d'orange au-dessus des toits en tuile, les voix s'étaient tues dans la rue.

Elle se détourna de la fenêtre et se campa devant Maravan.

– Lève-toi, Maravan.

Il se leva et baissa les paupières.

– Regarde-moi.

– Chez nous, il est discourtois de regarder quelqu'un dans les yeux.

– Chez nous, il est discourtois de mettre quelque chose dans le repas d'une femme pour qu'elle couche avec vous.

Il la regarda dans les yeux.

– Je n'ai rien mis dans ton repas.

– Maravan, je vais te révéler un secret : je ne couche pas avec les hommes. Ils ne m'excitent pas. Ils ne m'ont encore jamais excitée. Quand j'étais adolescente, j'ai couché deux fois avec un garçon, parce que je pensais que ça se faisait. Mais, dès la deuxième fois, j'ai su que je ne le referais plus jamais.

Elle marqua une pause.

– Je ne couche pas avec des hommes, Maravan. Je couche avec des femmes.

Il la regarda avec effroi.

– Tu comprends, maintenant ?

Il hocha la tête.

– Alors, qu'est-ce qu'il y avait dans le repas ?

Maravan prit son temps. Puis il expliqua :

– L'Ayurveda est une médecine vieille de plusieurs milliers d'années. Elle comprend huit disciplines. La huitième s'appelle *vajikarana*. Elle traite des aphrodisiaques. Dans cette catégorie figurent aussi certains plats. Ma grand-tante Nangay est une femme sage qui prépare, entre autres, ce genre de plats. C'est d'elle que je tiens les recettes. Mais la manière dont elles étaient apprêtées est de moi.

Lorsque Andrea rentra chez elle, ce soir-là, elle était initiée aux secrets aphrodisiaques du lait et des haricots d'urad, du safran et du sucre de palme, des amandes et de l'huile de sésame, du ghee au safran et du poivre long, de la cardamome et de la cannelle, du ghee aux asperges et à la réglisse.

Elle l'avait invectivé sans conviction, avait été jusqu'à qualifier son acte de « *date raping* ayurvédique » et avait quitté son appartement sans dire au revoir. Mais, à présent, elle se sentait tout de même plus soulagée qu'inquiète. Lorsqu'elle parvint, arrivée à deux stations de tram de son objectif, à voir toute cette histoire avec un peu de distance, elle ne put s'empêcher d'éclater bruyamment de rire.

Assis de biais face à elle, un jeune homme lui répondit d'un sourire.

Cette rencontre avait aussi rasséréné Maravan. Se faire rejeter pour ce motif-là, c'était supportable. Avoir été le seul homme pour lequel elle ait été infidèle à ses penchants naturels, l'espace d'une nuit, l'emplissait même d'une sorte de fierté. Et aussi – pour être honnête – d'un peu d'espoir.

Le lendemain, il envoya à sa sœur dix mille roupies afin d'avoir un prétexte pour l'appeler et lui demander d'arranger un rendez-vous téléphonique avec Nangay. Il dut patienter deux jours avant que cela ne fonctionne.

Nangay avait la voix faible et exténuée lorsqu'il réussit enfin à la joindre.

– Vous prenez vos médicaments, *mami* ? demanda-t-il.

Il la vouvoyait, conformément à l'usage, et l'appelait *mami*, tante.

– Oui, oui, c'est pour cela que vous appelez ?

– Pour ça aussi.

– Et pour quoi d'autre ?

Maravan ne savait pas vraiment par où commencer. Elle prit les devants.

– C'est normal que ça ne fonctionne pas la première fois. Il arrive que ça prenne des semaines, des mois. Dis-leur qu'il faut avoir de la patience.

– Ça a fonctionné la première fois.

Elle resta silencieuse un certain temps. Puis elle expliqua :

– Si les deux y croient assez fort, ça arrive.

– Mais la femme n'y a pas cru. Elle ne le savait même pas.

– Alors c'est qu'elle aime l'homme.

Maravan ne répondit pas.

– Vous êtes encore là, Maravan ?

– Oui.

Nangay demanda à voix basse :

– C'est une *shudra*, au moins ?

– Oui, *mami*.

Il trouva son mensonge pardonnable. Les *shudra* étaient la caste des serviteurs. Et après tout, Andrea était employée de service.

Lorsque sa sœur fut de nouveau à l'appareil, il demanda :

– C'est vrai qu'elle prend ses médicaments ?

– Comment veux-tu ? fit-elle d'une voix qui trahissait son agacement. Nous n'avons même pas de quoi nous payer le riz et le sucre.

Après cette conversation, Maravan resta encore longtemps devant l'écran. Il se persuadait peu à peu que l'effet rapide tenait forcément à la préparation moléculaire.

Juin 2008

9

Le dimanche matin avait été tellement ensoleillé que Dalmann se fit servir le petit déjeuner sur la terrasse. Mais à peine Lourdes avait-elle apporté les œufs brouillés au bacon que le vent poussa un rideau de nuages devant le soleil.

Dalmann s'attaqua tout de même à son assiette et attrapa le premier des quatre journaux dominicaux sur la pile que lui avait préparée la gouvernante. Et c'est son humeur qui s'assombrit à son tour.

L'hystérie provoquée par la destruction de documents perpétrés par le Conseil fédéral avait inutilement remué la vase. Une partie de ce qu'avait rapporté l'Agence fédérale du renseignement sur l'affaire de trafic nucléaire était tombé entre les mains d'un journaliste, et dans les discussions la connexion iranienne s'était rajoutée à la pakistanaise. Il ne faudrait pas attendre longtemps pour que le nom de Palucron figure dans le journal.

La Palucron était une société anonyme qui avait cessé ses activités et dont le siège était domicilié dans un cabinet d'avocat au centre-ville. C'est par elle que les versements en provenance d'Iran transitaient vers les firmes impliquées – toutes des entreprises solides, à la réputation impeccable, et qui n'avaient bien entendu pas la moindre idée du fait qu'elles étaient mêlées au développement d'un programme nucléaire.

Officiellement, bien entendu, cela valait aussi pour la Palucron. En tout cas pour celui qui était à l'époque son conseiller en gestion, Éric Dalmann, lequel s'en était seulement mêlé à la demande d'une relation d'affaires à laquelle il devait une faveur.

Une chose était sûre : à présent, alors que les affaires commençaient de toute façon à souffrir de la crise financière, il lui paraîtrait extrêmement malvenu qu'on le cite à propos de cette histoire.

Dalmann regarda le ciel. C'était un front nuageux tout entier qui assombrissait le soleil. Un vent frais désagréable s'y ajouta et le fit frissonner dans sa tenue de loisirs estivale – polo vert et pantalon de golf léger à carreaux écossais.

– Lourdes ! s'exclama-t-il. Nous rentrons à l'intérieur !

Il se leva, prit sa tasse de café et passa au salon en traversant la porte de la véranda. Il s'y installa dans un fauteuil et regarda fixement devant lui, l'air grognon, jusqu'à ce que la gouvernante ait débarrassé la table de la terrasse et l'ait dressée dans la salle à manger.

À peine s'était-il assis et avait-il attaqué sa nouvelle part d'œufs brouillés – la première, tout juste à moitié consommée, avait refroidi pendant le transfert – que retentit la sonnette. Schaeffer, comme toujours un peu en avance.

Schaeffer était le collaborateur de Dalmann. Il n'avait pas trouvé d'autre dénomination. Secrétaire ne rendait pas vraiment compte de sa fonction, assistant non plus, bras droit ne convenait pas – il en était donc resté à « collaborateur ». Il travaillait avec lui depuis près de dix ans, ils se tutoyaient depuis presque aussi longtemps. Schaeffer appelait Dalmann Éric, Dalmann appelait Schaeffer Schaeffer.

Lourdes le fit entrer. C'était un grand type dégingandé d'un peu plus de quarante ans, la tête étroite, la chevelure blonde et clairsemée, les yeux bleu clair. Depuis quelques années, il avait abandonné ses lunettes sans montures pour des lentilles de contact, ce qui ne réussissait guère à ses yeux sensibles ; on le voyait constamment renverser la tête en arrière pour se verser des gouttes sous les paupières.

Schaeffer, comme Dalmann, était en tenue de loisirs. Un tee-shirt à col boutonné bleu clair, un pantalon de coton bleu foncé et un pull en cachemire rouge soigneusement noué autour des épaules. Il portait à la main un lourd attaché-case.

– Je comptais manger dehors, mais…

Dalmann leva vaguement la main vers le haut.

– La météo n'est pas euphorique, répondit Schaeffer.

Dalmann enfourna une bouchée et désigna une chaise devant laquelle on avait installé un deuxième couvert. Schaeffer s'assit et posa l'attaché-case par terre, à côté de lui.

– J'espère que ça ne va pas nous gâcher le match d'ouverture !

L'Euro 2008 commençait une semaine plus tard. Pour Dalmann, c'était l'occasion idéale pour entretenir ses relations. Des mois plus tôt, déjà, ses contacts avec les milieux de l'UEFA lui avaient permis de thésauriser des billets pour les rencontres les plus importantes et d'organiser ou de faire organiser autour de celles-ci différents événements – repas dans des restaurants chic, sorties en night-club, etc. C'était actuellement l'une des principales missions de Schaeffer et le véritable motif de sa visite en ce dimanche matin.

Mais pour l'heure, la Palucron passait avant tout.

Schaeffer avait déjà pris son petit déjeuner. Il but un thé et pela une pomme avec une minutie qui tapa sur les nerfs de Dalmann. Il lui fit glisser sur la table l'un des quotidiens dominicaux.

– Vu ça ?

Schaeffer hocha la tête et mordit dans un quartier de pomme.

La minutie avec laquelle Schaeffer mâchait son fruit tapait, elle aussi, sur le système de Dalmann. D'une manière générale, Schaeffer commençait à lui courir sur le haricot. Mais c'était un bon, il fallait lui accorder cela. C'est pour cette raison qu'il le supportait depuis tant d'années.

– Tu le connais, ce Huber ?

C'était le nom du journaliste qui avait signé l'article.

Schaeffer secoua la tête jusqu'à ce qu'il ait avalé sa bouchée.

– Lui, non, son patron, oui.

– Celui-là, je le connais aussi. Mais nous aurons toujours le temps d'intervenir auprès de lui. Pour l'instant, il s'agit juste de savoir si ce rapport de l'Agence fédérale de renseignement mentionne la Palucron.

– On peut partir de cette hypothèse.

Si seulement il ne s'exprimait pas toujours avec une telle emphase, se dit Dalmann.

– Cette feuille de chou ne détient qu'un « extrait » du rapport. Si l'on parlait de la Palucron dans cet extrait, ça serait dans le journal.

Schaeffer conserva dans la main le morceau de pomme qu'il s'apprêtait à acheminer vers sa bouche.

– Ou alors ils gardent ce détail pour dimanche prochain.

– Tu vois, Schaeffer, c'est pour cette raison que j'aimerais bien que tu arrives à savoir ce qu'ils ont vraiment en main.

Schaeffer glissa le morceau de pomme dans sa bouche et mâcha, l'air songeur. Il finit par avaler, hocha la tête et dit :

– Je pense que c'est dans le domaine du faisable.

– Bien, grogna Dalmann, dans ce cas, fais-le.

Ils se consacrèrent à l'Euro 2008.

Le dimanche suivant, le même journal dominical révéla de nouveaux détails sur l'affaire du nucléaire. Le nom de la Palucron n'apparaissait pas.

10

La Coupe d'Europe de football avait permis à Maravan de souffler un peu. L'hôtellerie et la restauration avaient tellement besoin de personnel que même la malédiction d'un Huwyler n'était plus un obstacle à l'emploi. Au moins pour le gérant d'un stand d'alimentation dans le village des supporteurs.

Maravan y faisait la plonge. Son poste de travail était une partie de tente séparée de la cuisine et de l'espace de restauration ; il y régnait une chaleur étouffante. Il devait récurer à la main les poêles et les plats de chauffe, il disposait d'un lave-vaisselle pour les assiettes et les couverts. Mais l'appareil était tellement fragile qu'il tombait sans arrêt en panne, contraignant Maravan à laver à la main cette partie-là aussi.

C'était un travail monotone. Il lui arrivait de rester désœuvré pendant des heures, puis d'être soudain submergé par une marée de supporteurs affamés. Son patron lui reprochait l'un comme l'autre, son inactivité autant que son incapacité à suivre le rythme. D'une manière générale, il reprochait tout à tout le monde. S'il faisait régner une ambiance aussi épouvantable, c'est qu'il avait acheté très cher une licence dont il avait espéré qu'elle lui rapporterait un gros pactole, et constatait à présent que le village des supporteurs était le plus souvent désert. La Suisse avait été éliminée, le temps était froid et pluvieux. Maravan comptait les jours jusqu'à la fin de la Coupe d'Europe.

Ce n'était pas seulement à cause de ce job. Tout ce ramdam lui tapait sur les nerfs. Il ne s'intéressait pas au football. Son sport à lui, autrefois, c'était la nage. Et, tout au début, le cricket aussi l'avait attiré un certain temps. Avant qu'il ne se consacre entièrement à la cuisine.

La seule bonne chose, dans ce boulot-là, c'était que la caisse de chômage n'en savait rien. Une entreprise de travail temporaire assez douteuse, qui employait toujours des gens dans la même situation que lui, lui avait trouvé cette place. Il était certes mal payé, vingt francs suisses de l'heure, mais cela s'ajoutait à ses allocations.

Il s'était endetté pour envoyer à sa sœur de l'argent destiné au traitement de Nangay. Trois mille francs. Pas auprès d'une banque, bien entendu – quelle banque aurait fait crédit à un demandeur d'asile ? –, mais auprès d'Ori, un homme d'affaires tamoul qui prêtait de l'argent à titre privé. Et à quinze pour cent d'intérêts. Sur toute la somme, jusqu'à l'extinction de la dette.

Il avait d'abord tenté d'y arriver sans emprunter. Juste après avoir appris que Nangay ne pouvait plus se soigner, il avait travaillé au noir dans un entrepôt de pneus usagés. Il avait passé toutes ses journées à trier des pneus qui pesaient des kilos.

Mais il n'avait pas tenu le coup. Non que le travail ait été trop dur : il était trop sale. Il n'y avait pas de douche dans l'entrepôt, et le lavabo ne suffisait pas à se débarrasser de la puanteur du caoutchouc et de la crasse noire. Trimer tout en bas de l'échelle sociale, il pouvait encore le supporter. Mais sa fierté ne tolérait pas qu'il en ait en plus l'aspect et l'odeur.

Il avait aussi tenté sa chance dans le bâtiment. Il avait travaillé pour le sous-traitant d'un sous-traitant sur un grand chantier. Mais, dès le deuxième jour, un inspecteur municipal du travail avait pointé le bout de son nez. Maravan et deux de ses collègues avaient tout juste eu le temps de filer. À ce jour, le sous-traitant lui devait encore son salaire.

Dans la tente où il faisait la plonge, on ne remarquait pas à quel point il faisait frais dehors. Maravan tentait de décoller les restes obstinés d'un goulasch dans un rondeau. Il n'avait rien d'autre à faire. Il entendait à travers la toile de tente la voix d'un commentateur de football. Le petit téléviseur diffusait le match Italie-Roumanie. Tous les stands alimentaires du village des supporteurs espéraient une victoire de l'Italie. Il y avait beaucoup plus d'Italiens que de Roumains dans la ville, et c'étaient les supporteurs les plus solvables.

Enfin, à la cinquante-cinquième minute, tomba le un à zéro libérateur. Le hurlement de triomphe glaça les sangs à Maravan ; il jeta un coup d'œil par le rideau qui lui masquait l'accès au stand. C'est son patron qui hurlait le plus fort. Il sautillait les bras en l'air et criait : *« Italia ! Italia ! »*

Maravan voulut lui donner l'impression de partager sa joie, et cela fit son malheur. À la seconde même où on l'entendait rire à son tour derrière le rideau, la Roumanie égalisait. Le patron détourna les yeux du téléviseur, l'air dégoûté, et aperçut le visage rayonnant de Maravan. Il ne dit pas un mot, mais lorsque le match se fut achevé sur un nul, un partout, et que l'on eut vainement attendu toute la soirée l'afflux espéré de supporteurs italiens euphoriques, il versa son solde à Maravan et l'informa qu'il était inutile de revenir le lendemain.

Contrairement à son habitude, il rentra chez lui dans la motrice de la ligne douze. Un supporteur avait vomi dans la rame de queue. Maravan n'avait pas supporté l'odeur.

On voyait encore dans la rue quelques supporteurs isolés qui rentraient vers le centre. Les écharpes aux couleurs de leurs équipes leur servaient à présent à se protéger contre le vent froid, et l'on n'entendait que de temps en temps s'en échapper les bribes d'un chant de combat rétif.

Maravan ne s'était encore jamais autant senti au bout du rouleau. Pas même le jour où il avait décidé de remettre toutes ses économies à un passeur. Cela, au moins, lui avait ouvert une issue.

Cette fois-ci, il n'en voyait pas, sinon une très humiliante. S'il avait professé sa foi en les Tigres de Libération, il aurait obtenu le poste au restaurant ceylanais. Le propriétaire se moquait bien qu'il se soit fait virer de chez Huwyler. Il l'aurait pris au rang de commis, avec la perspective d'une promotion comme cuisinier. Mais, à l'instant où Maravan avait répondu en haussant les épaules à la question piège sur sa position à l'égard des Tigres tamouls, il savait qu'il n'aurait pas la place. Les LTTE étaient omniprésents dans la diaspora. Quand on dépendait de l'aide de ses compatriotes, ici, on ne pouvait pas se permettre de marquer ses distances à l'égard de l'organisation.

Peut-être ferait-il mieux de rentrer au pays. Il n'aurait pas moins d'avenir là-bas qu'ici.

Juillet 2008

11

Une journée d'été, fin juillet, les températures avaient dépassé les vingt-cinq degrés malgré la légère bise qui soufflait encore.

Barack Obama, candidat démocrate aux élections présidentielles, parlait à Berlin devant deux cent mille personnes et leur promettait que le monde entier allait prendre un virage. Il en avait bien besoin : quelques jours plus tôt, la plus grande banque hypothécaire des États-Unis s'était effondrée, et quelques autres s'enfonçaient dans les difficultés.

L'armée sri-lankaise annonçait une lourde défaite des LTTE dans le district de Mullaitivu. Et les LTTE annonçaient la troisième offre d'amnistie aux soldats déserteurs sri-lankais depuis le début de l'année.

Maravan pêcha dans l'eau bouillante avec une cuillère à café l'un des haricots mungo grillés, puis le goûta. Il était cuit, mais encore ferme. Il égoutta les haricots, les étala sur une plaque en silicone et les laissa refroidir.

Il leur ajouta de la noix de coco râpée, du sucre de palme et des graines de cardamome finement pilées, puis mélangea soigneusement le tout dans un bol. Il pétrit ensuite de la farine de riz grillée avec de l'eau bouillante pour en faire une pâte résistante. La quantité d'eau devait être calculée avec précision : s'il y en avait trop, il était difficile de donner forme à la pâte. Trop peu, elle deviendrait dure une fois qu'elle serait cuite.

Maravan se lava les mains et se passa un peu d'huile de coco. Il roula de petites boules de pâte de farine de riz et leur donna la forme de cupules qu'il emplit du mélange épicé composé avec les haricots et referma en cônes pointus. Il les fit cuire à la vapeur, les posa dans la Thermobox et se mit aux trente suivants.

Maravan était devenu le fournisseur de mothagam, la confiserie préférée de Ganesh, le dieu à tête d'éléphant, seigneur des troupes au service de Shiva.

Il produisait chaque matin et chaque soir une centaine de mothagam pour le culte, que les croyants pouvaient acheter devant le temple et sacrifier à Ganesh. Les membres de la communauté qui avaient une voiture se relayaient pour passer prendre la boîte un peu avant huit heures et un peu avant dix-huit heures, et pour la rapporter vide.

L'idée commerciale était la sienne. Pour la mettre en œuvre, il dut augmenter la dette contractée auprès d'Ori. Il fallut acheter les Thermobox professionnelles et verser un don de mille francs aux LTTE. Mais en contrepartie on le chargea aussi d'approvisionner deux boutiques d'alimentation tamoules et deux restaurants ceylanais en pâtisseries pour le thé et autres confiseries. Son affaire ne marchait pas encore très fort, mais c'était un appel d'air. Peut-être la première marche vers le *Maravans Catering*.

On sonna. Maravan regarda sa montre. Il était un peu plus de cinq heures, le coursier du temple passait bien tôt, ce soir-là.

– Un moment ! s'exclama-t-il en tamoul avant de se laver les mains et d'ouvrir la porte.

Andrea.

Elle avait dans les mains un bouquet de fleurs et une bouteille de vin. Elle les lui tendit tous les deux.

– Je sais que tu ne bois pas d'alcool. Mais moi, si.

Comme lors de sa dernière visite impromptue, il lui fallut demander « Je peux entrer ? » avant que Maravan ne sorte de sa torpeur.

– Excuse-moi.

Il la fit entrer dans l'appartement. Elle vit la porte ouverte de la cuisine, son tablier de travail, et lui demanda :

– Tu attends des invités ?

– Non, je fais des mothagam.

Il passa dans la cuisine, en sortit deux de la Thermobox, les posa sur une petite assiette et les lui tendit.

– Tiens. On peut le manger ou en faire l'offrande.

– Je préfère l'offrir, décida-t-elle avec un sourire.

– Ah, oui… Non, non, n'aie pas peur, c'est inoffensif.

Mais Andrea ne se servit pas.

– Tu as le temps ?

– Dans vingt minutes, je l'aurai. Tu veux attendre dans le séjour ?

– Je regarde.

Lorsqu'on sonna à la porte, Maravan avait terminé. Le membre de la communauté chargé de porter les pâtisseries au temple était cette fois une femme rondouillette d'âge moyen qu'il lui sembla connaître. Il ne se rappela pas où il l'avait déjà vue. Elle le lui aurait vraisemblablement dit, mais lorsqu'elle vit Andrea debout dans la cuisine, son sourire s'effaça. Elle prit la Thermobox et repartit presque sans le saluer.

– Est-ce qu'on peut te commander un repas ?

Ils étaient assis sur les coussins, devant la table basse. Andrea avait un verre de vin devant elle, Maravan son thé. Avant qu'il ne se soit assis, il avait allumé cérémonieusement la dîpam devant son autel domestique, en murmurant quelque chose.

– On peut. Un jour, j'ai même l'intention d'en vivre.

– Je veux dire : un repas particulier.

– Je m'efforce que chaque repas soit particulier.

Elle but une gorgée de vin et posa lentement son verre.

– Je veux dire : avec la même particularité que le repas que tu m'avais préparé. On peut te commander ça ?

Maravan réfléchit.

– Quelque chose d'analogue, certainement.

– Il faudrait que ce soit exactement le même.

– Pour cela, il me faut un rotovapeur.

– Ça coûte combien, un truc comme ça ?

– À peu près six mille.

– Aïe.

Andrea fit tourner le vin rouge dans son verre et réfléchit. Elle avait beaucoup de relations dans l'hôtellerie. Elle trouverait bien quelqu'un pour lui procurer ce genre de chose.

– Et si j'emprunte un appareil comme celui-là ?

– Alors ce sera exactement le même repas.

Maravan la resservit.

– Effet compris ?

Il haussa les épaules et sourit.

– Nous pouvons essayer.

– Pas nous, Maravan, dit-elle précautionneusement.

12

L'appartement d'Andrea se situait à peu près dans le quartier où Maravan, dans ses rêves, imaginait déjà la camionnette jaune aux couleurs du *Maravans Catering*. Il se trouvait au troisième étage d'un immeuble bourgeois des années vingt. Trois pièces hautes de plafond, une véranda, une salle de bains démodée, des W.-C. avec une chasse d'eau installée presque sous le plafond, une grande cuisine équipée d'une gazinière et d'un nouveau lave-linge non encastré dont le tuyau débouchait dans l'évier.

C'était le genre d'appartement qu'on n'obtenait pas sans beaucoup de chance et de bonnes relations, et pour lequel on pouvait toujours craindre une hausse astronomique du loyer après la revente et la rénovation de l'immeuble.

Andrea l'avait habité à deux jusqu'à l'échec de sa dernière relation en date et s'y sentait désormais un peu perdue. Elle vivait dans la chambre à coucher et dans la cuisine. Parfois encore dans la véranda. Elle n'utilisait pratiquement pas le séjour-salle à manger et ne mettait jamais les pieds dans la chambre de Dagmar, vidée de tous ses meubles.

Mais, ce jour-là, le séjour était illuminé par une mer de bougies. Au centre, Maravan avait installé sa table basse et ses coussins. La nappe provenait, elle aussi, de ses stocks à lui, Andrea l'avait même convaincu de lui prêter l'autel domestique de la déesse Lakshmi et la lampe en terre cuite. Les seules choses dont Maravan avait pu la dissuader, c'étaient les bâtonnets d'encens et la flûte méditative indienne.

C'est dans la Golf d'Andrea qu'ils avaient transporté jusque-là le matériel de cuisine, les coussins et la table basse, les ingrédients et les plats qu'il avait confectionnés chez lui à l'avance.

Il s'était rendu chez elle dès la veille pour préparer et congeler les esquimaux à la réglisse. Il en avait profité pour apporter les gâteaux en feuilles d'urad croustillantes et élastiques qu'une intuition l'avait poussé, la dernière fois, à appeler « homme et femme », et les avait mis au réfrigérateur.

Tout le reste – les sphères aux amandes et au safran à demi gelées à l'azote liquide, les cylindres de ghee tissés de fils de safran, les boules de ghee reluisantes, le poivre long, la cardamome, la cannelle et le sucre de palme –, il le prépara dans la cuisine d'Andrea. Même les confiseries, petits cœurs glacés rouges et asperges gelées, étaient fraîches. Il lui fallait en outre, et dans le même temps, confectionner ses mothagam. Ce jour-là, c'est Andrea qui avait dû se charger du transport au temple. Il ne voulait pas faire venir le coursier de la communauté dans son appartement.

Depuis dix heures du matin tournait le rotovapeur qu'Andrea, après une longue quête, avait fini par dénicher non pas auprès de l'une de ses relations dans la restauration, mais chez une admiratrice qui travaillait comme assistante à l'université et y préparait sa thèse de chimie.

Maravan avait résisté à la tentation de faire, par désir créatif, quelques variantes sur les trois plats normaux au curry, même si c'étaient les seuls à ne pas être des plats aphrodisiaques. C'est peut-être justement à la combinaison de ses plats qu'il devait l'effet produit sur Andrea.

Vers vingt heures, l'invitée d'Andrea était arrivée. C'était une presque trentenaire très blonde, très nerveuse, un peu en chair, plus jolie que belle, et l'on voyait que cette situation ne la mettait pas très à l'aise. Elle refusa le champagne que Maravan servit en sarong et chemise blanche. Il prit note avec inquiétude de cet écart au menu et espéra que ce n'était pas précisément cet élément qui avait accéléré l'effet.

Lorsque les deux femmes eurent pris place, il apporta les compliments de la cuisine, les mini-chappatis sur lesquels il fit tomber goutte à goutte, dans une pose un peu cérémonielle, son essence de feuilles de caloupilé, de cannelle et d'huile de coco.

Ensuite, il ne servit plus les plats que sur un signe d'Andrea – le tintement d'une cloche de temple en laiton, un autre prêt de Maravan.

Chaque fois que la cloche retentissait et que Maravan apportait un nouveau plat, l'invitée d'Andrea était plus détendue – et lui aussi, du même coup. Lorsqu'il eut servi le thé et les pâtisseries, il prit congé d'une brève courbette, comme ils en étaient convenus.

Il quitta discrètement l'appartement peu avant dix heures du soir. Andrea l'appellerait le lendemain et lui indiquerait à quel moment il pourrait passer, ranger et rapporter avec elle le matériel chez lui.

C'était une soirée chaude et humide, on voyait encore dans le ciel l'éclat tardif du soleil qui s'était couché depuis un bon moment. Au cours de la journée, le thermomètre avait dépassé les trente degrés.

C'est par des soirées comme celle-là que le mal du pays était le plus terrible. Elles lui rappelaient Colombo pendant la mousson. Les premières gouttes pouvaient tomber à n'importe quel moment ; il lui arrivait de croire qu'il entendait le ressac au loin, depuis le Galle Face Drive, et le croassement des corbeaux aux aguets près des buvettes, sur la promenade.

Même l'odeur pouvait être semblable à celle de son pays, les jours chauds et humides, peu avant la pluie. Notamment lorsque le vent portait vers lui, d'on ne savait où, le fumet d'un barbecue. Alors il retrouvait le fumet de ses cuisines ambulantes et croyait voir leurs lumières briller au loin.

Mais ce jour-là, le mal du pays n'était pas pesant. Ce jour-là, il avait le sentiment d'avoir fait un pas de plus. Il avait accompli sa première mission de cuisinier à domicile dans un foyer suisse. Non, c'était mieux que cela. N'avait-il pas fourni aussi le mobilier et le matériel de décoration ? Et n'avait-il pas aussi assuré le service ? À proprement parler, cette journée avait été celle de la première intervention du *Maravans Catering*.

Le chagrin d'amour ne le tourmentait pas non plus. Si Andrea avait voulu passer cette nuit avec un homme, il ne se serait sans doute pas senti comme cela. Mais il n'était pas jaloux de cette blonde. Pour être tout à fait honnête, le rôle de complice qu'il avait tenu dans cette opération de séduction le réjouissait même. Il avait l'impression de s'être un peu rapproché d'Andrea.

Les nuages se vidèrent sur lui sans prévenir. Il s'immobilisa, écarta les bras et tourna le visage vers le ciel. Comme le jeune homme qu'il avait observé des mois plus tôt depuis le tram. Ou comme lui-même, petit garçon, sous la première pluie de la mousson.

13

Huwyler n'était pas complet, mais la fréquentation de son établissement était tout de même un peu plus élevée que celle de la plupart de ses collègues. Il était bien placé pour le savoir : en tant que président de *swisschefs*, il était à la source de l'information. Il se démenait contre la crise, il avait des idées – son « menu surcrise » avait par exemple été évoqué dans les médias locaux, qui y avaient consacré de petits billets humoristiques. Et la tuile venait de tomber !

Ce connard venait faire un infarctus chez lui. Un vendredi soir, *full house* ! Et vomissait sur la table ! Et sur le plastron de son invité, un homme d'affaires hollandais !

Ils devaient tous penser la même chose : Tiens, voilà un type qui meurt sous mes yeux au Huwyler. Qu'est-ce qu'il a bien pu manger ?

Trois médecins furent aussitôt auprès de lui, le déshabillèrent presque entièrement, l'un d'eux indiqua par portable les premiers éléments de diagnostic aux urgences, « soupçon d'infarctus du myocarde », l'autre s'occupait de la réanimation tandis qu'un troisième, sorti du restaurant pour y rentrer l'instant d'après, lui faisait une injection. Et l'on entendait déjà l'ambulance.

Les infirmiers et l'urgentiste arrivèrent avec un chariot-brancard, il fallut dégager trois tables pour lui laisser le passage. Puis ils le firent sortir, et ce n'était pas un beau spectacle : Dalmann, blanc comme neige, masque à oxygène, du vomi collé aux cheveux.

Toute la marche du restaurant en fut bien sûr interrompue. Des plats décommandés durent repartir vers la cuisine, d'autres à moitié consommés restèrent sur les tables, des clients demandèrent à payer, d'autres attendaient que leur table soit revenue à sa place, d'autres s'étaient trouvés mal. L'épouse d'un célèbre avocat d'affaires fut prise d'une crise de larmes convulsive. Et tous regardèrent avec un haut-le-cœur les deux Tamouls qui débarrassèrent la table de Dalmann et nettoyèrent le sol.

Pour couronner le tout, le chef de service arriva armé d'un diffuseur d'ambiance – où diable était-il allé dénicher un *diffuseur d'ambiance* ? – et avant que Huwyler n'ait pu intervenir, cela n'empesta plus le vomi, mais les aiguilles de sapin et le vomi.

Ensuite, lorsque Huwyler fut parvenu à tenir une petite allocution pour rassurer ceux de ses clients qui n'avaient pas déguerpi – il s'était dit persuadé que la présence, heureuse mais qui n'avait rien d'exceptionnel dans son restaurant, de trois médecins à la fois, permettait certainement d'émettre un pronostic très favorable –, bref, au moment précis où une sorte de normalité était revenue, le client de Dalmann revint du vestiaire du personnel. Il venait de prendre une douche et portait le costume noir de réserve du sommelier, trop étroit et trop court.

Mais ça ne l'empêcha pas de demander une place pour terminer le menu ! Cela, affirma-t-il d'une voix forte, ferait certainement plaisir à son hôte. Ce qui, bien entendu, coupa l'appétit à quelques clients supplémentaires.

Le lendemain matin, lorsque Huwyler passa un coup de fil à Schaeffer, le collaborateur de Dalmann, celui qui appelait chaque fois pour les réservations, et s'enquit auprès de lui de l'état de son patron, Schaeffer répondit :

– En rapport avec les circonstances. Après avoir subi une opération en urgence, l'état du patient est stable.

Cet homme parlait comme un bulletin médical.

De la chance dans le malheur : si Dalmann était mort au Huwyler, cela aurait encore plus gêné les affaires. Mais d'un autre côté, dans ce cas-là, les médias en auraient peut-être parlé.

14

Andrea ne redonna de ses nouvelles que le lendemain après-midi.

Maravan était en train de préparer les mothagam pour la soirée lorsque le téléphone sonna. Elle avait une voix joyeuse, mais ne lui confia aucune information sur le succès de l'expérience. Maravan réfréna sa curiosité et ne posa pas de questions.

Même lorsqu'il rangea la cuisine d'Andrea, une heure plus tard, il lui laissa la direction des opérations. Elle le regarda, un verre d'eau dans la main droite, le coude appuyé sur la paume de la gauche. À aucun moment elle ne fit mine de lui apporter son aide.

– Tu n'as donc aucune curiosité ? finit-elle par demander.

– Si, se contenta-t-il de répondre.

Elle posa le verre sur la table de la cuisine, prit Maravan par les épaules et l'embrassa sur le front.

– Tu es un magicien. Ça a fonctionné !

Il avait dû lui lancer un regard incrédule, car elle répéta d'une voix un peu plus forte :

– Ça a fonctionné !

Et comme il ne réagissait toujours pas, elle se mit à tourner sur elle-même en sautillant et en chantant :

– Fonctionné, fonctionné, fonctionné !

Il se mit à rire à son tour et fit quelques pas de danse avec elle.

Elle le choqua en lui faisant un tableau de sa nuit d'amour, récit qui ne rentrait certes pas dans les détails, mais en révélait tout de même plus que ce qu'autorisait la sensibilité morale d'un hindouiste pratiquant. Il culmina avec cette question :

– Et tu sais quand elle est partie ?

Il s'éclaircit la voix :

– Tard, si tu poses la question comme ça.

– À deux heures et demie. De l'après-midi ! Quatorze heures trente ! dit-elle en lui lançant un regard de triomphe.

– Et pourquoi penses-tu que c'est grâce au repas ? Ça pourrait aussi être grâce à toi.

Andrea répondit par la négative, d'un geste appuyé de la tête :

– Franziska ne couche jamais avec des femmes, Maravan. Jamais !

Elle l'aida à charger le matériel dans sa Golf et le conduisit chez lui. Pour une brève demi-heure, il put se figurer qu'une partie de son rêve était devenue réalité : il se trouvait avec son associée, Andrea, transportant son équipement de restauration sur le trajet qui le ramenait, mission accomplie, au siège de son entreprise. Il était heureux qu'elle aussi soit plongée dans ses pensées et ne cherche pas à le sortir de sa rêverie en tentant de faire la conversation.

Lorsque tout fut empilé dans son appartement, elle ne fit pas mine de repartir. Ils se tenaient sur le petit balcon de la cuisine, Andrea appuyée à la rambarde, avec une cigarette dont elle n'inhalait pas la fumée, qu'elle soufflait rapidement comme pour revenir sur chaque bouffée. Les températures avaient nettement baissé, mais il ne pleuvait plus depuis quelques heures. Par les fenêtres ouvertes, on entendait de la musique, les bavardages et les rires des voisins tamouls.

En dessous, dans la cour intérieure, un dealer réglait avec un client une affaire muette et rapide. Puis ils filèrent tous les deux.

– C'est quoi, ton plus grand rêve ? demanda Andrea.
– Le retour et la paix.
– Pas un restaurant ?
– Si. Mais à Colombo.
– Et d'ici là ?
Maravan se redressa et glissa les poings dans les poches de son pantalon.
– Un restaurant ici.
– Et tu le finances comment ?
Il haussa les épaules.
– En faisant de la restauration à domicile ?
Andrea leva les yeux vers lui.
– Exactement.
Il parut étonné.
– Tu crois que cela pourrait fonctionner ?
– Si tu fais la cuisine comme pour moi.
Maravan rit doucement.
– Ah oui, je vois… Et les clients ?
– Eux, je m'en charge.
– Et qu'est-ce que tu y gagneras ?
– La moitié.

Andrea avait un *business-plan* et un peu d'argent. Une sœur de sa mère était morte sans laisser d'enfants un an et demi plus tôt, et avait désigné ses quatre neveux et nièces comme héritiers. Outre ces économies, le legs était constitué d'un peu d'argent économisé sur les loyers d'un chalet comprenant quelques appartements de vacances dans une ville thermale d'hiver des Préalpes, où la neige ne tombait pas à tous les coups et où la sœur en question avait passé la moitié de sa vie. Les héritiers n'avaient pas hésité un seul instant à vendre le chalet. Toutes taxes déduites, chacun avait reçu un peu moins de quatre-vingt mille francs suisses, dont Andrea avait dépensé près de la moitié en raison de ses fréquents changements d'emploi. Elle comptait à présent en investir une partie dans *Love Food*, puisqu'elle donnait déjà ce nom à l'entreprise.

C'est elle qui achèterait les appareils qui manquaient à Maravan – notamment le rotovapeur –, qui se procurerait un fonds de vaisselle et de couverts, qui s'occuperait de la prospection des clients ; elle remplacerait sa Golf par une fourgonnette, se chargerait de l'administration et du service et apporterait, dans un premier temps, le capital social.

Maravan, lui, fournirait le *know-how*.

Présenté ainsi, le *fifty-fifty* était plus qu'honnête, Maravan était lui aussi forcé de l'admettre.

Un *Love Dinner* pour deux personnes coûterait mille francs, sans les boissons, c'est-à-dire essentiellement, et sur recommandation du maître, du champagne qu'elle pouvait acheter au prix des grossistes et revendre à celui des restaurants.

Maravan était d'accord avec tout. Ce n'était certes pas le genre de restauration à domicile qu'il s'était imaginé. Mais, dans sa culture, il n'y avait rien de condamnable à préparer des plats destinés à promouvoir la vie amoureuse de couples mariés – car, selon Andrea, tel serait le profil de leurs clients. Et la perspective de passer beaucoup de temps avec Andrea le rendait heureux.

– Mais en quoi est-ce que cela t'intéresse ? demanda-t-il. Tu peux retrouver une place à n'importe quel moment.

– C'est quelque chose de nouveau, répondit-elle.

Une fusée monta au-dessus des toits, ralentit peu à peu, s'immobilisa un instant et retomba au sol en cordons rouges incandescents. On célébrait le premier août, la Fête nationale. Et la fondation de *Love Food*.

15

C'était seulement la deuxième fois que Maravan cuisinait dans l'appartement d'Andrea, mais ils avaient déjà une sorte de routine. Il savait où il pouvait trouver tout ce qu'il cherchait, et elle n'avait plus à lui poser de questions en dressant la table et en la décorant. Chacun faisait son travail en silence, comme une équipe bien rodée.

La cliente, ce jour-là, était Esther Dubois, une psychologue dont Andrea avait fait la connaissance quelque temps plus tôt, dans un club. Elle était accompagnée par un homme, mais ça ne l'avait pas empêchée de lui faire des avances sans le moindre voile.

Esther Dubois était une sexologue renommée qui avait été chargée pendant un certain nombre d'années d'une rubrique très remarquée sur la sexualité dans une revue destinée aux ménagères de plus de quarante ans. Un âge qu'elle avait elle aussi dépassé à présent ; elle avait teint en rouge feu sa chevelure devenue grise avant l'heure, et c'était une habituée des pages *people*.

Andrea l'avait appelée à son cabinet et n'avait pas eu à se donner beaucoup de peine pour l'inviter – « à une expérience excitante dans le domaine de la cuisine et de la thérapie sexuelle », comme elle s'était exprimée.

Esther arriva avec une demi-heure de retard et un gros bouquet d'arums blancs, parce que leur forme allait tellement bien, expliqua-t-elle, avec le thème de la soirée. Andrea lui présenta Maravan :

– Voilà Sri Maravan, un grand gourou de la cuisine érotique.

Ni le « *Sri* » ni le « gourou » n'avaient été convenus avec Maravan et, en voyant sa réaction, elle se dit qu'elle aurait peut-être dû s'en soucier. Il tendit la main à la cliente, avec un sourire perplexe, et retourna à son travail.

– Ah, mais maintenant, je brûle de voir ce que cela donne, annonça Esther Dubois lorsque Andrea la conduisit dans la pièce dont seules des bougies éclairaient la pénombre.

Elle s'installa aussitôt confortablement sur les coussins et demanda :

– Pas de bâtonnets d'encens ? Pas de musique ?

– Sri Maravan estime que l'un et l'autre détournent l'attention. L'encens distrait du fumet des plats ; la musique, des sonorités du cœur.

Cela non plus n'était pas convenu à l'avance. Elle prit la cloche du temple et sonna.

– C'est la seule chose qu'il me permette.

La porte s'ouvrit, Maravan apporta un plateau chargé de deux verres de champagne et de deux petites assiettes de mini-chappatis. Tandis que les deux femmes trinquaient, il fit couler au goutte à goutte l'essence de feuilles de caloupilé, de cannelle et d'huile de coco sur les petits chappatis.

– J'espère que ce n'est pas de la chimie, fit Esther Dubois.

– La cuisine, c'est de la chimie et de la physique, répondit courtoisement Maravan.

Elle prit le chappati, le huma, ferma les yeux, en mordit un morceau, mâcha d'un air solennel et ouvrit les yeux.

– Un incomparable produit de la chimie et de la physique.

La sexologue, une femme d'ordinaire assez volubile, parla à peine pendant tout le repas. Elle se contenta d'émettre des soupirs et des gémissements dans toutes les tonalités, de rouler des yeux et d'agiter théâtralement la main pour s'éventer.

– Tu sais ce qui est le plus excitant ? demanda-t-elle à un moment. C'est de manger avec la main.

Et lorsqu'elle eut avalé avec un soupir de plaisir le dernier des petits cœurs glacés, elle demanda :

– Et maintenant ? Ton joli gourou ?

Mais le joli gourou était déjà parti.

Le repas avait provoqué sur Andrea le même effet que les deux fois précédentes. La soirée avait été merveilleuse, et la nuit aussi, bien qu'elle n'ait pas su par quel bout prendre la personnalité d'Esther Dubois. Elle était un peu trop intellectuelle et un peu trop expansive pour elle. Andrea n'aimait pas ces femmes bi qui vivaient une relation libre avec leur mari et étaient capables d'appeler vers minuit pour annoncer : « Je ne rentrerai pas cette nuit, *honey*. Je te raconte tout demain. »

En tout cas, le lendemain matin, elle était heureuse qu'Esther se soit levée de si bonne heure et qu'elle ait pris ses cliques et ses claques avant le petit déjeuner, comme un époux volage.

– Je te tiens au courant, avait dit Esther en repassant une dernière fois dans la chambre et en l'embrassant sur le front.

La promesse se rapportait à une brève conversation d'affaires qu'elles avaient eue au cours de cette nuit d'amour. Andrea était à peu près certaine qu'elle la tiendrait.

– Ça fonctionne toujours ? avait-elle demandé à Andrea d'une voix ensommeillée.

– Pour moi, oui. Et même une fois avec un homme !

– Je ne savais pas que tu faisais ça aussi avec des hommes.

– Moi non plus.

– Plutôt surprenant. Qu'est-ce qu'il met dedans ?

– Ce sont d'antiques recettes aphrodisiaques ayurvédiques. Mais il les prépare à sa manière, tout à fait personnelle.

– Tu sais combien de mes patientes vendraient père et mère pour un repas comme celui-là ?

– Envoie-les-moi, répondit seulement Andrea avant de se blottir dans la couverture et de s'endormir enfin.

16

Dalmann était persuadé que Schaeffer voulait le ridiculiser. La tenue de sport qu'il lui avait achetée était rouge avec des empiècements jaune fluo.

– Tu n'as rien trouvé de plus voyant ? lui avait-il demandé.

– En cette saison, on privilégie les couleurs plus expressives. Notamment pour des raisons de sécurité.

– Qui dit cela ?

– J'ai demandé conseil à des spécialistes, répondit le collaborateur, un peu piqué au vif.

C'était cette tenue que Dalmann portait à présent, mais il était bien forcé de l'admettre : il s'en fichait pas mal. Les autres n'avaient pas meilleure allure dans leurs survêtements trop étroits ou trop larges. Eux qui tentaient, hors d'haleine, cramoisis, livrés sans défense à leurs appareils de remise en forme, d'effacer les péchés des dernières décennies.

Assis sur un ergomètre, Dalmann appuyait chichement sur les pédales. Sur la tablette, devant le guidon, se trouvait la feuille où figurait son programme personnel de remise en forme. Il laissa de côté les autres exercices et se concentra sur l'ergomètre. Il pouvait y doser son effort tout en restant assis. Le médecin du centre lui avait conseillé de pratiquer ces exercices quotidiennement, mais de ne jamais aller jusqu'à la limite de ses forces. Dalmann respectait rigoureusement cette dernière consigne.

On lui avait posé un stent. Un petit tube qui élargissait le vaisseau cardiaque rétréci responsable de l'infarctus. L'intervention n'avait pas été particulièrement importante, il l'avait bien supportée et il ne lui restait plus qu'à suivre cette cure assommante et avaler un médicament régulant la coagulation sanguine pour que le petit tuyau reste ouvert. Il devrait en outre mener une vie plus saine, faire attention à ce qu'il mangeait et buvait et – ce qui lui était le plus difficile – arrêter de fumer.

Autrefois, il disait toujours : « Mieux vaut la mort que le centre de cure. » Mais, après tout, ça n'était pas si mal : une sorte d'hôtel de luxe, doté d'un spa un peu plus professionnel. Certes, les clients étaient plus vieux et plus décrépits, la santé était leur seul sujet de conversation. Mais rien ne le forçait à leur parler. Tous les deux jours, Schaeffer lui rendait visite avec son attaché-case, et ils passaient quelques heures à travailler dans la suite de Dalmann.

Son pouls était monté à quatre-vingt-dix. Dalmann réduisit un peu la fréquence déjà tranquille de son pas, la diminua encore d'un rien, finit par arrêter totalement de marcher et descendit.

Dans le vestiaire, il se glissa dans le peignoir blanc portant le grand emblème de l'hôtel brodé sur la poitrine, se rendit au kiosque, acheta les principaux quotidiens et traîna la savate jusqu'à l'ascenseur qui le mena à son étage.

Les journaux faisaient état de la démission de Pervez Musharraf. Dalmann se demanda quelles conséquences cela pourrait bien avoir pour sa connexion pakistanaise.

Il allait prendre sa douche, mettre des vêtements normaux et s'autoriser une cigarette sur le balcon. Il habitait dans une suite non-fumeurs truffée de détecteurs.

Lorsqu'il fut tout habillé et revint dans le salon, il faisait tellement sombre dans la chambre qu'il dut allumer la lumière. Des nuages d'orage bas avaient plongé dans la nuit cette maussade journée d'été. Dalmann ouvrit la porte-fenêtre. La pluie qui giclait depuis le sol du balcon teignit de sombre la moquette beige clair.

Septembre 2008

17

Les banques nationales du monde entier injectaient des milliards dans le marché financier afin d'en assurer la liquidité. Dix grandes banques créaient un fonds de soixante-dix milliards de dollars pour empêcher une panique boursière internationale. Et Lehman Brothers, la quatrième banque d'investissement américaine, était en cessation de paiement.

Ce n'était peut-être pas le meilleur moment pour monter une entreprise, se dit Andrea une fois qu'Esther Dubois eut raccroché.

Celle-ci avait tenu parole et appelé deux jours seulement après leur repas afin de prendre rendez-vous pour un « couple de patients ». Andrea avait accepté, mais elle était à présent prise de doutes. Elle s'assit sous la véranda, dans le fauteuil rattan qu'elle avait déniché aux Puces du temps où elle y allait avec Dagmar, puis repeint en vert foncé. Elle s'alluma une cigarette.

Lorsqu'elle réfléchissait à son existence, celle-ci lui faisait l'effet d'une longue série de décisions irréfléchies. Elle s'enthousiasmait vite, s'ennuyait facilement. Ses études, le métier qu'elle avait choisi, ses relations amoureuses, ses emplois : tout avait été fortuit, spontané et instable. Était-ce vraiment ce qu'elle voulait ? Investir une grande partie de l'argent qui lui restait dans un service de restauration à domicile qui proposerait des menus érotiques et ne pourrait même pas fonctionner légalement ?

Elle s'était renseignée : elle remplissait les conditions pour obtenir l'autorisation préfectorale de gérer un *catering*. Ce serait réglé d'ici un mois. Mais il y avait un obstacle presque insurmontable : le règlement des services de l'Hygiène. Les innombrables règles concernant la cuisine et le matériel ne pouvaient être respectées ni dans sa cuisine ni dans celle de Maravan – si étincelante soit-elle. Et même s'ils y parvenaient, ils devaient faire inspecter et réceptionner les lieux lors d'un rendez-vous sur place avec la police financière, la direction des contrôles alimentaires, la police du bâtiment et les pompiers. À cela s'ajoutait le fait que Maravan, en tant que demandeur d'asile, n'était pas autorisé à exercer une activité indépendante. Andrea ne pouvait pas non plus l'employer comme cuisinier, tout au plus – à supposer qu'elle obtienne l'autorisation des services financiers – comme auxiliaire, en se faisant elle-même passer pour cuisinière. Tout cela était trop compliqué pour un projet qui pouvait aussi bien échouer. Et qui lui rembourserait ses investissements si elle n'obtenait pas l'autorisation ? Si elle voulait vraiment expérimenter, dans la pratique, le fonctionnement de son idée, il ne lui restait qu'une possibilité : le faire au noir. Au moins au début.

Elle n'avait pas besoin de tout cela. Il lui avait suffi d'une semaine, après avoir été licenciée sans préavis de chez Huwyler, pour retrouver un job. Pas aussi élégant et gastronomique, mais pas plus mal payé et avec un public plus jeune et plus agréable. Le restaurant s'appelait Mastroianni, c'était un italien situé au cœur du quartier des boîtes. Même si elle démissionnait – ce dont elle avait l'intention, car les horaires étaient trop nocturnes pour elle –, elle trouverait rapidement autre chose.

Elle écrasa sa cigarette à moitié fumée et baissa les stores obturants devant la fenêtre côté ouest. C'était une chaude journée d'été et, si elle ne fermait pas, le soleil de l'après-midi ne tarderait pas à transformer la véranda en serre. La lumière filtrée par le tissu brun fané donnait à la pièce, avec ses meubles assemblés au petit bonheur la chance et ses deux palmiers d'intérieur empoussiérés, une allure démodée. Andrea se rassit et s'adonna au sentiment d'être un élément d'une photographie jaunie.

Il aurait peut-être mieux valu se tenir à distance de Maravan après avoir découvert son secret. À l'époque, le souvenir de cette soirée chez lui était devenu une obsession. Il lui avait fallu la certitude que tout cela était vraiment dû au repas, et à lui seul.

Mais, après tout, le résultat convaincant de son essai avec Franziska, dont elle n'avait d'ailleurs pas de nouvelles depuis cette nuit-là, ne le lui avait-il pas déjà confirmé ? Ne devait-elle pas s'en contenter ? Ce n'était en tout cas pas une raison pour remettre en cause la vie qu'elle s'était bâtie et ses penchants personnels. Et encore moins un motif de nouer une communauté de travail et de destin avec l'homme qui lui avait tendu ce piège. Même si elle ne lui en voulait pas, cet épisode resterait entre eux comme un obstacle.

Elle alla pêcher une cigarette dans le paquet frappé d'un avis de danger de mort en caractères gras. Lorsque Dagmar habitait encore ici, la cigarette était interdite dans tout l'appartement. Elles avaient arrêté de fumer ensemble. Mais après leur séparation, Andrea avait recommencé et s'était autorisé l'usage du tabac sous la véranda. Il est vrai qu'elle n'avait pas de jardin à ciel ouvert.

Les différences culturelles entre Maravan et elle ne tarderaient pas non plus à poser des problèmes. Le détail du « *Sri* » et du « gourou » avait déjà suffi à provoquer un léger malaise. « Je t'en prie, ne me présente pas comme un *Sri* et un gourou, lui avait-il demandé d'une voix courtoise, mais insistante. Si les gens de chez moi apprennent que je me fais appeler comme ça, je suis fichu. »

Non. C'était une mauvaise idée, par quelque bout qu'on la prenne.

Elle posa sa cigarette dans le cendrier et suivit des yeux le fil de fumée qui dessinait à la verticale une ligne fine et droite avant de se disloquer sur les feuilles pennées d'un palmier.

C'est peut-être cette image qui finit par la convaincre de se lancer malgré tout.

Allons, se dit-elle, au moins pour cette fois, ils pouvaient bien tenter le coup.

Maravan avait fermé les volets de son séjour, toutes les portes et fenêtres de l'appartement étaient ouvertes et assuraient un peu de courant d'air. Vêtu d'un simple sarong, Maravan était assis dans la pénombre devant son écran et lisait les informations en provenance de sa terre natale.

Le gouvernement sri-lankais avait ordonné à toutes les organisations de l'ONU et aux autres groupes humanitaires de quitter les provinces du nord d'ici à la fin du mois. Près d'un quart de million de Tamouls étaient en fuite. On allait vers une catastrophe humanitaire.

Quelques avions des Tigres de libération avaient attaqué la base de l'armée de l'air et le quartier général de la police à Vavuniyaas, un secteur que le gouvernement sri-lankais avait proclamé libéré depuis longtemps ; ils avaient détruit le système radar, un canon de DCA et l'arsenal, tuant un nombre indéterminé de soldats.

Sur ce, l'armée sri-lankaise avait bombardé, dans le secteur de Mu'rika'ndi, la route nationale A9 et les villages avoisinants. La circulation était bloquée sur l'A9 en direction du checkpoint d'Oamanthai. Les secours alimentaires et les médicaments ne franchissaient plus les points de contrôle.

Pour Maravan, cela signifiait qu'il lui fallait plus d'argent. Sa famille devait de plus en plus souvent aller s'approvisionner au marché noir, dont les prix grimpaient chaque jour. Surtout ceux des médicaments.

À cela s'ajoutait le fait qu'Ori, le prêteur, imposait des amendes exorbitantes en cas de retard de paiement des traites, et les récupérait sans pitié. Et que les organisations proches des LTTE avaient doublé leurs campagnes de collecte de fonds sous prétexte que l'on se trouvait – depuis combien de fois déjà ? – dans une phase décisive de la guerre de libération.

Maravan n'avait toujours pas d'emploi et le peu qu'il gagnait avec ses mothagam en plus de ses allocations chômage était loin de suffire pour lui permettre de remplir toutes ses obligations.

Sa situation était donc passablement désespérée lorsque Andrea appela et lui annonça la première commande passée à *Love Food*. Il n'hésita pas une seconde.

Son unique question fut :

– Ils sont mariés ?

– Depuis près de trente ans, répondit Andrea avec une pointe d'amusement.

Ainsi, pour Maravan, la question était tranchée.

18

Depuis la cuisine, on voyait la ville, le lac et les chaînes de collines qui lui faisaient face. Maravan se tenait devant un îlot de cuisson blanc comme neige, sous une gigantesque chape d'aération en acier inoxydable qui ne produisait qu'un léger ronflement, comme la climatisation d'un hôtel de luxe. La grande table du repas, avec ses douze chaises coques, elles aussi d'un blanc immaculé, n'était pas mise. Le repas était servi dans la pièce voisine, un gigantesque séjour truffé d'œuvres d'art, pourvu, lui aussi, d'une baie vitrée avec vue sur la terrasse de toit et sur le panorama de la ville. Pour ce type de repas – Andrea les avait appelés des *love menus* –, la présence du cuisinier dans la même salle était bien entendu indésirable.

C'était une situation un peu gênante pour Maravan, et elle l'était aussi, de toute évidence, pour la maîtresse de maison, Mme Mellinger. Une femme plus proche de la soixantaine que de la cinquantaine, très soignée et un peu raide, mais c'était peut-être juste ce jour-là et dans ces circonstances. Elle n'arrêtait pas de surgir dans la cuisine sous un prétexte quelconque, se tenait la main devant les yeux, d'un geste affecté, et s'exclamait :

– Je ne regarde pas, je ne regarde pas !

M. Mellinger s'était retiré dans son bureau. À lui aussi cette histoire semblait être un peu désagréable. C'était un homme maigre, dans les soixante ans, les cheveux blancs coupés court, tout de noir vêtu, avec lunettes à monture assortie. Il avait fait une brève apparition et salué Maravan d'un raclement de gorge confus. Lorsque Andrea était arrivée dans la cuisine, juste après, son visage jusqu'alors grognon s'était éclairé. Puis il s'était excusé et avait marmonné :

– Je vous laisse à vos formules magiques.

La seule à ne pas être gênée était Andrea. Elle évoluait comme chez elle et sans le moindre embarras dans ce penthouse gigantesque et portait son sari jaune d'or avec un grand naturel. Maravan trouvait certes toujours un peu déplacé le spectacle des Européennes en sari, mais sur Andrea, avec ses longs cheveux noirs et brillants et en dépit de son teint blanc comme neige, il paraissait à peu près authentique.

Le menu était celui qui avait déjà fait ses preuves :

MINI-CHAPPATIS À L'ESSENCE DE FEUILLES DE CALOUPILÉ,
DE CANNELLE ET D'HUILE DE COCO
CORDONS DE HARICOTS URAD EN DEUX CONSISTANCES
LADIES'-FINGERS-CURRY SUR RIZ SALI À LA MOUSSE D'AIL
CURRY DE JEUNE POULET SUR RIZ SASHTIKA
ET SA MOUSSE À LA CORIANDRE
CHURAA VARAI SUR SON RIZ NIVARA À LA MOUSSE DE MENTHE
ESPUMA GELÉ AU SAFRAN ET À LA MENTHE,
AVEC SES TEXTURES DE SAFRAN
SPHÈRES DE GHEE À LA CANNELLE
ET À LA CARDAMOME DOUCE-AMÈRE
PETITES CHATTES AU POIVRE GLACÉ,
AUX POIS CHICHES ET AU GINGEMBRE
PHALLUS GELÉS AU GHEE ET AUX ASPERGES
ESQUIMAUX AU GHEE DE MIEL ET DE RÉGLISSE

Andrea l'avait persuadé d'introduire une innovation formelle. Elle avait proposé de servir le ghee gelé aux asperges non plus sous la forme de ces légumes, mais sous celle de pénis. Et les petits cœurs glacés en forme de chattes, comme elle les appelait. Jugeant que ce serait trop explicite, Maravan s'y était refusé. Mais Andrea avait dit :

– J'ai vu des photos de fresques érotiques que tes ancêtres ont peintes il y a mille cinq cents ans sur les parois rocheuses de Sigiriya. Alors ne sois pas si pudibond.

Maravan céda. Mais il emballa chastement ses réalisations dans du papier d'aluminium. Au cas où Mme Mellinger reviendrait sans prévenir dans la cuisine.

Si *Love Food* devenait un jour une entreprise officielle dotée d'un logo, Andrea estimait que cela devrait être une cloche de temple. Assise près de Maravan, dans la cuisine, elle attendait le coup de clochette provenant de la chambre où les Mellinger imprimaient un nouvel élan à leur relation. Elle croyait régulièrement avoir entendu quelque chose, sortait en vitesse, écoutait à la porte et revenait bredouille.

– Et qu'est-ce que nous faisons si ça ne fonctionne pas ? demanda Maravan.

– Ça va fonctionner, répondit Andrea d'un ton déterminé. Et si ça ne fonctionne pas, nous ne le saurons pas. Personne n'admet avoir dépensé bien plus de mille francs pour un repas aphrodisiaque qui n'a pas fonctionné.

Lorsqu'elle eut servi le champagne et les amuse-gueule, elle revint en riant sous cape.

– Elle porte des tissus vaporeux, raconta-t-elle.

Après les cordons de haricots, elle fit à nouveau son rapport :

– J'ai présenté les plats comme tu le fais, « homme et femme », et il a demandé : « C'est lequel, l'homme, le tendre ou le dur ? »

Maravan, perplexe, ne répondit pas.

– J'ai dit « les deux », bien entendu. (Andrea marqua une pause pour donner plus d'effet.) Et elle a répondu : « Je l'espère. »

Les intervalles entre les plats rallongeaient. Pendant ce temps-là, Andrea allait fumer sur la terrasse. La nuit était tombée, la ville reflétait ses lumières dans le lac, les faubourgs ponctuaient les collines de points lumineux.

Après le plat de résistance, la cloche de temple resta muette. Maravan devint nerveux. Du point de vue du timing, le plat suivant était le plus délicat. Il devait plonger les sphères cinq minutes dans l'eau à l'acide alginique, les rincer à l'eau froide, y injecter du ghee puis les faire réchauffer à soixante degrés. Il ne pouvait pas laisser passer une demi-heure jusqu'au dessert. Dix minutes après qu'Andrea eut servi les variations au curry, il avait donc façonné les sphères, les avait fait cuire, y avait injecté le ghee et les avait refroidies sous le jet. Il craignait qu'elles ne s'affalent s'il ne les mettait pas rapidement au four.

– Je t'en prie, va voir ce qui se passe, lui demanda-t-il pour la deuxième fois déjà.

Elle sortit et se demanda si elle devait frapper à la porte ou juste toussoter. Mais, à mi-chemin, elle entendit résonner dans la pièce des sons qui décidèrent à sa place.

Elle revint dans la cuisine et annonça :

– Mission accomplie, je pense qu'ils vont renoncer au dessert et aux friandises.

Après cette première commande, les doutes d'Andrea s'étaient dissipés. Les renseignements qu'avaient donnés les Mellinger à leur thérapeute étaient tellement positifs que, dès le lendemain, Esther Dubois leur faisait miroiter d'autres commandes. Une fois retranché le prix des matières premières ainsi que du champagne et du vin, il leur était resté près de mille quatre cents francs. Le travail était facile, ils n'avaient aucun chef sur le dos, et Maravan était un collègue calme, courtois et discret.

Mais ce qui emporta la décision fut que *Love Food* était son idée à elle. Utiliser en thérapie sexuelle l'art de la séduction gastronomique d'un demandeur d'asile tamoul, il fallait y penser ! Et il fallait aussi avoir les relations adéquates pour commercialiser cette idée.

Ce qui ennuyait Andrea, entre autres, dans sa profession, c'était l'absence de créativité. Elle avait sans arrêt des idées, mais jamais l'occasion de les mettre en œuvre. Cela avait radicalement changé avec *Love Food*. L'idée, c'était son bébé, elle en était fière. Et si, en plus, cela rapportait de l'argent, elle ne voyait pas pourquoi elle y renoncerait.

Lorsque, peu après, Esther Dubois leur demanda une nouvelle date pour un couple de patients, elle n'hésita pas une seule seconde. Et Maravan, lui non plus, n'y vit aucune objection. Hormis cette question :

– Ils sont mariés ?

La plupart étaient des couples ayant dépassé la quarantaine et évoluant à des niveaux de revenus qui leur permettaient aussi bien d'avoir ce genre de problèmes que de les régler par une thérapie. Maravan découvrit tout d'un coup en profondeur une catégorie de la société avec laquelle il n'était encore jamais entré en contact, sinon à grande distance, lorsqu'il cuisinait dans l'hôtellerie de luxe au sud de l'Inde et au Sri Lanka. Il entrait dans des appartements et dans des maisons dont chaque chaise ou chaque robinet aurait pu couvrir pour plusieurs mois les besoins financiers de sa famille au pays.

Il évoluait dans leurs cuisines comme un initié et se sentait pourtant comme un passager clandestin dans des vaisseaux spatiaux pilotés par des extraterrestres.

Maravan avait cru que les années passées dans ce pays l'avaient familiarisé avec la mentalité et la culture de ses habitants. Mais à présent qu'il en découvrait les coulisses, il comprenait à quel point ces gens et leurs problèmes lui étaient étrangers. La manière dont ils parlaient, dont ils se logeaient, dont ils s'habillaient, ce qui était important à leurs yeux : tout cela lui paraissait insolite.

Il aurait préféré garder ses distances. Être contraint de pénétrer dans l'intimité de ces personnes le faisait souffrir. Ce n'était pas la première fois qu'il était troublé par le fait que ces gens ne semblaient pas tenir à protéger leur sphère intime. Ils s'embrassaient en public, parlaient dans le tram des sujets les plus personnels, les écolières s'habillaient comme des prostituées, et dans les journaux, à la télévision, au cinéma, en musique, il n'était jamais question que de sexe.

Tout cela, il ne voulait pas le savoir, pas le voir, pas l'entendre. Non qu'il ait été une sainte Nitouche. Dans le pays d'où il venait, on vénérait le principe féminin comme la force originelle du monde. Ses dieux avaient des pénis, ses déesses des seins et des vagins. Les mères de ses dieux n'étaient pas des vierges. Non, son rapport avec la sexualité n'était pas perturbé. Elle jouait un rôle important dans sa culture, sa religion, sa médecine. Mais ici, elle le gênait. Et il devinait aussi pourquoi : parce qu'elle avait beau être omniprésente, elle gênait aussi ces gens au plus profond d'eux-mêmes.

Mais les affaires tournaient. Dès la quatrième semaine après leur intervention chez les Mellinger, *Love Food* avait cinq rendez-vous prévus. Et pour la première fois, leur sixième semaine était complète.

Fin septembre, ils se partagèrent un bénéfice net de près de dix-sept mille francs suisses. Nets d'impôts.

Octobre 2008

19

Avoir son agenda complet, pour Maravan, cela signifiait passer toute la journée et la moitié de la nuit debout dans la cuisine. À six heures du matin, il commençait les préparatifs pour les heures qui suivraient ; peu après midi, Andrea passait avec la camionnette. Ils commençaient alors à charger les Thermobox et le reste du matériel de cuisine.

Le travail était dur et un peu monotone, parce qu'il devait chaque fois préparer exactement le même menu. Mais Maravan appréciait l'autonomie, l'estime et la compagnie d'Andrea. Ils étaient chaque jour un peu plus proches l'un de l'autre – mais, hélas, pas de la manière qu'il espérait. Ils devenaient des collègues qui aimaient travailler ensemble, et étaient peut-être en bonne voie de devenir des amis.

L'une de ces journées-là, à l'heure du déjeuner, Andrea monta avec une liasse de courrier qui dépassait de la boîte aux lettres remplie à craquer du cuisinier. Entre les dépliants et les prospectus que le distributeur y avait enfoncés dans la fente en plusieurs exemplaires pour se débarrasser de son fardeau, se trouvait une lettre envoyée par avion et qu'une écriture enfantine avait destinée à Maravan. C'était une missive de son neveu, Ulagu :

Cher oncle,

J'espère que vous allez bien. Chez nous ça ne va pas si bien. Ici il y a beaucoup de gens qui se sont réfugiés à Jaffna avant la guerre. Souvent la nourriture ne suffit pas pour tout le monde. Les gens disent que nous allons perdre la guerre et ont peur de ce qui va se passer après. Mais Nangay dit que ça ne peut pas être pire.

C'est à cause de Nangay que je vous écris cette lettre. Elle va très mal, mais elle ne veut pas que vous le sachiez. Elle est toute maigre, passe ses journées à boire de l'eau et fait dans son lit chaque nuit. Le médecin dit que, si elle n'a pas son médicament, elle se desséchera. Il m'a écrit ce qu'elle a et le nom du médicament. Peut-être que vous pourrez en avoir là-bas et nous l'envoyer. Je ne veux pas que Nangay devienne toute sèche.

Je vous salue et je vous remercie. J'espère que la guerre sera bientôt terminée et que vous pourrez revenir. Ou bien je viendrai chez vous et je travaillerai comme cuisinier. Je sais déjà assez bien le faire.

Votre neveu, Ulagu

Ulagu était le fils aîné de sa plus jeune sœur, Ragini. Il avait onze ans lorsque Maravan avait quitté le pays. C'est à cause d'Ulagu que son départ avait été le plus difficile. Maravan était comme lui lorsqu'il était petit garçon. Silencieux, rêveur et un peu renfermé. Et comme Maravan, lui aussi voulait devenir cuisinier et passait beaucoup de temps auprès de Nangay, dans la cuisine.

À cause d'Ulagu, Maravan avait parfois le sentiment de s'être lui-même laissé sur place en quittant son pays. Et c'est aussi à lui qu'il devait de s'y trouver encore un peu.

– De mauvaises nouvelles ? demanda Andrea, qui l'avait regardé lire tout en portant le matériel de la cuisine jusqu'au palier.

Maravan le confirma d'un geste de la tête.

– Mon neveu écrit que ma grand-tante se porte très mal.

– La cuisinière ?
– Oui.
– Qu'est-ce qu'elle a ?

Maravan lut les deux mots inscrits sur le morceau de papier joint à la lettre :

– *Diabetes insipidus.*

– Ma grand-mère en a depuis des années, du diabète, dit Andrea pour le consoler. On peut vivre aussi vieux que Mathusalem avec ça.

– Ça n'est pas du diabète, ça s'appelle juste comme ça. On boit sans arrêt, mais on ne peut pas retenir l'eau et l'on se déshydrate peu à peu.

– Il y a un traitement ?
– Oui. Mais pas moyen d'obtenir le médicament là-bas.
– Dans ce cas il faut que tu essaies d'en trouver ici.
– C'est ce que je vais faire.

La salle d'attente était petite et bondée. Presque tous les patients étaient des demandeurs d'asile. La plupart étaient tamouls, il y avait aussi quelques Érythréens et quelques Irakiens. Ces dernières années, le Dr Kerner était devenu le médecin des réfugiés, et cela tenait plus du hasard que de sa volonté. Il avait commencé par embaucher une femme tamoule comme secrétaire médicale. Et dans la diaspora, ceux qui savaient que l'on pouvait parler tamoul chez le Dr Kerner n'avaient pas tardé à diffuser l'information.

Maravan avait attendu debout pendant près d'une heure avant de pouvoir hériter d'une chaise. Encore quatre patients, et ce serait son tour.

Il était ici dans l'espoir d'obtenir une ordonnance. Peut-être pourrait-il lui envoyer le médicament. Bien sûr, c'était de plus en plus difficile, mais il restait des voies de passage. Il lui faudrait sans doute avoir recours aux services des LTTE. Il s'en accommoderait : après tout, la vie de Nangay était en jeu.

On appela la dernière patiente avant Maravan. C'était une Tamoule d'un certain âge. Elle se leva, joignit les mains, s'inclina devant la représentation de Shiva sur le mur et suivit la secrétaire.

Dans la salle d'attente du Dr Kerner, Shiva, Bouddha, un crucifix et la calligraphie d'un verset du Coran cohabitaient pacifiquement sur le mur. Cela ne convenait certes pas à tous les patients, mais le médecin estimait que ceux que cela choquait pouvaient fort bien s'abstenir de fréquenter son cabinet.

Il fallut longtemps avant que Maravan n'entende l'auxiliaire prendre congé de la femme avec quelques mots de consolation. Peu avant six heures, on le fit entrer dans le cabinet.

Le Dr Kerner devait avoir la cinquantaine. Il avait une chevelure brune rebelle et des yeux fatigués sur un visage juvénile. Il portait une blouse blanche ouverte et un stéthoscope, sans doute moins par nécessité que pour éveiller la confiance. Lorsque Maravan entra, le médecin était en train de lire sa fiche ; il leva les yeux, désigna la chaise devant son bureau et se consacra de nouveau à son dossier médical. Maravan était venu le voir il y avait un certain temps pour une brûlure qu'il s'était faite en manipulant une sauteuse basculante dans une cuisine de collectivité.

– Il ne s'agit pas de moi, expliqua Maravan lorsque l'assistante se fut éloignée. Il s'agit de ma grand-tante à Jaffna.

Il lui parla de la maladie de Nangay et de la difficulté qu'il y avait à se procurer le médicament.

Le Dr Kerner écoutait sans cesser de hocher la tête, comme s'il connaissait cette histoire depuis très longtemps.

– Et maintenant vous voudriez une ordonnance, dit-il avant même que Maravan ait terminé.

Il acquiesça.

– Circulation, tension, coronaires : tout va bien, chez votre grand-tante ?

– Son cœur est fort, répondit Maravan. Elle dit toujours : « Si seulement mon cœur n'était pas si fort, il y a longtemps que je ne serais plus un fardeau pour vous. »

Le Dr Kerner prit son bloc d'ordonnances. Tout en écrivant, il commenta :

– C'est un médicament qui coûte cher.

Il détacha la feuille et la fit glisser sur le bureau :

– Une ordonnance permanente, valable un an. Et comment ferez-vous parvenir le médicament à votre grand-tante ?

– Par coursier jusqu'à Colombo, et ensuite… (Maravan haussa les épaules.) Je trouverai bien un moyen.

Le Dr Kerner posa le menton dans sa main et réfléchit.

– Une de mes relations travaille pour Médecins sans frontières. Vous savez que le gouvernement sri-lankais a donné jusqu'à la fin du mois à toutes les organisations humanitaires pour quitter le nord du pays ? Elle prend l'avion demain pour Colombo, elle est chargée d'aider la délégation à déménager. Je pourrais lui demander si elle accepterait de prendre le médicament. Qu'est-ce que vous en dites ?

20

À cette date, les hindouistes fêtaient Navarathiri, le combat du Bien contre le Mal.

Un jour où les dieux se sentaient désemparés face aux puissances du mal, ils se séparèrent tous d'une partie de leur force divine et s'en servirent pour modeler une nouvelle déesse, Kali. Au terme d'un combat effroyable qui dura neuf jours et neuf nuits, elle vainquit le démon Mahishasura.

Pour l'anniversaire de cette bataille, les hindouistes prient neuf jours durant Sarasvatî, la déesse de l'apprentissage, Lakshmi, la déesse de la richesse, et Kali, la déesse du pouvoir.

Chaque jour et chaque soir de Navarathiri, Maravan était occupé par son travail. Tout ce dont il était encore capable lorsqu'il rentrait chez lui, fatigué, à une heure tardive, était de donner une forme un peu plus longue et plus solennelle à sa *puja*, la méditation quotidienne devant l'autel domestique, et de sacrifier aux déesses une partie de la nourriture qu'il avait mise de côté pour elles en préparant la cuisine. C'est tout de même à Lakshmi qu'il devait de n'avoir pratiquement plus de dettes et suffisamment d'argent pour en envoyer régulièrement chez lui.

Mais, le dixième jour, il s'imposa face à Andrea. Pour Vijayadasami, la nuit de la victoire, il était au temple, comme chaque année depuis qu'il était en âge d'avoir des souvenirs.

Plusieurs semaines auparavant, il avait déjà attiré son attention sur l'importance de cette cérémonie, et elle avait souligné cette date d'un trait épais dans son agenda. Mais, quelques jours plus tard, elle était venue le voir et lui avait annoncé, comme si de rien n'était :

– J'ai dû accepter quelque chose pour ton jour de fête imprononçable, c'est grave ?

– Pour Vijayadasami ? demanda-t-il, incrédule.

– Sans cela ils ne pouvaient pas avant trois semaines.

– Eh bien, décommande.

– Mais je ne peux plus.

– Dans ce cas il faudra que tu fasses la cuisine.

Andrea décommanda. Ils venaient de vivre le premier conflit de leur jeune relation d'affaires.

Il avait plu fort cette nuit-là. Un couvercle de nuages élevés, gris comme de la suie, pesa toute la journée sur le Plateau suisse. Mais il faisait près de vingt degrés et l'air était sec. La procession suivait en chantant, en tambourinant et en claquant des mains la voiture à laquelle on avait accroché le portrait de Kali et qui traversait le parking évacué pour l'occasion, devant le bâtiment industriel où se trouvait le temple.

Maravan avait rejoint le cortège. Contrairement à beaucoup d'autres hommes en tenue traditionnelle, il portait un costume, une chemise blanche et une cravate. Seul le signe de bénédiction que le prêtre lui avait peint sur le front montrait qu'il n'était pas un spectateur extérieur à la scène.

– Où est votre épouse ? demanda une voix à côté de lui.

C'était la jeune Tamoule qu'il avait jadis renversée dans le tram. Elle avait le visage levé vers lui et le scrutait. Comment s'appelait-elle ? Sandana ?

– Bonjour, Sandana, *vanakkam*, bienvenue. Je n'ai pas d'épouse.

– Ma mère l'a vue. Dans votre appartement.

– Quand votre mère est-elle venue dans mon appartement ?

– Elle est passée chercher des mothagam pour le temple.

Il s'en souvenait à présent. C'est pour cela que cette femme lui avait rappelé quelque chose, à l'époque.

– Ah, d'accord. C'était Andrea. Ce n'est pas mon épouse. Nous travaillons ensemble. Je fais la cuisine, elle s'occupe de l'organisation et du service.

– Ce n'est pas une Tamoule.

– Non, elle est née ici.

– Moi aussi. Et je suis une Tamoule tout de même.

– Je crois qu'elle est suisse. Pourquoi est-ce que cela vous intéresse ?

Sa peau sombre fonça encore un peu plus. Mais elle ne détourna pas le regard.

– Quand je vous vois…

La procession avait de nouveau atteint l'entrée du temple. Le cortège forma un demi-cercle autour de la statuette de Kali. Maravan, pris dans la foule, fut poussé tout contre Sandana. Elle perdit l'équilibre un bref instant et se raccrocha à lui. Il sentit sa main chaude et tendre sur son poignet. Elle l'y laissa. Un peu plus longtemps que nécessaire.

– Kali, Kali ! Pourquoi ne nous aides-tu pas ? sanglota une femme.

Elle dirigea vers la déesse des mains implorantes et se frappa le visage. Deux femmes à côté d'elle la soutinrent et l'emmenèrent.

Lorsque Maravan se retourna vers Sandana, il eut tout juste le temps de voir sa mère l'entraîner en lui faisant la leçon d'une voix énergique.

21

La crise économique avait atteint l'Europe. L'Angleterre avait nationalisé Bradford & Bingley, les États du Benelux, quarante-neuf pour cent du groupe financier Fortis. La banque danoise Roskilde n'avait dû sa survie qu'à ses concurrentes. Le gouvernement islandais avait repris la troisième banque du pays, Glitnir, placé peu après tous les établissements bancaires sous le contrôle de l'État et lancé une mise en garde énergique contre le risque d'une banqueroute du pays.

Les gouvernements européens mettaient mille milliards d'euros à la disposition du secteur financier.

Le gouvernement suisse fit lui aussi savoir que, le cas échéant, il prendrait des mesures supplémentaires pour stabiliser le système financier et garantir les dépôts des clients des banques.

La crise n'avait pas encore touché le Huwyler. Mis à part la personne d'Éric Dalmann.

Il était assis avec son conseiller en placement, Fred Keller, à la table numéro un, comme toujours, mais, ce jour-là, c'était sur le compte de son invité. Non pas que sa situation eût été si grave, mais il fallait que Keller sente dans son propre porte-monnaie les dégâts qu'il avait provoqués.

Car celui-ci avait investi sur le marché américain des *subprimes* une partie considérable de son *venture capital*, du nom que Dalmann donnait avec un clin d'œil à la partie de son capital qu'il investissait sur des affaires un peu plus spéculatives. Dalmann ne le lui reprochait pas : lui aussi, après tout, aimait prendre des risques lorsqu'il plaçait de l'argent. Mais ce qu'il ne pardonnait pas à Keller, c'était de lui avoir recommandé d'aborder la crise au petit trot au moment où elle en était encore à ses débuts. Le deuxième morceau difficile à avaler était le fait qu'il avait fait passer toutes ces transactions par Lehman Brothers. Et le troisième, qu'il avait investi la majorité des fonds restés en Europe dans des obligations en couronnes islandaises.

Et le quatrième : qu'il avait placé une partie considérable du reste de sa fortune, celui qu'il excluait de toute spéculation, dans des titres financiers, plus précisément dans des actions de la plus grande banque suisse.

Jusqu'ici, le repas avait donc été assez laconique. Ils mangèrent les entrées du menu surprise, de la mousse de caille truffée à l'essence de caille et aux cristaux de pomme, Dalmann avec sa gloutonnerie et son irréflexion habituelle, Keller avec un peu plus de soin et de savoir-vivre.

– Personne ne l'a vu venir, insista-t-il.

Il avait déjà prononcé cette phrase une fois avant que le serveur n'apporte le plat. Mais Dalmann n'avait pas réagi. Cette fois, il le fit :

– Dans ce cas, pourquoi est-ce aussi plein ici ? lança-t-il, le souffle court. Tous ceux-là ont l'air parfaitement détendus. Qui les a conseillés, eux ?

– Ils ont peut-être une part moins importante de capital-risque. C'est le client qui définit sa part de capital-risque. Je l'ai toujours dit. Le client dit quel pourcentage il veut placer en père de famille, et quelle part en un peu plus dynamique !

– Dynamique ! s'exclama Dalmann, projetant un tout petit morceau de mousse de caille sur l'assiette de son conseiller.

Keller, la mine pétrifiée, regarda son entrée, dont il avait tout juste mangé la moitié, et disposa couteau et fourchette en parallèle sur son assiette.

Dalmann avait fini la sienne et posa lui aussi ses couverts.

– Dans ce cas, parlons des pères de famille, UBS, par exemple.

– C'étaient des Blue Chips. Personne…

Dalmann lui coupa la parole :

– Ils montent ? Ils descendent ?

– À long terme, ils montent.

– À long terme, je suis mort.

Au même instant, Huwyler s'approcha de leur table. Avant qu'il n'ait pu ouvrir la bouche, Dalmann lança :

– On n'a pas l'air d'être en crise, là-dedans.

– Les gens seront toujours forcés de manger, répondit Huwyler, et ce n'était pas la première fois ce soir-là.

– Et la qualité ne connaît pas la crise, compléta Dalmann.

– C'est ce que je dis toujours, répondit Huwyler avec un sourire oblique.

– Je sais. Quel est le plat suivant ?

– Une surprise. D'où le nom du menu.

– Allez, dites-moi. Des surprises, j'en ai eu suffisamment pour aujourd'hui.

Huwyler hésita.

– Homard breton, finit-il par annoncer.

– Préparé comment ?

– C'est cela, la surprise.

– Vous ne le savez pas, je me trompe ?

– Bien sûr que je le sais.

– C'est pour ça que vous avez supprimé les cloches ? Pour savoir ce qu'on servait ?

Huwyler en profita pour changer de sujet :

– Vous regrettez les cloches ?

– Je trouvais que ça donnait de la valeur au repas.

– Et moi je trouvais que nous n'avions pas besoin de ça.

Huwyler fut sauvé par le serveur venu débarrasser les assiettes.

Même si Dalmann ne risquait pas encore sa peau, il avait tout de même de sérieux problèmes.

Beaucoup de ses partenaires d'affaires russes, pour lesquels il avait servi d'intermédiaire en Suisse et créé un climat d'affaires agréable, souffraient de la crise et ne venaient plus.

Et puis il y avait cette histoire avec le Liechtenstein. Des agents du fisc allemand avaient acheté à un informateur les données bancaires de centaines de citoyens allemands qui détenaient des comptes à la Landesbank. Cela n'avait pas seulement eu des effets négatifs sur les liaisons qu'établissait Dalmann au Liechtenstein, cela augmentait aussi la pression sur le secret bancaire en Suisse et compliquait d'autant son activité d'intermédiaire et de conseil.

Et cette histoire de dossier détruit dans l'affaire du trafic nucléaire ne cessait de se rallumer. Au risque, à chaque nouvelle flambée, que le nom de Palucron ne sorte dans les médias, et avec lui les fonctions de conseiller en gestion que Dalmann y avait remplies autrefois.

Tout cela aurait été plus supportable si ses problèmes de santé ne s'y étaient pas ajoutés. Il s'était certes bien remis depuis son infarctus, mais il n'était plus le même. L'incident lui avait rappelé qu'il n'était pas éternel et lui avait ôté un peu de sa joie de vivre. Il continuait certes à faire tout ce que lui avait toujours interdit son ami et médecin traitant Anton Hottinger, mais désormais il le faisait avec mauvaise conscience. Ce dont il n'avait encore jamais souffert jusque-là, et surtout pas à propos de son mode de vie. Il avait entendu dire un jour que les vices auxquels on s'adonnait avec mauvaise conscience étaient bien plus mauvais pour la santé que les autres.

Il avait commencé, peu avant, à travailler systématiquement sa conscience plutôt que ses vices. À cette date, cela n'avait encore apporté aucune amélioration notable.

22

Jusqu'à une période récente, Andrea n'avait pas utilisé la chambre de Dagmar. Elle voulait se garder la possibilité de prendre une colocataire. Mais les affaires de *Love Food* suivaient désormais un cours tellement réjouissant qu'elle pouvait se permettre d'habiter seule. Elle avait donc transformé cette pièce en bureau.

Il ne lui avait pas été tout à fait facile d'éliminer les dernières traces de Dagmar : les restes des morceaux de scotch avec lesquels elle avait tapissé les murs des photos de ses films préférés. Dagmar était une cinéphile maladive. Elle aimait les films de studio difficiles dans des langues incompréhensibles, possédait une collection de films muets suédois et était une bonne connaisseuse de la création cinématographique russe postrévolutionnaire. Ce goût avait été à l'origine d'un grand nombre de crises relationnelles. Pas seulement parce que ceux d'Andrea étaient aux antipodes des siens, mais surtout parce que leur profession ne leur laissait pas beaucoup de temps libre en commun. Dagmar était hygiéniste dentaire et Andrea n'avait pas envie de passer chacune de ses soirées libres avec sa compagne devant un film qui prenait la tête.

Mais la passion de Dagmar constituait aussi une partie de la fascination qu'elle exerçait sur Andrea. Elle s'habillait, se maquillait et se coiffait comme une star du cinéma muet, fumait, avant qu'elles ne renoncent ensemble au tabac, avec un long fume-cigarette et avait aménagé sa chambre comme la loge d'une star des années vingt. Si Andrea aimait à souligner un peu son glamour personnel, c'était une réminiscence de sa relation avec Dagmar.

Désormais, la pièce était repeinte de frais et meublée d'un bureau à caisson avec téléphone et ordinateur, et d'une chaise à roulettes ajustable. Le tout, hormis le téléphone et l'ordinateur, provenait d'une boutique d'occasions située à proximité de l'appartement de Maravan.

La seule chose qui rappelât encore Dagmar était un prisme de cristal de roche qu'elle avait oublié et qui, pendu à un long cordon devant l'une des deux fenêtres, attrapait parfois les rayons du soleil matinal dans ses couleurs d'arc-en-ciel et les dispersait dans la chambre sous forme de taches de couleur lumineuses.

Andrea n'aurait pas vraiment eu besoin de bureau : quelques numéros de téléphone, deux dossiers et un agenda auraient suffi à gérer *Love Food.* Mais cela donnait à toute l'affaire un tour plus professionnel. Avec un bureau, *Love Food* devenait une entreprise, et le travail d'Andrea, une profession.

L'autre raison pour laquelle elle ne garda pas la chambre en réserve était que les rares visiteuses qui passaient la nuit chez elle dormaient auprès d'elle et dans son lit. Elle vivait en célibataire et n'avait pas l'intention de se remettre en ménage de sitôt. *Love Food* ne lui laissait pas le temps de se sentir esseulée.

Assise dans ce bureau, elle contemplait les taches lumineuses et colorées qui glissaient sur le mur lorsque M. Mellinger, son tout premier client, appela. Elle fut un peu surprise. Il arrivait certes assez souvent que des couples réservent une deuxième fois chez *Love Food.* Mais, jusqu'ici, tout était passé par le cabinet d'Esther Dubois, la sexologue. Que quelqu'un les contacte directement était une nouveauté.

Andrea ne mit pas longtemps avant d'en découvrir la raison.

M. Mellinger toussota, un peu embarrassé, et en vint au fait :

– Organisez-vous aussi… hum… des repas discrets ?

– Si nous n'étions pas discrets, nous pourrions fermer boutique.

– Bien sûr, mais je veux dire, hum... discrets aussi à l'égard du Dr Dubois ?

– Je ne comprends pas tout à fait.

– Je veux dire : organisez-vous aussi ce genre de repas sans qu'elle l'apprenne ?

Andrea réfléchit un moment. Puis elle décida de ne pas risquer sans réfléchir sa relation professionnelle avec Esther – qui possédait dix pour cent de parts dans l'entreprise.

– Je crois que ce ne serait pas loyal. Et cela pourrait remettre en cause le succès de la thérapie.

– Ce n'est pas dans le cadre de la thérapie.

La voix de Mellinger trahissait une certaine impatience. Et comme Andrea ne voulait toujours pas comprendre, il précisa :

– Pas avec ma femme. Vous comprenez ?

Andrea comprenait. Mais si Esther l'apprenait...

– Je paie le double.

Mais par qui Esther l'apprendrait-elle ? Sûrement pas par Mellinger.

Elle accepta donc et convint d'une date.

Le séjour de la maisonnette de trois pièces se trouvait à l'étage supérieur, auquel menait un étroit escalier en colimaçon. Il regorgeait d'objets kitsch rose vif : coussins, poupées, animaux en peluche, bibelots en porcelaine, petits tableaux, petits couvercles, tentures murales, boas en plume, tutus, strass et paillettes, bijoux à la mode.

– Je collectionne tout ce qui est rose, avait expliqué Alina en faisant visiter la pièce à Andrea.

C'était une petite blonde, très mignonne quand on aimait ce genre-là. Et, de toute évidence, c'était le genre de Mellinger. L'appartement n'avait certainement pas été bon marché. Il se trouvait dans un beau quartier, il était neuf et son aménagement intérieur luxueux.

– Si nous nous tutoyions ? Tu n'es certainement pas beaucoup plus âgée que moi, proposa Alina.

Andrea accepta. Si elle se fiait à son estimation, elle était plutôt un peu plus jeune.

– Je vous laisse les commandes, avait dit Alina avant de quitter les lieux pour l'après-midi. De toute façon je ne fais que vous encombrer.

Andrea et Maravan montèrent laborieusement la table ronde, les coussins et les tissus dans l'escalier tournant. Ces accessoires ne venaient plus du mobilier personnel de Maravan. *Love Food* les avait achetés.

– Pas tout à fait assorti, je le crains, dit Andrea à Maravan en désignant ce décor rose foncé.

– Au contraire. Chez nous, les hindouistes, le rose est la couleur du chakra du cœur. Vert et rose. Le centre de l'amour, Anatha.

Andrea se mit à préparer la pièce, Maravan se retira dans la cuisine.

Plus tard, lorsque Andrea le vit entourer les croustillants avec la feuille d'urad élastique – encore une chose pour laquelle il se montrait chaque fois un peu plus habile –, il dit en agitant la tête, plus pour soi que pour elle :

– C'est étrange : si jeune et déjà ces problèmes.

Andrea ne l'avait informé ni du contexte particulier de cette commande ni de son montant. Elle n'en dit rien à présent non plus, et n'avait pas l'intention de le faire par la suite si ce n'était pas nécessaire.

Il n'en aurait d'ailleurs rien su s'il n'y avait pas eu cet escalier.

Andrea portait le plateau de sphères au ghee au premier étage. À mi-chemin, elle marcha sur l'ourlet de son sari. Au lieu de laisser tomber le plateau et de se rattraper à la rambarde, elle tenta de retrouver l'équilibre sans se servir de ses mains, et se tordit le pied.

Elle arriva encore à servir le plat et à revenir à la cuisine en claudiquant. Mais, lorsqu'elle y fut, elle s'assit sur une chaise et ausculta sa cheville. Elle était déjà un peu enflée. Maravan dut prendre le relais.

Il monta le plateau chargé de thé et de pâtisseries dans l'escalier et frappa.

– C'est ouvert ! cria une voix masculine.

Maravan entra dans la pièce. La lueur des bougies donnait à cette mer de rose un éclat doré. Alina s'étirait dans les coussins. Lorsqu'elle constata que ce n'était pas Andrea, elle se cacha les seins avec l'avant-bras en poussant un « oh ! » plus amusé qu'effrayé.

L'homme était assis le dos à la porte. À cet instant, il tourna la tête et dit : « Hé, hé. » Lui aussi était torse nu.

Maravan le reconnut. C'était M. Mellinger, le premier client de *Love Food*. Il se demanda un moment s'il devait ressortir et leur laisser le temps de se rhabiller un peu.

– Ne te laisse pas perturber, dit Alina. Nous sommes déjà tout feu tout flamme.

Maravan posa le plateau sur la table et emporta les couverts du dernier plat. Il se donna du mal pour laisser son regard glisser sur ses clients, mais ne put s'empêcher de voir un pantalon d'homme et quelques sous-vêtements roses dispersés à côté de la table.

– Pourquoi n'as-tu rien dit ? demanda-t-il à Andrea dans la cuisine.

– Cette fois, tu n'as pas demandé s'ils étaient mariés.

– Parce que je pensais que ça allait de soi.

– C'est si important que ça ?

– S'ils sont mariés, c'est quelque chose de normal. Mais là, c'est différent. Là, c'est inconvenant.

Andrea donna l'impression de devoir prendre une décision difficile. Puis elle répondit :

– C'est bien pour cela que c'est mieux payé. Comme tout ce qui est inconvenant.

Novembre 2008

23

Barack Obama avait remporté les élections haut la main. À partir de l'année suivante, et pour la première fois de leur histoire, les États-Unis seraient gouvernés par un président de couleur. Le monde s'étonnait et l'Europe applaudissait presque plus frénétiquement encore que le pays qui l'avait élu.

Les seuls à être sceptiques étaient les milieux, nationaux et internationaux, que fréquentait Dalmann. Lors des deux dernières élections présidentielles, on avait tremblé pour les Républicains, et on l'avait fait aussi cette fois-là. Leur politique économique, extérieure et surtout financière était plus prévisible et plus compatible.

« *Bad news* », avait répondu Dalmann lorsque Schaeffer l'avait réveillé en lui confirmant ce qui s'annonçait déjà la veille, tard dans la soirée.

Mais les vraies mauvaises nouvelles suivirent quelques jours plus tard : pour la première fois, l'économie européenne venait de glisser officiellement dans la récession. Le PIB de la zone euro avait baissé pour le deuxième trimestre consécutif.

Pour Dalmann, c'était un signal : il devait consacrer plus de temps à des affaires dont il s'était peu à peu éloigné au cours des dernières années.

Au bar de l'Imperial, quatre messieurs étaient assis devant leur verre. Le pianiste jouait ses inusables, discrètement mais assez fort pour permettre la tenue de conversations confidentielles aux tables.

Les messieurs avaient bien mangé et bien bu au Huwyler, et s'étaient ensuite accordé un *nightcap* au bar. En attendant l'arrivée des dames.

Quatre personnages anodins en costume gris, deux Européens, un Américain et un Asiatique. Celui-ci devait avoir la cinquantaine et portait de grandes lunettes rondes. Tout le monde l'appelait par son surnom, comme on le faisait couramment en Thaïlande. Le sien, c'était Waen, « Lunettes ».

Ils discutaient en anglais, l'un avec l'accent thaïlandais, deux avec l'accent suisse, le dernier avec celui des États du Sud.

L'Américain s'appelait Steven X. Carlisle. Steve possédait une petite entreprise d'import-export à Memphis. Il servait entre autres d'intermédiaire pour l'achat et la vente de produits neuf et usagés de différents fabricants d'armes de son pays. La firme de Waen, dont le siège se trouvait à Bangkok, travaillait, elle aussi, dans ce secteur.

Les deux autres messieurs étaient Éric Dalmann et Hermann Schaeffer, son collaborateur.

C'était la première fois que Steve et Waen se rencontraient. Dalmann avait organisé la rencontre, et les deux hommes s'étaient immédiatement entendus. Avant le repas, on avait travaillé sérieusement dans le bureau de Dalmann, et tout le monde était satisfait du résultat.

Il s'agissait d'une transaction à laquelle Dalmann aurait préféré ne pas toucher quand les temps étaient plus favorables. Mais, compte tenu de la crise financière – y compris de la sienne – et du fait que l'opération était quasiment légale, il avait accepté de tenir ce rôle d'intermédiaire.

La marchandise était composée d'obusiers blindés non remis à niveau datant des années cinquante, un matériel que l'armée suisse avait réformé et qui risquait de partir à la ferraille. Waen avait des preneurs pour ces engins, le problème, c'était la législation suisse. Elle autorisait certes les exportations vers la Thaïlande, mais uniquement en échange d'une déclaration de non-réexportation dont la Suisse pourrait contrôler le respect.

Le risque que ces contrôles soient effectivement mis en œuvre n'était certes pas bien grand, mais compte tenu de la situation politique intérieure, il existait tout de même. Les exportations d'armes vers des pays en conflit faisaient débat, une votation sur l'interdiction des ventes d'armement à l'étranger était imminente.

Mais voilà, quelques années plus tôt, le gouvernement avait pris, à propos des exportations de matériel de guerre, une décision qui résolvait le problème : le matériel réformé pouvait repartir dans le pays producteur sans que l'on exige une déclaration de non-réexportation. Dans le cas de l'obusier blindé M-109, il s'agissait des États-Unis d'Amérique.

Et c'est là que Steve entrait en jeu : il achèterait les tanks pour une somme symbolique au nom de l'entreprise qui les avait fabriqués, et les livrerait à Waen en tant que produits du pays d'origine. Ce n'était pas un problème, car les États-Unis étaient le principal fournisseur d'armes de la Thaïlande.

Pour la matinée suivante, Schaeffer avait arrangé une rencontre entre Carlisle, Dalmann et le fonctionnaire chargé de la liquidation des obusiers. Elle serait suivie d'un lunch.

Waen se joindrait à eux lorsque le fonctionnaire serait reparti.

Le barman accompagna jusqu'à la table deux femmes aux longues jambes, vêtues de robes de cocktail étroites. La plus grande des deux était noire. Ses cheveux coupés court rappelaient le bonnet moulant d'une nageuse olympique. Les quatre messieurs se levèrent pour les saluer. Deux d'entre eux laissèrent leur chaise aux dames et prirent congé jusqu'au lendemain.

24

Ce n'était qu'un appel téléphonique, mais il fut lourd de conséquences. Andrea était en train de faire ses courses au rayon habitat. Elle choisissait des tissus, des coussins, des cierges et quelques autres éléments de décoration. Non pas que *Love Food* ait eu un besoin urgent de ces objets, mais c'était la semaine de l'Inde et les affaires tournaient bien.

Son portable sonna, et l'écran annonça un appel d'Esther, la sexologue.

– Bonjour, Esther ! s'exclama Andrea, d'un ton exagérément réjoui. C'est si *bon* d'avoir de tes nouvelles !

Esther n'y alla pas par quatre chemins :

– Mon métier consiste à résoudre les problèmes des couples et pas à en créer. Je mets par conséquent un terme immédiat à notre collaboration.

– Je ne comprends pas.

La voix d'Andrea était devenue grave et feutrée.

– La femme de Mellinger a découvert sa liaison. Il vous a mis dans le coup. Comment as-tu pu ?

– Il nous a harcelés. Je suis désolée.

– Moi aussi.

Sur ces mots, Esther mit un terme à la conversation. Andrea remit à leur place les objets qu'elle avait choisis.

Le carnet de commandes de *Love Food* était certes encore bien fourni pour les deux semaines à venir. Mais ils n'eurent effectivement aucune nouvelle.

Esther ne plaisantait pas. Andrea avait encore tenté de la faire changer d'avis, mais cela n'avait servi à rien.

– Tu sais, avait dit Esther, j'ai une réputation à préserver. Si *Love Food* commence à naviguer en eaux troubles, je peux aussi bien envoyer mes patients au claque.

Andrea soupçonnait Esther d'être heureuse d'avoir trouvé ce prétexte pour rompre leur collaboration, et commit l'erreur de l'exprimer.

– Bien entendu, avait-elle relevé, tu ne tiens pas à ce que les patients viennent directement nous voir et ne retournent plus chez toi ensuite.

S'il y avait encore eu une chance minuscule de faire changer Esther d'avis, Andrea venait de l'anéantir en une phrase.

Elle n'avait pas informé tout de suite Maravan de ce retournement. C'est lui qui finit par demander :

– Nous avons moins de demandes, ou bien tu ne les acceptes plus toutes ?

C'est seulement alors qu'elle lui avait fait son aveu.

Il l'écouta tranquillement avant de commenter :

– Dans ce cas, je vais enfin pouvoir cuisiner autre chose.

– Et où est-ce que je te trouverai des clients pour des repas normaux ?

– Mes repas ne sont jamais normaux, répondit Maravan.

Andrea avait raison. Sans la composante érotique, *Love Food* était simplement une petite entreprise de restauration à domicile, handicapée par le fait qu'elle travaillait au noir et dépendait du bouche à oreille. Et qui faisait du bouche à oreille pour une entreprise que personne ne connaissait ? Il leur fallait un point de départ.

Andrea s'efforça en vain de trouver une première commande. Et Maravan eut une idée qui tombait sous le sens :

– Pourquoi ne lances-tu pas simplement une invitation ? Quand tout le monde aura trouvé ça bon, tu expliqueras que nous pouvons aussi le faire chez eux, à domicile.

Elle choisit parmi ses relations une liste des personnes ayant le plus d'activités sociales, la meilleure situation financière, la plus grande curiosité d'esprit et le plus grand talent pour la communication. Elle arriva à douze noms. Et pas un seul homme dans le lot.

On était le quinze novembre. À Washington, les vingt dirigeants des plus grands pays industriels et en développement se réunissaient pour un sommet financier mondial et décidaient une réorganisation des marchés financiers globaux. L'armée sri-lankaise poursuivait son bombardement de la ville de Kilinochchi. Et le ministre de la Défense suisse était viré de son fauteuil par son propre parti.

Andrea était en train de décorer la salle à manger et de mettre la table. Ils avaient décidé de ne plus manger par terre et d'utiliser des couverts. Maravan avait aussi autorisé un peu de musique d'ambiance indienne. Seuls les bâtonnets d'encens avaient été victimes de son veto.

Il se trouvait dans la cuisine d'Andrea et pouvait enfin recommencer à préparer des repas à son gré. Il n'avait plus à se soucier de l'effet aphrodisiaque des plats, son arsenal d'ustensiles était à la hauteur et ne fixait plus guère de limites à son goût de l'expérimentation. Depuis deux jours, il s'occupait des préparatifs.

Le menu était composé de ses versions expérimentales de plats indiens classiques :

CHAPPATIS AU CAVIAR DE CANNELLE ET DE CALOUPILÉ
VIVANEAUX MARINÉS AU CURCUMA
AVEC SABAYON DE MOLEE EN CURRY
ESPUMA DE MANGUE AU GELÉ
CÔTELETTES D'AGNEAU DE LAIT À L'ESSENCE DE JARDALOO
ET À LA PURÉE D'ABRICOTS SÉCHÉS

Tandoori de poussins fumé au bois de hêtre
sur gelée de tomates au beurre et au paprika
Kulfi à l'air de mangue

Le menu était certes un peu réduit par rapport au classique de *Love Food*, mais il demandait plus de travail dans la mesure où il fallait mettre la dernière main à chaque plat peu avant de le servir. Six fois pour douze personnes.

Maravan était aussi nerveux qu'un coureur avant le départ. Et le fait qu'Andrea, qui l'était tout autant, entre dans la cuisine toutes les dix minutes n'arrangeait pas les choses.

Au bain-marie digital, une nouvelle acquisition de *Love Food*, les côtelettes d'agneau de lait mijotaient à exactement soixante-cinq degrés, en même temps que les tandooris de poussins, une autre de ses nouvelles créations. Il en était au curry, qui formait la base du sabayon de molee. Les oignons, qu'il faisait suer dans son *tawa*, sur un mélange d'huile de coco, de chilis, d'ail et de gingembre, venaient tout juste de passer au jaune miel lorsque Andrea entra de nouveau.

– Ne va pas attraper froid, près de la fenêtre ouverte.

Il ne répondit pas. Il lui avait déjà trop souvent expliqué qu'il ne pouvait pas travailler dans un chaos d'odeurs. Il devait aérer sa cuisine à intervalles réguliers pour pouvoir séparer les parfums et y travailler précisément. Il ne cuisinait pas ses currys en fonction de quantités établies à l'avance : il les préparait au nez.

Et ce nez lui disait que le moment était tout juste venu d'ajouter les tomates, les grains de poivre, les clous de girofle, la cardamome et les feuilles de caloupilé.

– Si tu as un moment, je serais heureuse que tu puisses faire un tour en vitesse dans l'autre pièce.

Il avait dû la regarder avec agacement, car elle ajouta :

– Juste un petit moment, s'il te plaît, un tout petit moment.

Elle attendit qu'il le suive dans la salle à manger.

Ils avaient apporté ensemble au bureau les sièges assortis qui avaient fait de la pièce un séjour-salle à manger – sans cela la table n'aurait pas eu suffisamment de place pour douze personnes. Elle s'était procuré cette dernière et les chaises auprès d'un ancien employeur qui tenait en banlieue un restaurant alternatif avec jardin d'été. Elle était à présent couverte de différents tissus indiens qu'elle avait tout de même fini par acheter pendant la semaine spéciale du grand magasin. Sur toute la longueur courait un chemin de table composé de deux nappes pliées sur leur longueur. On y avait disposé en guirlandes, ponctuées par des chandeliers, ces panicules d'orchidées que l'on pouvait acheter à bon prix dans les boutiques thaïes. Ils avaient gardé le principe de l'éclairage aux chandelles.

– Alors ? demanda Andrea.

– C'est beau, répondit-il.

– Pas kitsch ?

– Kitsch ? (Maravan ne connaissait pas le mot.) Très beau, confirma-t-il avant de repartir dans la cuisine.

Pour les amuse-gueule, il en restait aux mini-chappatis. Mais, au lieu d'y verser au compte-goutte de l'essence de feuilles de caloupilé, de cannelle et d'huile de coco, il les dégraissait, les laissait se réduire à des perles de caviar dans l'eau de chlorure de calcium, frottait un peu d'huile de coco dessus et en ornait les mini-chappatis chauds.

Il dut repousser au dernier moment la fabrication de ce faux caviar pour que les petites boules ne se transforment pas en gelée. Elles devaient être liquides à l'intérieur et éclater entre la langue et le palais. Voilà qu'Andrea entrait de nouveau. Elle portait son téléphone à la main et avait un sourire incrédule au visage.

– Tu ne vas pas me croire.

Maravan continua à travailler sans lever les yeux.

– Quelqu'un vient d'appeler en disant : « Il paraît que vous faites un repas de sexe. »

– Qu'est-ce que tu as dit ?

– Qu'il s'était trompé de numéro.

– Bien.

– Il a répondu : « Je suis bien chez *Love Food* ? »
– D'où tenait-il le numéro ?
– De l'ami d'un ami.
– C'est-à-dire ?
– Il a dit que là n'était pas la question. « Vous organisez un repas sexe, oui ou non ? » (Andrea répéta la phrase d'une voix grave, dans un suisse épais, un peu vulgaire.)
– Et alors ?
– J'ai dit non.
– Tu as vu son numéro sur l'écran ?
– Oui.
– Alors va voir sur Internet qui c'était.
– Impossible. C'est un numéro de portable.

Il fallut plus d'une demi-heure avant que tous les invités ne soient arrivés. À travers la porte fermée de la cuisine, Maravan entendait les cris aigus des retrouvailles et le rire exagéré des arrivants. De temps en temps, Andrea apportait une bouteille de champagne vide dans la cuisine et ressortait avec une pleine.

Elle finit par passer la tête et annoncer :
– C'est parti !

C'était le signal du lancement pour Maravan.

Près de trois heures plus tard, il était assis sur une chaise de cuisine, satisfait de son travail et du fait que les plats se soient succédé sans incident. Andrea entra, rayonnante et un peu pompette, le prit par la main et le conduisit dans la salle à manger.

Les douze femmes y étaient assises, muettes, à la lueur flatteuse des bougies. Elles tournèrent le visage vers la porte.
– Mesdames, permettez-moi de vous présenter maître Maravan ! s'exclama Andrea.

Les cris de joie et les applaudissements qui suivirent cette présentation plongèrent Maravan dans une telle perplexité qu'il les accueillit d'un air grave et rigide.

Le lendemain, Andrea reçut des appels de ses invitées enthousiastes, et le surlendemain des lettres à l'avenant. La plupart annonçaient qu'elles auraient très vite – deux disaient même très, très vite – recours aux services de *Love Food*. Dans un cas, on avait déjà fixé une date : ce serait dix jours plus tard, le vingt-sept novembre à dix-neuf heures trente, pour quatre personnes.

Le succès était cependant une nécessité. *Love Food* avait investi dans ce repas plus de deux mille francs suisses, champagne et vin compris. Ni Andrea ni Maravan n'avaient pu mettre de côté des sommes considérables. Le bon fonctionnement de leur affaire les avait conduits à dépenser un peu trop d'argent. Et *Love Food* avait investi dans certains appareils de haute cuisine que l'entreprise ne se serait pas autorisés dans la situation où elle se trouvait à présent.

Ils furent aussi forcés de changer leur politique tarifaire. Le prix de base des repas non thérapeutiques devrait bien entendu être inférieur. Andreas avait calculé qu'elle compenserait cette diminution par la hausse du nombre de clients. Elle s'attendait à une moyenne de six. La première réservation pour quatre personnes était donc un bon début.

Lorsque, une semaine après le repas de promotion, aucune autre commande ne fut arrivée, Andrea fut prise de nervosité. Elle appela la première de ses deux relations qui avait annoncé une réservation pour « très, très bientôt » en disant :

– Je t'ai réservé quelques dates pour les dix jours à venir et je voulais juste être certaine que tu n'as rien prévu avant de les donner.

– Ah, dit la voix à l'autre bout du fil. C'est *si gentil* de ta part de m'appeler. Nous avons quelques problèmes d'emploi du temps. Je ne voudrais pas que tu refuses quelque chose à cause de moi. Tu sais quoi ? Donne ces dates-là à quelqu'un d'autre, et je tenterai ma chance dès que je maîtriserai la situation. Si ça n'est pas possible chez vous à ce moment-là – ce qui ne me surprendrait pas –, ce sera ma faute.

Les autres clientes, qui avaient promis une réservation avec un « très » de moins, mais tout de même « très bientôt », réagirent à l'appel d'Andrea par des échappatoires analogues.

25

Maravan était agenouillé devant son autel domestique. Son front touchait le sol. Il adressait à Lakshmi une prière pour Ulagu.

Il avait appris ce jour-là qu'Ulagu avait disparu depuis la veille. Au matin, il était encore avec ses frères et sœurs. Le soir, on n'avait plus aucune trace de lui.

Lorsqu'un garçon de quatorze ans disparaissait au nord du Sri Lanka, la première crainte était qu'il soit mort, la deuxième qu'il soit devenu soldat. Volontairement ou malgré lui, chez les Tigres tamouls ou chez ceux qui les combattaient aux côtés de l'armée sri-lankaise, les rebelles du colonel Karuna.

Maravan priait pour que ce ne soit pas le cas. Pour que, au moment où il priait pour lui, le garçon soit déjà revenu sain et sauf dans sa famille.

Il entendit, depuis la cuisine, résonner la mélodie de son portable. Il ne s'en soucia pas, termina sa prière et commença à chanter son mantra d'une voix retenue.

Lorsqu'il eut terminé, il se redressa, joignit les mains devant sa poitrine, s'inclina et se toucha le front. Il se leva et revint dans la cuisine afin de reprendre les préparatifs du repas du surlendemain, qu'il avait interrompus le temps de la prière.

Sur la cuisinière froide se trouvaient quatre casseroles en fer, chacune pleine d'un curry d'une couleur différente : un curry d'agneau au yoghourt pour le brun clair. Un curry de poisson au lait de coco pour le jaune. Un curry de légumes pour le vert. Un curry de homard de Goa pour l'orange.

Il comptait en faire quatre gélifications et recouvrir chacune d'entre elles de son ingrédient principal : une tranche de filet d'agneau rosé sur le brun clair, une petite joue de flétan sur la jaune, une okra fourrée aux lentilles roses pour la verte, une rosette de homard pour l'orange.

Il ralluma le feu sous les casseroles et attendit, l'esprit ailleurs, que les premières bulles s'élèvent de nouveau.

Il remarqua le portable sur l'armoire de cuisine. Il annonçait un appel manqué et un SMS.

STOP REPAS ANNULE A

Maravan revint à la cuisinière et coupa le gaz. Ça lui était égal.

Le troisième jour après la disparition d'Ulagu, on n'avait toujours aucune nouvelle.

Le quatrième, les Tigres arrivèrent.

Maravan menait dans sa cuisine des expériences sur différents dosages de gélification lorsqu'on sonna. Deux de ses compatriotes se tenaient devant la porte de l'appartement. Il en connaissait un. Il s'appelait Thevaram, c'était l'homme des LTTE qui lui avait trouvé son emploi de fabricant de mothagam pour le temple, en encaissant au passage un don de mille francs suisses.

L'autre portait un petit attaché-case. Thevaram le présenta sous le nom de Rathinam.

– Nous pouvons entrer ?

Maravan leur laissa franchir le seuil à contrecœur.

Thevaram jeta un coup d'œil dans la cuisine.

– Bien aménagé. Les affaires marchent, apparemment.

– Qu'est-ce que je peux faire pour vous ?

– Il paraît que vous avez monté un service de *catering*.

Celui que Thevaram avait présenté comme Rathinam ne disait rien, il se contentait de regarder fixement Maravan.

– Je fais parfois la cuisine pour des gens, dit Maravan. Cuisiner, c'est mon métier.

– Et avec succès. Plus de six mille francs envoyés au pays ces dernières semaines, chapeau !

Que le bazar Batticoala approvisionne ces gens en informations détaillées ne surprit pas Maravan.

– Ma grand-tante est très malade, se contenta-t-il de répondre.

– Et rembourser tout son prêt à Ori, encore toutes nos félicitations !

Tiens donc, Ori aussi, se dit Maravan, et il attendit la suite.

– Hier, c'était *Marivar*, reprit Thevaram. Le jour des héros.

Maravan opina.

– Nous voulions vous apporter le discours de Velupillai Pirapaharan.

Thevaram jeta un coup d'œil à son accompagnateur. Celui-ci ouvrit sa mallette et en sortit un tirage d'imprimante. En en-tête de la première page, un portrait du chef des LTTE, un petit homme en treillis. En dessous, beaucoup de texte.

Maravan prit le papier. Les deux hommes lui tendirent la main.

– Encore toutes nos félicitations pour votre réussite. Nous croisons les doigts pour que les autorités n'entendent pas parler de votre activité lucrative. Vous savez à quel point ils sont obtus, ici. Surtout quand on touche le chômage.

À la porte, Rathinam parla pour la première fois :

– Lisez le discours. Surtout la conclusion.

Maravan entendit leurs pas dans l'escalier, puis le ding-dong assourdi d'une sonnette de porte, un étage en dessous.

Le discours s'achevait sur ces mots : « À ce carrefour historique, j'invite les Tamouls, quel que soit l'endroit du monde où ils se trouvent, à soutenir d'une voix ferme et résolue le combat pour la liberté mené par leurs frères et sœurs dans l'Îlam tamoul. Je les invite de tout cœur à renforcer notre mouvement de libération et à poursuivre leurs dons et leurs aides. Je voudrais aussi, en cette occasion, exprimer mon affection à notre jeunesse tamoule qui vit à l'extérieur de notre patrie, et mes félicitations pour le rôle important et actif qu'elle joue en contribuant activement à la libération de notre nation.

« Prenons tous la résolution ferme et indéfectible de suivre sans réserve le sentier ouvert par nos héros, qui se sont sacrifiés dans le combat pour la liberté et la justice, et sont ainsi devenus une part de notre histoire et de notre peuple. »

Maravan revint à la cuisine, jeta le papier dans la poubelle et se lava très soigneusement le visage et les mains. Au séjour, il ôta ses chaussures, s'agenouilla devant l'autel domestique, alluma la mèche de la dîpam et pria avec ferveur pour qu'Ulagu puisse ne pas suivre le sentier des héros.

26

Assise dans son siège rattan, sous la véranda qui lui servait de jardin d'hiver, Andrea avait froid. Elle portait de grosses chaussettes de laine et avait replié les jambes pour que son châle en cachemire lui tombe jusqu'à la pointe des pieds. Le châle était un cadeau de Liliane, celle qui avait précédé Dagmar. Elles avaient fait connaissance au Sulawesi, un restaurant branché qui avait connu une brève heure de gloire en proposant de la cuisine fusion internationale, puis avait disparu de la scène. Liliane était analyste dans une grande banque et une habituée du Sulawesi. Andrea avait servi sa table le soir où elle avait pris son poste, et un peu flirté avec elle. Lorsqu'elle avait quitté le restaurant, bien après minuit, Liliane l'attendait dans sa Porsche Boxster rouge et lui avait demandé si elle pouvait la raccompagner à son domicile. « Au domicile de qui ? » avait répondu Andrea.

Cela remontait à loin, et les mites avaient creusé dans le châle en cachemire quelques trous qui agaçaient Andrea chaque fois qu'elle le sortait du placard.

Le fœhn de novembre secouait les fenêtres branlantes, le courant d'air agitait les palmiers de la pièce. Elle avait installé un radiateur électrique au milieu, car l'unique radiateur du chauffage central était tout juste tiède. Il fallait le purger de son air, et Andrea ne savait pas comment faire. C'était toujours Dagmar qui s'en occupait.

Le radiateur à l'huile ferait atteindre des sommets à sa note d'électricité, mais cela lui était égal. Elle refusait l'idée de ne justement pas pouvoir utiliser le jardin d'hiver en hiver.

Elle posa le journal qu'elle avait fini de lire et fit quelque chose qu'elle n'avait plus fait depuis des semaines : elle prit le journal d'offres d'emploi qu'elle jetait d'ordinaire avec le reste de la publicité sans même l'avoir regardé.

D'ici à la fin de l'année, *Love Food* avait en tout et pour tout trois réservations. Deux étaient le résultat de leur repas promotionnel, la troisième avait été passée par un couple de patients d'Esther qui s'étaient adressés à eux directement. Et l'on était en décembre, la haute saison gastronomique.

Même si une ou deux réservations s'y ajoutaient, cela ne suffirait pas à faire survivre *Love Food*. Elle voyait deux possibilités : pointer au chômage, comme Maravan. Ou alors, justement, les offres d'emploi. Elle trouverait peut-être une place qui lui laisserait ses soirées libres, afin qu'elle soit disponible pour *Love Food* lorsqu'ils avaient des commandes. Elle n'avait pas abandonné l'espoir qu'Esther Dubois puisse redonner de ses nouvelles, elle ou un autre membre de sa branche professionnelle. Andrea continuait à s'accrocher à l'idée – son idée – de restauration aphrodisiaque à domicile, et espérait que Maravan obtiendrait bientôt un titre de séjour qui permettrait de gérer *Love Food* en toute légalité.

Il lui semblait qu'abandonner aussi vite aurait été faire preuve de déloyauté envers lui. Elle se sentait responsable de sa situation. Sans elle, il travaillerait sans doute encore chez Huwyler. Et après tout, c'était aussi sa faute à elle si Esther Dubois ne leur envoyait plus personne.

Elle laissa tomber par terre le magazine de petites annonces, remonta son châle jusque sous le menton et consacra de nouveau toutes ses pensées au redressement de *Love Food*.

Mais c'est un appel surprenant de Maravan qui apporta la solution.

La veille, Maravan s'était retrouvé debout à la table haute d'une boutique de restauration rapide, à la gare centrale. Il portait un bonnet de laine et une écharpe, et buvait son thé du bout des lèvres. Devant lui se trouvait un journal dominical plié, qu'il n'avait pas lu mais dans lequel il avait glissé trois mille francs suisses en grosses coupures. C'était presque tout ce qui lui était resté des revenus de *Love Food.*

La veille, il avait appris que sa sœur avait reçu une lettre d'Ulagu. Celui-ci avait écrit qu'il avait choisi de se battre pour la liberté et la justice et avait rejoint les combattants des LTTE. C'était bien son écriture, avait dit la sœur de Maravan, mais ce n'étaient pas ses mots.

Il vit Thevaram arriver. Il se frayait un chemin parmi les voyageurs sur le départ ou en attente, entre les oisifs qui peuplaient les gares le dimanche ; à côté de lui avançait le peu loquace Rathinam.

Ils le saluèrent et s'installèrent avec lui devant la petite table. Aucun des deux ne fit mine d'aller chercher une boisson au stand.

Maravan désigna le journal. Thevaram le tira vers lui, le souleva un peu, toucha l'enveloppe d'une main et compta les billets sans les regarder. Puis il haussa les sourcils, l'air reconnaissant, et dit :

– Vos frères et sœurs au pays vous remercieront.

Maravan avala une gorgée de thé.

– Ils peuvent peut-être aussi faire quelque chose pour moi.

– Ils se battent pour vous.

– J'ai un neveu. Il a rejoint les combattants. Il n'a pas quinze ans.

– Il y a beaucoup de jeunes hommes braves parmi nos frères.

– Ce n'est pas un jeune homme. C'est un enfant.

Thevaram échangea un regard avec Rathinam.

– J'accroîtrai encore mon soutien à la lutte.

Le regard des deux hommes se croisa de nouveau.

– Comment s'appelle-t-il ? demanda soudain Rathinam.

Maravan lui donna le nom ; Rathinam l'inscrivit dans un bloc-notes.

– Merci, dit Maravan.

– Pour le moment je n'ai fait que prendre son nom, répondit Rathinam.

Cette rencontre avait poussé Maravan à appeler Andrea. Il n'était certes pas certain que Thevaram et Rathinam pourraient exercer une influence sur le destin d'Ulagu, mais il savait que les LTTE avaient le bras long. Il avait entendu des demandeurs d'asile raconter que leur propension à faire des dons à l'organisation avait été stimulée par des menaces contre les membres de leur famille restés au pays. S'ils étaient en mesure de menacer la vie des gens à cette distance, il était peut-être aussi en leur pouvoir de la sauver.

Maravan n'avait pas le choix. Il devait saisir la chance de faire quelque chose pour Ulagu, si mince fût-elle. Et cela coûterait de l'argent. Plus qu'il n'en gagnait pour le moment.

Le séjour froid sentait le mazout. Maravan avait mis du temps pour allumer le poêle. Pieds nus et en sarong, agenouillé devant l'autel domestique, il frissonnait et faisait sa *puja*. En dépit du froid, il prit plus de temps que d'habitude. Il priait pour Ulagu et pour lui-même, afin de prendre la bonne décision.

Lorsqu'il se leva, il constata que le poêle s'était éteint et que le fond de la chambre de combustion était rempli de mazout. Il s'attela à une tâche qu'il abhorrait : éponger le liquide avec du papier absorbant. Lorsqu'il eut enfin terminé et que le poêle brûla de nouveau, Maravan et tout l'appartement empestaient le pétrole. Il ouvrit la fenêtre et prit une longue douche, s'habilla chaudement, prépara du thé et ferma la fenêtre.

Maravan éloigna la chaise de l'ordinateur et la rapprocha du poêle. Vêtu de sa veste de cuir, la tasse de thé tout près du buste, il était assis à la faible lueur de la dîpam qui brûlait toujours en vacillant devant l'autel, et réfléchissait.

Cela ne faisait aucun doute, c'était opposé à sa culture, à sa religion, à son éducation et à ses convictions. Mais il ne se trouvait pas au Sri Lanka. Il était en exil. On ne pouvait pas y vivre comme chez soi.

Combien de femmes de la diaspora allaient travailler alors que leur tâche eût été de s'occuper de leur foyer, d'élever les enfants, d'entretenir et de transmettre les traditions et les coutumes religieuses ? Mais ici, elles étaient forcées de gagner de l'argent, elles aussi. C'était la vie dans ce pays qui les y contraignait.

Combien de demandeurs d'asile étaient forcés d'accomplir des travaux que seuls, normalement, pouvaient accepter les castes les plus basses : auxiliaires de cuisine, agents d'entretien, auxiliaires de soin ? La plupart d'entre eux, car la vie dans ce pays les y contraignait.

Combien d'hindouistes de la diaspora devaient faire du dimanche le jour sacré de la semaine, alors que c'était en réalité le vendredi ? Tous, la vie dans ce pays les y contraignait.

Pourquoi donc lui, Maravan, ne pourrait-il pas lui aussi faire ce qui, chez lui, heurterait la culture, la tradition et la décence, si la vie en exil l'y contraignait ?

Il prit le téléphone et composa le numéro d'Andrea.

– Ça se présente comment ? – ce fut la première question de Maravan lorsque Andrea décrocha.

Elle hésita un moment avant de répondre.

– Pour être honnête, ça n'est pas brillant. Toujours trois réservations seulement.

Il y eut un moment de silence à l'autre bout du fil. Puis Maravan parla :

– Je crois que, maintenant, je le ferais tout de même.

– Quoi donc ?

– Les sales trucs.

Andrea comprit aussitôt mais demanda malgré tout :

– Quels sales trucs ?

Maravan hésita.

– Si quelqu'un appelle de nouveau et demande… un repas de sexe. En ce qui me concerne, tu peux accepter.

– Ah, c'est de ça que tu parles. D'accord, je m'en souviendrai. Et autrement ?

– Autrement, rien.

Dès que Maravan eut raccroché, elle chercha le numéro de l'homme qui l'avait contactée, un numéro qu'elle avait gardé à l'époque, au cas où.

DÉCEMBRE 2008

27

L'appartement du Falkengässchen se trouvait au quatrième étage, au cœur de la vieille ville, dans un immeuble restauré à grands frais et datant du dix-septième siècle, si l'on en croyait la plaque apposée au-dessus de la porte. Un ascenseur tout neuf et silencieux les y avait acheminés. Le séjour et la cuisine occupaient tout l'étage. Les toits en pente montaient jusqu'au pignon et s'ouvraient sur une terrasse depuis laquelle on avait vue sur les toits en tuile et les clochers de la vieille ville.

Une porte percée dans le mur porteur menait à l'immeuble voisin. Derrière elle se trouvaient deux grandes chambres à coucher, chacune équipée d'un assortiment de fauteuils et d'une salle de bains luxueuse. Tout était neuf et cher, mais de mauvais goût. Beaucoup de marbre et d'armatures dorées, des tapis à longues mèches, des antiquités douteuses et des meubles en acier chromé, des coupes de pétales séchés et parfumés.

L'appartement rappela à Andrea une suite d'hôtel. Il ne donnait pas l'impression que quelqu'un y vivait.

Lorsqu'elle avait recontacté par téléphone l'homme qui lui avait demandé si elle organisait un « repas sexe », il avait répondu d'un « Oui ! » bourru. Il s'appelait Rohrer et en était immédiatement venu au fait. « Ils » – mais il ne donna pas plus de précisions sur l'identité des personnes en question – organisaient de temps en temps des dîners de détente privés. Les clients étaient des gens qui tenaient à la discrétion. Si Andrea pensait pouvoir proposer quelque chose de ce genre, on arrangerait un repas d'essai. En fonction du résultat, d'autres commandes pourraient suivre.

Dès le lendemain, Andrea visitait les lieux avec Rohrer. Il approchait la quarantaine, avait les cheveux coupés court et la toisa d'un regard de professionnel. Elle avait une tête de plus que lui. Dans l'ascenseur étroit qui les menait à l'appartement, elle sentit son mélange de sueur et de Paco Rabanne.

Elle estima que les locaux étaient adaptés et que le délai prévu, d'ici quatre jours – elle consulta ostensiblement son agenda –, était tenable.

Le repas fut servi dans la chambre à coucher. On avait enlevé les sièges assortis et Andrea avait mis en place la table habituelle avec des tissus et des coussins. Elle y avait ajouté des rince-doigts en laiton. Car, à partir de maintenant, on recommençait à manger avec les doigts.

Maravan travaillait pour la première fois avec une grande toque de chef. Andrea y avait tenu, et par les temps qui couraient il n'avait pas beaucoup d'esprit de contradiction.

Le repas était destiné à une dame et un monsieur. Rohrer prendrait congé dès que les clients seraient arrivés. Mais Andrea et Maravan devraient rester après le dernier plat jusqu'à ce qu'on les appelle.

Il prépara son menu standard. Avec le soin habituel, mais sans la passion habituelle, sembla-t-il à Andrea.

L'homme était le patron de Rohrer. Il avait la petite cinquantaine un peu trop soignée, portait un blaser à boutons dorés sur un pantalon gabardine gris, une chemise rayée bleu et blanc dont le col haut et blanc était maintenu par une aiguille en or, formant une passerelle sous le nœud de la cravate jaune.

Il avait les yeux verts et des cheveux roux mi-longs ramenés au gel vers l'arrière. Andrea remarqua ses ongles. Ils étaient soigneusement manucurés et polis.

Il jeta un coup d'œil dans la cuisine, salua Andrea et Maravan et se présenta sous le nom de Kull. Kull, René.

Elle ne découvrit la femme qui l'accompagnait qu'au moment où elle leur servit le champagne. Elle était assise devant la table de maquillage et Andrea vit seulement son dos étroit redessiné par un décolleté plongeant. Ses cheveux étaient coupés à un millimètre et dessinaient un coin sur sa nuque. Sa peau d'un ébène profond brillait d'un éclat mat à la lueur de la mer de bougies.

Lorsqu'elle se retourna, Andrea vit un front rond, comme celui des femmes d'Éthiopie ou du Soudan. Ses lèvres charnues, soulignées de rouge, dessinèrent un sourire surpris et intéressé.

Andrea lui rendit la pareille, rayonnante. Voilà longtemps qu'elle n'avait pas vu de si belle femme. Elle s'appelait Makeda. Et Makeda s'adonna au repas avec un tel plaisir et une telle joie qu'Andrea douta qu'elle fût une professionnelle. Kull, en revanche, garda contenance et n'ouvrit pas même le col qui menaçait déjà de l'étouffer à son arrivée.

Lorsque la cloche de temple se tut un moment, après les pâtisseries, Andrea écoutait nerveusement les bruits qui venaient de la chambre. C'est alors que Kull arriva dans la cuisine.

– Bien entendu, si ça produit ce résultat, c'est surtout parce qu'on sait qu'il s'agit d'un menu érotique. Plus tout le tralala, les bougies et le fait de manger avec les mains. Mais est-ce que vous mettez aussi quelque chose dedans ?

Les joues de Kull avaient un peu rougi, mais il n'avait toujours pas déboutonné le haut de son col.

– Je ne mets rien dedans. C'est l'ensemble des ingrédients qui produit l'effet.

– Et de quoi est-ce composé ?

– Vous comprendrez sans doute, monsieur Kull, s'interposa Andrea, qu'il s'agit de notre secret professionnel ?

Kull hocha la tête.

– Vous êtes aussi discret sur tous les points ? demanda-t-il après avoir marqué une pause.

28

À partir de ce jour, *Love Food* fit régulièrement la cuisine pour Kull. Cela se passait toujours dans l'appartement du Falkengässchen. Seuls les invités changeaient. Surtout les messieurs.

René Kull dirigeait un *escort-service* pour une clientèle particulièrement exigeante, le plus souvent internationale. Des messieurs que leurs affaires conduisaient sur la place financière ou au siège de la Fédération internationale de football, ou qui faisaient simplement une escale juste avant d'aller passer les fêtes à la montagne avec leur famille. Ils tenaient beaucoup à la discrétion, et il n'était pas rare qu'ils soient accompagnés par des hommes musclés et laconiques qui mangeaient dans le séjour les sandwichs qu'ils avaient apportés.

Kull paya sans discuter le prix qu'Andrea avait fixé à tout hasard : deux mille francs suisses plus les boissons.

Andrea n'avait encore jamais eu affaire à ce milieu, et elle était fascinée. Elle nouait rapidement la conversation avec les femmes qui arrivaient la plupart du temps avant leurs clients et attendaient au salon avec un drink et quelques cigarettes. Elles étaient belles, portaient du prêt-à-porter de luxe et des bijoux coûteux, elles la traitaient comme l'une des leurs. Elle aimait bien discuter avec elles. Elles avaient de l'humour et parlaient de leur profession avec une distance ironique qui faisait rire Andrea.

Les femmes aimaient ces rendez-vous à cause des repas. Et, comme l'admit une Brésilienne, parce que même ce qui suivait procurait un tout petit peu de plaisir.

Avec les hommes, elle n'avait pratiquement pas de contacts. Ils venaient le plus souvent en compagnie de Rohrer, le factotum de Kull, qui les conduisait directement dans la pièce toute préparée et repartait aussitôt. Lorsque Andrea apportait les plats, ils consacraient toute leur attention à la femme avec laquelle ils mangeaient.

Une fois, Andrea et Maravan furent consignés à la cuisine. Avant même l'arrivée de l'invité, une grande agitation régnait dans l'appartement du Falkengässchen. Plusieurs gardes du corps l'inspectèrent, l'un d'eux prit position dans la cuisine, et après que l'homme mystérieux eut été introduit dans la pièce en passant devant la porte fermée de la cuisine, un autre garde du corps arriva et annonça qu'il se chargeait du service. La seule mission d'Andrea était de lui expliquer les plats. Chaque fois qu'il en avait servi un, il s'exerçait à annoncer le suivant jusqu'à ce que sonne la cloche de temple.

– Je donnerais beaucoup pour savoir qui c'était, dit Andrea lorsqu'elle redescendit dans l'ascenseur avec Maravan.

– Moi je ne préfère pas, répondit Maravan.

Ce n'était pas le côté sulfureux de son travail qui causait du souci à Maravan, c'était le rôle qu'on lui avait attribué.

Avec les couples en thérapie, on l'avait traité avec le respect que l'on devait à un médecin ou à un spécialiste capable d'aider son prochain. Et lors des quelques commandes de restauration à domicile, on l'avait célébré comme une star.

Ici, on ne lui prêtait pas la moindre attention. Il pouvait bien porter une toque aussi haute qu'il le voulait, on faisait comme s'il n'était pas là. Il ne voyait pratiquement pas les clients, et Andrea, lorsqu'elle rapportait la vaisselle du dernier plat, ne revenait jamais en cuisine avec un compliment pour le chef.

Pour avoir été auxiliaire de cuisine, Maravan était habitué à vivre dans l'ombre. Mais ici, c'était différent : les clients venaient pour ses créations. Quels que soient les effets qu'elles provoquaient sur eux, c'est à lui et à son art qu'ils le devaient. En un mot : l'artiste en Maravan se sentait négligé. Et, ce qui était presque pire, l'homme aussi.

Sa relation avec Andrea ne suivait pas le cours qu'il avait souhaité. Il avait espéré que la coexistence presque quotidienne, le contact étroit et le côté conspirateur de leur coopération les rapprocheraient. C'était bien le cas, mais ce rapprochement était celui de deux camarades, presque d'un frère et d'une sœur. L'érotisme de leur activité ne déteignait en rien sur leurs rapports personnels.

Si sa relation avec Maravan ne dépassait pas une collégialité chaleureuse, Andrea entretenait en revanche une grande familiarité avec les femmes qui travaillaient pour Kull. Elles se tutoyaient, se tombaient dans les bras dès leur deuxième rencontre comme des amies qui ne se seraient pas vues depuis longtemps et passaient le temps à papoter en fumant et en riant sur les canapés blancs jusqu'à l'arrivée de leurs michetons – Maravan employait volontairement ce terme lorsqu'il parlait à Andrea. L'une d'entre elles l'avait particulièrement séduite : la grande Éthiopienne appelée Makeda. Et pour être sincère, il en était jaloux.

À douze ans, Makeda s'était réfugiée en Angleterre avec sa mère et sa sœur aînée. Elles appartenaient à l'ethnie des Oromo, dont le père avait rejoint le mouvement de libération, l'*Oromo Liberation Front*. Après la chute du gouvernement du Derg, il avait été député de l'OLF au Parlement provisoire, mais une fois les élections passées son mouvement avait quitté le pouvoir et s'était opposé au parti gouvernemental.

Un matin, de bonne heure, des soldats étaient entrés dans la maison de Makeda, avaient tout cassé et avaient emmené son père. C'est la dernière fois qu'elle l'avait vu. Sa mère, obstinée, avait essayé de le localiser, et ses anciennes relations lui avait permis d'y arriver. Elle avait même eu le bras assez long pour lui rendre visite en prison. Elle en était rentrée sans un mot, les yeux rougis. Deux jours plus tard, Makeda, sa mère et sa sœur franchissaient la frontière kenyane à bord d'une Land-Rover bringuebalante. La mère avait épuisé toutes les possibilités que lui offraient ses anciennes relations. Elles prirent l'avion pour Londres et demandèrent l'asile. Elles n'entendirent plus jamais parler de son père.

À seize ans, Makeda avait été découverte par le *scout* d'une agence de mannequins. Il l'avait appelée « la nouvelle Naomi Campbell ». En dépit de la résistance de sa mère, elle avait fait quelques castings, avait participé à des défilés de mode et avait été photographiée par quelques magazines. Mais elle avait attendu en vain le jour du grand succès.

Pendant la Semaine de la mode à Milan, elle franchit pour la première fois le seuil étroit qui séparait le statut de jeune mannequin espoir et celui de call-girl. Elle se sentait solitaire et emmena dans sa chambre le responsable des achats d'une chaîne de boutiques. Lorsqu'elle se réveilla, le lendemain matin, il était parti. Cinq cents euros étaient déposés sur la table de nuit. « J'ai compris ce jour-là que mon premier amant avait aussi été mon premier client », raconta Makeda avec un rire sarcastique.

Lorsqu'elle fut forcée de reconnaître qu'elle n'irait pas loin dans sa carrière de mannequin, elle revint auprès de sa famille et reprit le lycée. Mais elle s'était habituée à un mode de vie plus libre et plus luxueux. Elle se sentait à l'étroit dans son appartement, sa mère avait une vision trop bornée pour elle. Elles ne tardèrent pas à se disputer. Makeda quitta les lieux, cette fois définitivement.

Pour la deuxième fois, un *scout* la remarqua – mais cette fois, c'était celui d'un *escort-service*. Makeda devint call-girl. Et elle eut nettement plus de succès dans ce métier-là que sur les podiums.

Elle avait fait la connaissance de Kull un peu moins d'un an auparavant. Il l'avait recrutée, et elle l'avait suivie en Suisse. Elle y était restée et s'y sentait seule.

Elle raconta tout cela dans la pénombre de la chambre d'Andrea. Elles avaient pris rendez-vous la veille, en attendant un client, étaient allées se promener au bord du lac, malgré le froid, et s'étaient retrouvées dans le lit d'Andrea comme si c'était le cours naturel des choses.

La jalousie de Maravan n'était donc pas injustifiée. Andrea était tombée amoureuse.

Peu après leur dernière visite, Thevaram et Rathinam se retrouvèrent de nouveau devant l'appartement de Maravan. Ils venaient lui donner des nouvelles d'Ulagu. Ils affirmèrent qu'il s'était porté volontaire pour les *Black Tigers*, une unité d'élite regroupant des candidats à l'attentat suicide. Les conditions d'admission étaient toutefois très rigoureuses, il y avait de fortes chances pour qu'on le refuse. Si Maravan le souhaitait, ils pouvaient les augmenter encore un peu en passant par leurs canaux.

Maravan promit un don supplémentaire de deux mille francs suisses.

Après cette visite, il fit savoir à sa sœur, par l'intermédiaire du bazar Batticaloa, qu'il avait effectué les premiers progrès dans l'affaire en question.

En temps normal, au mois de décembre, le Huwyler était complet et ses deux salles de réunion occupées presque tous les soirs. Mais cette fois, quelques-unes des firmes les plus fidèles, celles qui y donnaient tous les ans leur repas de Noël pour les cadres, avaient décommandé. Huwyler était persuadé, ou bien qu'elles utilisaient la crise comme prétexte, ou bien qu'elles avaient pris cette mesure pour des raisons esthétiques : crier à la crise et aller banqueter malgré cela au Huwyler, ça manquait tout simplement d'allure.

Que la bonne explication soit la première ou la seconde, cela revenait au même pour Huwyler. Le restaurant était nettement moins fréquenté que d'habitude à cette période de l'année.

Il s'occupait donc tout particulièrement de la table de Staffel. C'était une table de douze couverts, occupée par ses cadres supérieurs et leurs épouses – un phénomène d'une singulière rareté, que l'on ne voyait guère qu'au cours de ces journées-là.

Il est vrai que Staffel avait toutes les raisons de faire la fête. La presse financière l'avait élu manager de l'année dans la catégorie « nouvelles technologies ». Et l'entreprise qu'il dirigeait, la Kugag, avait clôturé l'année sur un si bon bilan que, même en termes d'image, elle pouvait se permettre cette petite extravagance.

Seul le choix du menu aurait pu être un peu plus généreux. Huwyler avait proposé le « dégustation », mais Staffel s'était prononcé en faveur d'un simple repas à six plats. Pour les vins aussi, il était resté dans la zone médiane. Par les temps qui couraient, c'était précisément aux pingres qu'on donnait le titre de managers de l'année.

Un autre invité, en revanche, n'avait rien d'un radin : Dalmann, l'infarctus du myocarde. Le jour de sa première réapparition au restaurant, alors qu'il sortait tout juste de sa rééducation, moins d'un mois après l'incident, Huwyler avait eu un moment de frayeur. Moins à cause de l'impudence qu'il y avait à se représenter ici après ce pénible épisode qu'en raison de la possibilité que celui-ci se répète. Dalmann ne se retenait en effet ni sur la nourriture ni sur la boisson, il avait même demandé un cigare pour accompagner son cognac.

Mais, depuis, Dalmann était redevenu un invité apprécié. Une sorte de symbole de la normalité.

Ce soir-là aussi, il était présent. En compagnie, qui plus est, de maître Neller, un avocat d'affaires et, comme ils le rappelaient de plus en plus souvent tous les deux au fur et à mesure que l'heure avançait, des amis de jeunesse et des camarades de scoutisme. Eux avaient choisi le menu surprise.

Dalmann sortit une petite branche de sapin de la décoration de table où était accrochée la boule de Noël bleu marine et la tint au-dessus de la bougie. Il aimait l'odeur des aiguilles de sapin roussies. Et Noël en général. Cela le rendait agréablement sentimental. Notamment par une soirée comme celle-là, après un bon repas avec un vieil ami. Le restaurant ni trop plein ni trop vide, ni trop bruyant ni trop calme. La fumée du Bahia fraîche, l'armagnac moelleux, la conversation familière.

– Tu as de nouveau fait appel aux services de Kull ? venait de demander Neller.

Dalmann sourit.

– Tu sais bien que je dois faire attention à mon cœur.

– Bien sûr. Je l'oublie toujours quand je te vois comme ça.

– Pourquoi ? Je devrais ?

– Je ne veux pas te faire courir de risques. Mais au cas où : il propose quelque chose avec un repas, maintenant.

– Pour le repas, je préfère ici.

– Un repas très spécial. Érotique.

Dalmann lui lança un regard interrogateur et tira sur son cigare.

– Il a un hindou, ou quelque chose comme ça, qui fait la cuisine, et une minette très chaude qui assure le service. Tu la connais, d'ailleurs, elle a travaillé ici un petit moment, brune, grande, tous les cheveux d'un côté.

– Et elle bosse pour Kull, maintenant ?

– Elle s'occupe juste du service.

– C'est elle qui assure la partie érotique ?

– Non, ça, c'est le repas. Au début, je n'y ai pas cru, moi non plus. Et pourtant c'est vrai. La nourriture te change du tout au tout.

– Te change comment ?

– Ça t'excite. Pas seulement là… (Neller pointa vaguement la main vers le bas.) Enfin, là aussi, mais surtout là, fit-il en tapotant son front élevé et luisant de sueur.

– Tu veux dire que tu as une érection dans la tête ?

Dalmann éclata de rire, mais Neller semblait réfléchir sérieusement à sa question.

– Oui, on peut dire ça comme ça. Et le mieux, c'est qu'apparemment, ça remonte aussi les femmes. On a l'impression que ça leur fait plaisir pour de bon.

– Elles font toujours comme ça, c'est pour ça qu'on les paye.

Neller secoua la tête.

– Crois-en un vieux renard. Je remarque la différence. C'est du vrai. Peut-être pas tout à fait, mais un peu, certainement.

Dalmann continua à mâcher, l'air pensif. Puis il s'essuya la bouche et demanda :

– Tu crois qu'ils mettent quelque chose dedans ?

– Ils disent que non. Que ce sont leurs recettes. Et l'ambiance. Coussins et bougies. On est assis par terre et on mange avec la main.

– Et qu'est-ce qu'on mange ?

– Des choses brûlantes, justement. Épicées et sucrées. Une sorte de cuisine moléculaire ayurvédique. Étrange. Mais remarquable. Le tuyau que tout le monde se refile à voix basse en ce moment. Pas vraiment bon marché, mais franchement différent, pour une fois.

– Et tu es sûr qu'il n'y a ni drogue ni chimie ?

– Moi, en tout cas, le lendemain, je me sentais remarquablement bien. Et soit dit entre messieurs, je n'avais plus baisé aussi bien depuis un bon bout de temps.

– Je te l'ai dit : mon cœur.

Neller leva les deux mains.

– Je n'ai fait que te raconter, Éric, juste raconter.

Dalmann n'avait pas l'intention d'expérimenter le tuyau de son ami. Mais s'il avait un jour besoin de quelque chose de très spécial pour quelqu'un, il se le rappellerait volontiers.

Ils changèrent de sujet et se perdirent un peu en bavardages. Lorsque Huwyler les raccompagna jusqu'au taxi, sous un parapluie, il y avait de la neige à l'entrée. Et il continuait à neiger à gros flocons pesants.

Ce soir-là, alors qu'ils fêtaient la fin de l'année et le manager de l'année, Dalmann s'était approché de la table, avait félicité Staffel et avait dit :

– Grâce à vous, j'ai gagné un pari.

– Un pari ? avait demandé Staffel.

– J'ai parié que ce serait vous.

– Vous avez pris un certain risque. J'espère que la mise n'était pas trop élevée.

– Six bouteilles de Cheval Blanc 97, tout de même. Mais il n'y avait aucun risque. Bon appétit, mesdames et messieurs, profitez de cette soirée, vous l'avez bien méritée.

– Ce n'est pas lui qui était venu nous voir la dernière fois et qui en savait plus que moi ? avait murmuré l'épouse de Staffel à son mari, à peine Dalmann retourné à sa table. Tu sais de qui il s'agit, maintenant ?

Staffel s'était renseigné, mais il n'avait pas grand-chose à raconter : Dalmann était un avocat, mais n'en exerçait pas les fonctions. Il siégeait dans différents conseils d'administration et avait une activité de conseiller et d'intermédiaire. Il établissait des contacts de travail, mettait des gens en relation, intervenait aussi parfois personnellement lorsqu'il s'agissait d'occuper un poste de manière officieuse, et avait manifestement aussi d'assez bons réseaux dans les médias pour obtenir, si nécessaire, une certaine avance dans le domaine de l'information.

Staffel n'allait pas tarder à faire plus ample connaissance avec lui.

29

L'année touchait à sa fin, et il était difficile de dire ce qui dominait : le soulagement de la voir s'achever ou l'inquiétude à l'idée de ce qu'allait apporter la suivante.

Le bilan boursier international était catastrophique : la Bourse suisse concluait sa plus mauvaise année depuis 1974, le Dax avait chuté de quarante pour cent, le Dow Jones avait perdu plus d'un tiers, le Nikkei affichait des pertes analogues, la Bourse de Shanghai avait fait un plongeon de soixante-cinq pour cent et la Russie avait relégué tout cela dans l'ombre avec une baisse de son indice directeur de soixante-douze pour cent.

C'est surtout ce dernier point qui se fit sentir dans le secteur d'activité de Kull. Les Russes avaient été de bons clients au cours des années précédentes. Chaque fois, pendant les fêtes, son équipe avait transféré une bonne partie de ses activités à Saint-Moritz et il avait fallu demander le renfort de collaboratrices extérieures. À en juger par les préréservations, s'il devait y avoir recours l'année suivante, ce serait à une moindre échelle.

Cela dit, le système du *Love Food* avait si bien fait ses preuves qu'il comptait aussi le proposer en Engadine. Il avait, par précaution, réservé le duo pour quelques jours.

Pour Dalmann, la période des fêtes à Saint-Moritz était l'événement commercial le plus important de l'année. Il avait l'occasion d'y rencontrer des gens avec lesquels aucun échange personnel n'était possible en temps normal. Il pouvait rafraîchir d'anciens contacts et en nouer de nouveaux. Les nombreuses manifestations mondaines donnaient l'occasion de se rencontrer dans un cadre détendu et informel, de mieux se connaître et d'établir les bases de nouvelles affaires ou la poursuite des anciennes.

Ici, en altitude, on ressentait également la crise, mais la supposition de Dalmann était la bonne : les bons clients viendraient tout de même aussi cette année-là. La crise présentait en outre l'avantage de séparer le bon grain de l'ivraie.

Il habitait comme toujours un appartement de cinq pièces au dernier étage du Chesa Clara. Un dentiste de ses amis avait construit l'immeuble au début des années quatre-vingt-dix ; depuis cette date, Dalmann y était locataire permanent pendant les fêtes. Le Chesa Clara était un poste fixe dans son budget annuel. Une dépense élevée, certes, mais qui, jusqu'ici, avait toujours été rentable. Il espérait que ce serait aussi le cas cette fois-ci.

L'appartement était un peu trop meublé et équipé de portes en noyer et de lambris en arolle que l'on était allé récupérer dans différentes maisons anciennes. Il était assez vaste pour accueillir Dalmann et deux invités, et possédait un petit logement pour le personnel, habité par Lourdes, qui s'occupait aussi de son intérieur pendant ces journées-là et lui préparait le petit déjeuner. Elle n'avait pas à faire la cuisine : il mangeait toujours dehors et ne donnait pas de repas chez lui. Hormis son légendaire petit déjeuner de gueule de bois, le jour du Nouvel An. Table ouverte de onze heures à la tombée de la nuit.

Il n'avait pratiquement plus aucune activité sportive. Il avait été, jadis, un skieur de haut niveau ; désormais, s'il montait sur des planches, c'était uniquement pour se rendre aux restaurants de montagne auxquels on ne pouvait accéder à pied. Pour le reste, il préférait les promenades faciles à objectif gastronomique. Ou les excursions à traîneau, dans le même but.

C'était la première fois que Maravan se retrouvait à la montagne. Pendant tout le voyage dans le minibus surchargé d'Andrea, il était resté assis, laconique et sceptique, sur le siège du passager, et lorsque, autour de lui, les collines devinrent plus hautes et plus raides, lorsque les routes rétrécirent et s'ourlèrent de talus blancs, lorsqu'il se mit même à neiger, il regretta d'avoir accepté cette aventure.

Au bout de leur voyage, il avait constaté avec déception qu'ils se retrouvaient dans une ville, pas plus belle que celle qu'ils avaient quittée, juste plus petite, plus froide, coincée entre des montagnes et plus enneigée.

Même le lieu où ils étaient logés n'avait pas bien meilleure allure que dans la Theodorstrasse. Chacun dans un studio minuscule, dans un pâté d'immeubles avec vue sur un autre pâté d'immeubles.

Peu après leur arrivée, cependant, Andrea frappa à sa porte et le persuada d'aller faire une promenade. Ils roulèrent plus loin à travers la vallée, en direction du sud.

Ils s'arrêtèrent dans un bourg nommé Maloja.

– Si nous continuions à rouler, tu verrais des palmiers d'ici une petite heure.

– Dans ce cas, continuons à rouler, proposa-t-il, à moitié sérieusement.

Andrea se mit à rire et passa devant lui.

Le chemin ne tarda pas à rétrécir ; il passait désormais entre deux hauts murs de neige. Maravan avait du mal à suivre Andrea. Il portait de grossières bottes en caoutchouc et en nylon qui ne tenaient pas au sol. Il les avait trouvées dans le même magasin bon marché où il achetait tout ce dont il n'avait pas besoin pour sa cuisine. Ses pantalons étaient trop étroits, il ne pouvait pas les faire glisser sur le montant de ses bottes, et avait dû les enfoncer à l'intérieur, ce qui lui donnait certainement une allure ridicule. Il ne pouvait pas le dire avec précision : il n'avait pas chez lui de miroir dans lequel il eût aussi pu voir ses pieds.

Les sapins qui jalonnaient le chemin étaient lourdement chargés de neige. Des paquets en tombaient de temps en temps ; ensuite, la branche soulagée de son poids laissait les flocons descendre encore un moment dans un scintillement blanc.

Tout ce qu'il percevait était le grincement de ses chaussures. Lorsque Andrea s'arrêta pour l'attendre, il s'immobilisa lui aussi. C'est alors, seulement, qu'il entendit le silence.

C'était un silence qui dévorait tout. Un silence plus puissant à chaque seconde qui s'écoulait.

Il n'avait encore jamais remarqué combien toute sa vie était impitoyablement emplie de bruits. Le bavardage de sa famille, les coups de klaxon de la circulation, le vent dans les palmiers, le ressac de l'océan Indien, les détonations de la guerre civile, les tintements des cuisines, les mélopées des temples, le bavardage de ses pensées.

Et tout d'un coup, ce silence. Comme un bijou. Un article de luxe auquel des gens comme lui ne pouvaient pas prétendre.

– Eh bien quoi ? s'exclama Andrea. Tu arrives ?

– Chut ! fit-il en dressant l'index devant ses lèvres.

Mais le silence était parti, il avait pris la fuite comme un animal effarouché.

Andrea s'en voulait d'avoir traîné Maravan ici. Elle lisait sur son visage à quel point il se sentait mal à l'aise. Il se comportait dans la neige comme un chat sous la pluie.

Et puis il ne cadrait pas non plus dans ce paysage. Quand elle se rappelait la grâce avec laquelle il évoluait dans son sarong, l'élégance avec laquelle il portait son long tablier et sa petite coiffe de cuisinier sur la tête… Ici, dans son coupe-vent informe, avec son bonnet de laine bien enfoncé sur les oreilles et ses après-skis bon marché, il était privé de sa dignité, comme un animal de zoo l'était de sa liberté.

Ce qui faisait le plus de peine à Andrea, c'était que Maravan en était conscient. Il le supportait avec la résignation habituelle, celle qui lui permettait de tout accepter depuis qu'il s'était résolu à participer aussi aux sales trucs, comme il les appelait.

Elle ne se voilait pas non plus la face à propos des sentiments qu'il éprouvait à son égard. Au fur et à mesure de leur collaboration, elle voyait de mieux en mieux qu'il était amoureux d'elle. Il avait pris plus au sérieux qu'elle ne le pensait ce qu'elle appelait, en son for intérieur, l'« incident ». Elle sentait qu'il n'avait pas abandonné l'espoir de lui mettre encore une fois le grappin dessus, peut-être même pour de bon.

Dès qu'elle en avait eu conscience, elle avait marqué ses distances. Elle s'était volontairement abstenue de toute familiarité amicale pour qu'il ne se méprenne pas sur son attitude. Elle le traitait avec une amabilité qui n'engageait à rien et sentait que, même si cela faisait du mal à Maravan, leur collaboration ne pouvait que profiter de cette clarification.

Depuis Makeda, leurs relations s'étaient cependant de nouveau compliquées. Maravan affichait tous les symptômes de la jalousie. Elle en était certes navrée, mais elle ne voyait aucune possibilité de l'aider.

Au contraire : elle se sentait parfaitement bien, car Makeda était aussi sur place. Elle logeait avec les autres femmes qui travaillaient pour Kull, dans un immeuble d'appartements de location, tout près de là. Elles étaient bien décidées à passer autant de temps que possible ensemble.

Maravan le savait. Et c'est pour le revigorer un peu qu'elle l'avait emmené faire cette promenade en camionnette juste après qu'ils avaient déballé leurs valises.

Maravan était resté en arrière et s'était immobilisé depuis un bon moment dans ce paysage de conte de fées. Elle l'avait appelé, mais il l'avait invitée sans ménagement à se taire. Il restait sur place comme s'il écoutait quelque chose. Andrea écoutait aussi, mais elle n'entendait rien.

Il se mit enfin en mouvement et se dirigea vers elle. Lorsqu'il fut à sa hauteur, il souriait.

– C'est beau, dit-il.

30

Grâce à deux des points forts de Dalmann – la chance et ses qualités de physionomiste –, quelques jours suffirent pour rentabiliser cette année-là l'investissement de Chesa Clara.

C'était un hiver comme on n'en avait plus vu depuis longtemps : froid, d'un blanc bleuté, avec une quantité de neige qu'on n'avait encore jamais vue à cette altitude et en cette saison.

Dalmann était assis sur la terrasse solarium d'un restaurant de montagne profondément enfoncé dans une vallée. Il était en compagnie de Rolf Schär, son ami dentiste, qui lui louait l'appartement. Du point de vue des affaires, ce n'était pas un attelage très efficace, mais il n'était pas non plus tout à fait inutile, car Dalmann savait que Schär, en haute saison, pouvait louer beaucoup plus cher son appartement bien situé. Il s'était donc fait un devoir de passer au moins une fois un peu de temps avec lui pendant son séjour.

Ils étaient tranquillement assis sur leur banc, contre la façade en bois du restaurant, le visage luisant de crème tourné vers le soleil d'hiver, ils buvaient une bouteille de Veltliner et picoraient dans l'assiette de charcuterie des Grisons qu'on avait déposée sur leur table. De temps en temps, l'un des deux disait quelque chose, la plupart du temps ce qui lui passait par la tête à cet instant précis, comme le font les personnes âgées qui se connaissent depuis longtemps et n'ont pas besoin de se raconter des histoires.

Ils regardaient des enfants qui faisaient de la luge à l'extérieur de la terrasse, et Schär venait tout juste de dire : « Quand on est petit, la neige vous paraît encore bien plus haute. » C'est alors que l'attention de Dalmann fut attirée par un groupe de nouveaux venus. Quatre hommes, la cinquantaine, l'air arabe. On les conduisit à la table voisine, qui avait longtemps attendu ses clients et était la seule à arborer un panonceau de réservation.

Dalmann reconnut l'un d'eux lorsque celui-ci ôta brièvement ses lunettes de soleil et lança un coup d'œil sur les autres clients : c'était le bras droit de Jafar Fajahat, auquel la Palucron avait jadis prêté assistance pendant les transactions. Il avait presque dix ans de plus, mais c'était lui, sans aucun doute.

Après la démission de Musharraf, il n'avait plus réussi à entrer en contact avec Fajahat et avait pensé que celui-ci avait été victime du changement de pouvoir. Son assistant, lui, avait manifestement retrouvé une place : dans le cas contraire, il n'aurait pas pu se permettre d'être ici.

Si seulement il pouvait se rappeler son nom. Khalid, Khalil, Khalig, ou quelque chose comme ça. Dalmann résista à son impulsion et ne s'adressa pas à lui. Qui pouvaient bien être les trois autres ?

Mais il chercha son regard – et le trouva au bout d'un bref instant. L'homme retira ses lunettes, lui lança un coup d'œil interrogateur, et lorsque Dalmann hocha la tête en souriant, il se leva et le salua en anglais.

– Monsieur Dalmann ? Quelle joie de vous revoir ! Vous vous rappelez ? Kazi Razzaq.

– Bien sûr que je me rappelle.

Dalmann évita encore de mentionner Jafar Fajahat.

Razzaq présenta ses trois accompagnateurs, dont Dalmann ne tenta pas de retenir les noms ; il se chargea de leur présenter son voisin de table. Ensuite s'installa le bref moment de silence qui suit toujours ce genre de séances.

C'est Dalmann qui l'interrompit :

– Vous êtes là pour quelques jours ? s'enquit-il.

Les quatre messieurs opinèrent.

– Bien, dans ce cas nous pourrons monter quelque chose ensemble. À quel hôtel êtes-vous ?

Les quatre hommes échangèrent des regards.

– Vous savez quoi ? Je vais vous donner ma carte. Il y a mon numéro de portable dessus. Appelez-moi, nous conviendrons de quelque chose. J'en serais ravi.

Dalmann tendit sa carte de visite à Razzaq, dans l'espoir que celui-ci se sentirait tenu de lui remettre la sienne. Mais il se contenta de la ranger dans sa poche, l'air reconnaissant, et s'adressa à la jeune fille en tenue traditionnelle qui attendait les commandes.

Razzaq appela pourtant le soir même. Ils prirent rendez-vous au bar de l'un des grands hôtels cinq étoiles avec vue plongeante sur le lac. Dalmann connaissait le barman et avait sa table attitrée dans une niche tranquille, pas trop près du piano.

Arrivé un peu en avance, Dalmann buvait du bout des lèvres un Campari soda et grignotait des amandes salées tout juste sorties du four. C'était son moment préféré, celui qui séparait l'après-ski et l'apéro. La plupart des clients de l'hôtel étaient dans leur chambre, se reposaient de leur journée et se rafraîchissaient pour le soir. Le pianiste jouait ses morceaux doux et sentimentaux, les garçons avaient le temps de papoter un peu.

Razzaq arriva à l'heure et commanda un soda. Il faisait partie des musulmans qui ne buvaient pas non plus d'alcool à l'étranger.

À présent, en tête à tête, Dalmann commença par lui demander des nouvelles de Jafar Fajahat.

– Il n'est plus en activité. Il profite des fruits de son travail et de ses petits-enfants. Il en a quinze.

Ils échangèrent quelques souvenirs, et Dalmann laissa leur conversation se tarir lentement pour donner à son invité l'occasion d'en venir aux faits. Celui-ci ne tourna pas longtemps autour du pot.

– Si je me rappelle bien, à l'époque, vous nous aviez mis en contact avec des dames.

Dalmann le corrigea aussitôt :

– Ça n'est pas mon secteur. À l'époque, je vous avais mis en contact avec quelqu'un qui vous a peut-être de temps en temps mis en contact avec des dames.

Razzaq ne s'attarda pas sur cette rectification :

– Ce serait faisable ici aussi ?

Dalmann se cala dans son siège rembourré et fit comme s'il devait réfléchir. Puis il dit :

– Je vais voir ce qu'on peut faire. Ce serait pour quand ?

– Demain, après-demain. Nous sommes encore ici pour six jours.

Dalmann en prit note. Il avait ainsi acquis le droit de poser des questions à son tour.

– Vous êtes toujours dans le domaine de la sécurité et de la défense ? demanda-t-il.

Razzaq ayant répondu par l'affirmative, il se renseigna avec empathie :

– Le changement de stratégie de notre gouvernement ne vous pose-t-il pas de sérieux problèmes ?

– Il n'est pas seulement injuste et à courte vue, il est aussi très mauvais en termes de sécurité. Et pour les affaires.

Pour l'année en cours, le Pakistan avait été le plus grand acheteur d'armes en Suisse, avec cent dix millions de francs. Mais, pour l'heure, le gouvernement helvétique rechignait à accorder de nouvelles autorisations.

– Pour l'instant, la pression publique est considérable. Il va y avoir sous peu une votation sur l'interdiction de l'exportation des armes. Si elle échoue, et elle échouera sans aucun doute, la situation se détendra.

Dalmann parla ensuite des blindés d'occasion M-113 et de la possibilité de les importer en toute légalité *via* les

États-Unis. Il ne s'abstint pas non plus de mentionner le rôle qu'il pourrait jouer dans une affaire de ce type.

Dalmann consacra sa soirée à la réception donnée par une société de commissaires-priseurs qui présentait les plus belles pièces de sa vente imminente d'expressionnistes à New York. Il mangea ensuite dans un petit cercle très international une fondue au fromage dans un restaurant tout simple. Une soirée agréable, à l'ancienne. Quiconque prononçait ne fût-ce qu'une syllabe à propos des affaires devait offrir une bouteille de vin à titre d'amende. En revanche, il était permis de prendre rendez-vous pendant le repas pour mener ce type de conversations à une date ultérieure.

Dalmann avait transmis à Schaeffer la demande de Kazi Razzaq. Il connaissait certes Kull, mais ne se ferait voir avec lui sous aucun prétexte.

Il avait convoqué Schaeffer pour le lendemain matin à dix heures. Il le reçut, en robe de chambre, pour le petit déjeuner.

Son collaborateur avait bien entendu déjà pris le sien et commanda à Lourdes son thé et sa pomme, qu'il éplucha avec sa sempiternelle et horripilante minutie.

– Je suis à vous tout de suite, dit Dalmann. Il me faut juste une minute pour fluidifier le sang, séparer les plaquettes, réguler le rythme cardiaque, faire baisser la tension, le cholestérol et le taux d'acide urique.

Schaeffer profita du temps que son chef consacra à avaler, l'air dégoûté, le jus d'orange qui ferait descendre sa collection de médicaments, pour se mettre des gouttes dans chaque œil, la tête largement en arrière.

– Alors ? demanda Dalmann.

Schaeffer s'essuya les yeux avec un mouchoir plié.

– Tout à fait faisable, selon lui.

– Y compris l'histoire du menu pakistanais ?

– Y compris ça.

Dalmann avait chargé Schaeffer de vérifier si Kull proposait aussi un menu pakistanais normal pour cinq personnes, servi à une table normale avec des couverts. La partie érotique pourrait ensuite être assurée par les dames qui les rejoindraient pour le dessert et avec lesquelles on rentrerait à l'hôtel. Il était là pour affaires, pas pour partouzes. Il n'était quand même pas tenancier de bordel.

– Et pour les délais ?

– Le *catering* est encore libre pour après-demain. Mais il faut nous décider avant midi.

Dalmann achemina sur son toast le jaune de son œuf au plat, qu'il avait séparé du blanc sans l'abîmer. Pour des raisons de santé, il laissait le lard grillé de côté. Une fois sur deux, dur comme fer.

– Décidé, dit-il, et il engouffra sa bouchée.

31

Et c'est ainsi que Maravan, le Tamoul, prépara sans se douter de rien pour Razzaq, le Pakistanais, un repas au cours duquel se nouerait une affaire qui, par quelques détours, permettrait à l'armée sri-lankaise de se procurer des chars suisses d'occasion.

Le commanditaire voulait surprendre ses invités en leur offrant un menu pakistanais classique. Maravan se permit d'y ajouter encore quelques surprises.

Il fit de l'*arhar dal*, le plat de lentilles classique, une interprétation en anneau de *dal risotto*, et l'accommoda à l'air de coriandre et à la mousse de citron.

Il maria avec un peu de gélatine le nihari, un curry de bœuf mijoté pendant six heures à tout petit feu, pour en faire un praliné de nihari, et l'assortit d'une émulsion d'oignons et de chips d'oignon étalées sur une purée de riz.

Le poulet du biryani avait été mis sous vide puis mijoté à basse température et servi dans une croûte relevée de sucre de palme, préparée à partir du mélange d'épices du biryani. Le tout garni avec de l'air de menthe poivrée et de la glace à la cannelle.

Heureux de ce divertissement, Maravan travaillait avec concentration dans la cuisine mal équipée, mais rehaussée de beaucoup de granit et de bois vieilli artificiellement.

Un certain Schaeffer, un homme maigre et rigide, les avait reçus dans les lieux, pour autant qu'il les connaissait.

Il avait ensuite annoncé qu'il serait absent tout l'après-midi. Mme Lourdes, dit-il, était à leur disposition. L'hôte était attendu à sept heures, les invités à sept heures et demie.

Le repas était prévu pour cinq personnes, le dessert pour dix. Pour reprendre l'expression de Kull, cinq dames se rajouteraient au groupe pour le dessert. Celui-ci devrait être composé des pâtisseries habituelles pour le *Love Menu*. « C'est-à-dire les asperges au ghee gelées en forme de pénis et les vulves glacées aux pois chiches et au gingembre, avait précisé Andrea en notant la commande. Et les esquimaux au ghee, à la réglisse et au miel. »

Peu après sept heures, Andrea entra dans la cuisine.

– Tu sais qui invite ? Dalmann.

Ce nom ne disait rien à Maravan.

– Dalmann, du Huwyler. Le vieux de la table une, celui qui faisait toujours un peu de gringue.

Il fit un geste négatif de la tête.

– Peut-être si je le voyais…

Mais ce soir-là, Maravan ne vit pas plus Dalmann en face que les autres clients.

À neuf heures et demie, on sonna. Maravan entendit des rires et le brouhaha des voix. Les dames étaient arrivées pour le dessert.

Andrea entra dans la cuisine et referma en vitesse la porte derrière elle.

– Devine.

– Makeda.

Andrea confirma d'un geste de la tête. À partir de cet instant, elle ne dit plus grand-chose.

Peu après le dessert, les messieurs prirent congé avec leurs dames. Maravan et Andrea quittèrent les lieux, eux aussi. Il n'y avait plus qu'un manteau accroché au vestiaire. Andrea le reconnut. C'était celui de Makeda.

Personne n'avait réservé les services de *Love Food* pour la Saint-Sylvestre 2008. Dans la kitchenette de son studio, sur la plaque unique de la cuisinière, Maravan avait préparé un *kozhi kari* classique, un curry de poulet selon la recette que Nangay lui avait apprise lorsqu'il était petit garçon, avec les ingrédients classiques et un peu plus de graines de fenugrec. Et dans le mélange d'épices composé de graines de fenouil, de graines de cardamome et de clous de girofle, qu'il répandait à la fin sur le plat déjà cuit avant de le rectifier au jus de citron, il y avait une dose supplémentaire de cannelle, comme l'avait toujours fait celle qui lui avait tout appris.

Andrea était veuve d'un jour, comme elle disait. Makeda, elle, était réservée. Elle avait dû se séparer de sa compagne une heure plus tôt. Makeda portait une longue robe noire boutonnée jusqu'au cou et l'idée qu'elle passerait la nuit avec un de ces vieux tas, un des ces richards qui grouillaient dans la station, rendait Andrea à moitié folle.

Andrea avait fourni les boissons pour la Saint-Sylvestre des cœurs solitaires. Deux bouteilles de champagne pour elle, deux bouteilles d'eau minérale pour Maravan. Avec des bulles.

Elle était assise sur l'unique fauteuil de la pièce, Maravan sur le lit. Entre eux, la table basse ronde.

Il faisait froid dans la chambre. Avec sa manie de ne jamais laisser une pièce sentir la nourriture, Maravan avait ouvert la fenêtre peu avant l'arrivée d'Andrea. Dehors, il faisait certainement moins quinze. Elle avait dû lui demander sa couette, qu'elle portait à présent comme une étole autour des épaules.

Ils mangeaient avec la main, comme la première fois. Le curry rappela à Andrea un goût de sa jeunesse. Elle n'en avait pourtant jamais mangé à cette époque. Hormis l'assiette baptisée « riz colonial » que proposait une chaîne de restaurant, un anneau de riz garni de hachis de poulet et d'une sauce jaune avec beaucoup de crème et de fruits en conserve.

Elle le raconta à Maravan.

– C'est peut-être la cannelle, estima-t-il. Il y a beaucoup de cannelle à l'intérieur.

Tout à fait, c'était la cannelle. Du riz au lait avec du sucre et de la cannelle, l'un des plats préférés de son enfance. Et le gâteau de Noël. Et les pains d'épice que l'on mangeait pendant les fêtes.

– C'est aussi la Saint-Sylvestre chez vous ?

– Autrefois, à Colombo, avant la guerre, nous célébrions toutes les fêtes religieuses de tout le monde. Celles des hindouistes, des bouddhistes, des musulmans et des chrétiens. C'étaient chaque fois des jours sans école. La nuit de la Saint-Sylvestre, nous étions tous dans la rue et nous tirions des feux d'artifice.

– C'est beau. Tu crois que ça redeviendra comme avant ?

Maravan réfléchit longuement.

– Non, finit-il par décider. Rien ne redevient jamais comme avant.

Andrea songea à ce qu'il venait de dire.

– C'est vrai, fit-elle. Mais il arrive aussi que ça devienne plus beau.

– C'est une expérience que je n'ai encore jamais faite.

– Ça n'est pas plus beau maintenant qu'avant, quand on était au Huwyler ?

Maravan haussa les épaules.

– Le travail, sans doute. Par contre, les soucis sont plus grands.

Il lui parla d'Ulagu, son neveu préféré, qui était devenu enfant-soldat.

– Et on ne peut rien faire ? demanda Andrea lorsqu'il eut terminé.

– Si, d'ailleurs je fais quelque chose. Mais savoir si ça aura un résultat…

– Pourquoi n'as-tu pas de femme ? demanda Andrea après une pause.

Maravan lui adressa un sourire éloquent et resta muet.

Andrea comprit.

– Non, Maravan, sors-toi ça de la tête. Je suis prise.

– Par une femme qui couche avec des hommes.

– Pour de l'argent.
– C'est encore pire.
Andrea se mit en colère.
– Toi aussi, tu fais pour de l'argent des choses que tu ne ferais jamais autrement.
Maravan fit de la tête un mouvement qui hésitait entre l'acquiescement et la dénégation.
– Je ne sais jamais ce que ça veut dire, ça, chez vous. C'est oui ou non ?
– Dire non, chez nous, ça n'est pas poli.
– Pas tout à fait simple pour une fille, dit-elle en éclatant de rire. Et malgré tout, tu n'as pas d'amie.
Maravan garda son sérieux.
– Chez nous, ce sont les parents qui arrangent les mariages.
– Au vingt et unième siècle ? Tu me fais marcher !
Maravan haussa les épaules.
– Et vous supportez ça ?
– Ça ne fonctionne pas mal.
Andrea secoua la tête, incrédule.
– Et pourquoi n'en a-t-on pas encore arrangé un pour toi ?
– Je n'ai ni parents ni famille ici. Personne qui puisse témoigner que je ne suis pas divorcé, que je n'ai pas d'enfants illégitimes, que je ne mène pas une vie immorale ou que j'appartiens à la bonne caste.
– Je croyais que les castes avaient été abolies ?
– Exact. Mais tu dois faire partie de la bonne caste abolie.
– Et à quelle caste abolie appartiens-tu ?
– Ça ne se demande pas.
– Dans ce cas-là, comment le sait-on ?
– On demande à quelqu'un d'autre.
Andrea rit de nouveau et changea de sujet.
– Et si on sortait regarder le feu d'artifice ?
Maravan refusa d'un geste de la tête.
– J'ai peur des explosions.

Il s'était remis à neiger. Les fusées s'embrasaient, éclataient et retombaient en étincelles derrière un voile de flocons qui ne se teintait que çà et là d'un peu de vert, de rouge ou de jaune.

Les cloches des églises sonnèrent l'an neuf, dont on ignorait tout, si ce n'est qu'il durerait une seconde de plus que le précédent.

Dalmann faisait la fête dans l'un des palaces de la ville et marchait à présent au côté de Schelbert, un investisseur du nord de l'Allemagne, dans le lobby bruyant plein de décolletés, de minijupes et de talons aiguilles.

– Quelle mode de merde, cette saison, soupira Schelbert. Comment je reconnais les putes, moi, maintenant ?

– Ce sont celles qui n'en ont pas l'air.

Janvier 2009

32

Andrea ne tarda pas à revoir M. Schaeffer.

Ils en étaient aux derniers préparatifs d'un *Love Menu* pour quatre personnes dans l'appartement du Falkengässchen. Les invités allaient bientôt arriver. Elle s'apprêtait à allumer les bougies lorsqu'elle constata que son briquet était vide et que la boîte d'allumettes prévue pour ces cas-là était introuvable.

La cuisine n'avait pas de cuisinière à gaz, les tiroirs ne contenaient ni allumettes ni briquet. Elle alla chercher dans ceux des autres pièces et ne trouva rien.

– Je fais un saut au bistrot d'en face, dit-elle à Maravan.

Elle jeta son manteau sur son sari, descendit par l'ascenseur, traversa la ruelle et demanda au barman une pochette d'allumettes. Lorsqu'elle sortit du bar, elle vit arriver les deux hommes avec un quart d'heure d'avance. Elle courut vers l'entrée de l'immeuble et y arriva avant eux. L'ascenseur était encore en bas. Elle monta, jeta son manteau sur une chaise de cuisine et demanda à Maravan de faire entrer les invités pendant qu'elle allumait les bougies.

Elle avait reconnu l'un des deux : c'était Schaeffer, la bonne à tout faire de Dalmann. L'autre aussi lui avait rappelé quelque chose.

Lorsque les bougies brûlèrent et que l'homme l'eut saluée avec un fort accent hollandais, elle sut d'où elle le connaissait : elle l'avait vu au Huwyler. Avec Dalmann. Schaeffer lui avait montré le chemin et n'était pas monté avec lui.

Le Hollandais vérifia qu'il était le premier, se fit montrer la pièce où l'on prendrait le repas, émit un sifflement admiratif et insista pour attendre l'autre invité dans le séjour.

Celui-ci arriva lui aussi avant les dames. Et lui aussi, Andrea l'avait déjà vu une fois au Huwyler. C'était un homme un peu replet, approchant la cinquantaine, coiffé en brosse. Il portait un costume d'homme d'affaires bleu marine avec un pantalon un peu trop court, et il avait l'air embarrassé.

– Je brûle de voir ce que ça donne, dit-il à plusieurs reprises lorsqu'elle les fit entrer tous les deux dans la chambre.

Comme Esther Dubois, à l'époque, lors de son premier repas d'essai.

Staffel aurait pu décommander sans problème et regrettait à présent de ne pas l'avoir fait. Il avait la même sensation qu'en fumant sa première cigarette à quinze ans. Ses parents lui avaient promis dix mille francs suisses s'il s'abstenait de fumer jusqu'à ses vingt ans. À ce jour, il était encore persuadé que c'était cet accord qui lui avait donné cet accès de faiblesse. Celui-ci n'avait pas eu de conséquences, ils ne l'avaient jamais appris. Les autres fois non plus. Et il avait utilisé ses dix mille francs pour faire des investissements raisonnables pendant ses études d'ingénieur : du matériel informatique et des logiciels.

Une autre fois encore, il avait eu un sentiment analogue. C'était à Denver, environ huit ans plus tôt. Il n'avait pas voulu faire le petit-bourgeois et avait accompagné des amis dans un club avec *table-dance*. Il y avait sans doute trop bu et s'était réveillé dans sa chambre d'hôtel à cinq heures du matin au côté d'une fausse blonde dont seul un passage au pressing avait permis d'extraire le parfum de son costume.

Cela non plus n'avait pas eu de conséquences. Béatrice ne l'avait jamais appris.

Et cette fois encore, il ferait en sorte qu'il n'y ait pas d'accrocs.

Dalmann avait donné de ses nouvelles peu après la deuxième rencontre au Huwyler. Il avait dit qu'il était un ami de van Genderen, qu'il était par hasard dans la région et qu'il aimerait faire sa connaissance.

Staffel savait naturellement qui était van Genderen. Le numéro deux de Hootgeco, un grand fournisseur dans le secteur des énergies renouvelables. Une rencontre informelle avec ce grand concurrent hollandais ne pouvait pas faire de mal.

On s'était donc réunis pour un drink dans la maison de Dalmann avec vue sur le lac, on s'était trouvé sympathique et l'on était convenu d'un dîner à deux pour le lendemain soir.

Ils avaient fait un remarquable repas japonais, avaient à peine parlé affaires et beaucoup ri. Van Genderen disposait d'un réservoir inépuisable de blagues. Il n'avait vu personne en connaître autant depuis Hofer, l'un des camarades qu'il s'était fait pendant ses classes.

En passant par des anecdotes de plus en plus scabreuses au fur et à mesure que passait l'heure, ils s'étaient mis à parler des choses scabreuses en général. Et c'est ainsi qu'on en était arrivé à ce rendez-vous pour un repas « chaud à tout point de vue ».

À présent qu'une jolie Indienne – à moins que ce n'en soit pas une ? – parlant le suisse allemand lui servait du champagne dans un appartement luxueux de la vieille ville, il se sentait déjà un peu flageolant. Mais aussi un peu excité.

Il suivrait jusqu'à ce que ça devienne trop olé-olé pour lui, et puis stop. Comme ça, rien ne pouvait lui arriver.

Que Makeda ait été de la partie n'était pas, cette fois-ci, une surprise. Elle le lui avait annoncé.

Peu après le Nouvel An, elles avaient eu leur première dispute.

– Arrête ça, avait dit Andrea, je gagne assez pour deux.

Makeda avait été prise de fou rire.

– Je n'en crois pas mes oreilles, avait-elle soupiré lorsque ce fut fini.

– Pourquoi ? avait demandé Andrea

– Que ce soit toi qui me dises une chose pareille. D'habitude, ce sont les hommes : Viens, je vais te sauver, je t'arrache à cette vie, tu t'installes chez moi, tu me prépares mes repas et tu me laves mes chaussettes. Je suppose que tu plaisantes ?

– Je suis sérieuse.

– Tu gagnes assez pour deux ? Et qu'est-ce que tu fais des quatorze autres ? De ma famille à Addis-Abeba ?

Elles n'en avaient plus reparlé, mais Andrea lui demandait tous les jours quelle mission on lui avait confiée. Elle s'était rendue compte que cela l'affectait moins lorsqu'elle le savait. Elle porta donc le débat sur un autre plan : au niveau professionnel.

Avec les *Love Dinners*, les choses n'étaient pas aussi simples. Andrea était bien placée pour savoir quelle sensualité ils inspiraient. Elle ne pouvait pas concevoir que Makeda y conserverait la distance professionnelle qui s'imposait. Mais elle ne pouvait pas en parler avec elle. Elle lui avait confié beaucoup de choses, mais ne lui avait encore jamais parlé de cet épisode.

Quelques jours après le repas de Staffel et van Genderen, Thevaram et Rathinam se manifestèrent. Ils firent savoir à Maravan qu'ils avaient des nouvelles et demandèrent s'ils pouvaient passer le voir.

Jusqu'ici, chacune de ses rencontres avec les deux hommes lui avait coûté de l'argent. Il alla donc chercher mille francs derrière l'autel de Lakshmi et attendit qu'ils sonnent à sa porte.

Les nouvelles étaient une commande. Maravan devait préparer le menu de Pongal pour la *Tamil Cultural Association*, la TCA.

Pongal était la fête des moissons tamoule. Une fête importante et une belle commande.

Thevaram proposa un cachet de mille francs, que Maravan devrait bien entendu offrir pour la cause. Il pourrait gagner de l'argent ensuite, avec les commandes supplémentaires qui en résulteraient sans aucun doute.

Maravan en avait tellement plein le dos de son activité sulfureuse – peu avant, un client l'avait appelé « le cuisinier du sexe » – et l'idée de préparer un repas de fête tamoul normal pour des compatriotes tamouls normaux lui parut à ce point séduisante qu'il accepta.

– Et Ulagu ? Vous savez quelque chose ?

Thevaram et Rathinam échangèrent un regard.

– Ah oui, dit Rathinam. On l'a refusé.

– Comme combattant ?

Maravan sentit le sang battre dans son cerveau.

– Non, mais comme *Black Tiger*.

Lorsque les deux hommes furent repartis, Maravan rangea son billet de mille derrière l'autel.

Sur une cuisinière à gaz, dans un nouveau récipient en terre autour duquel on avait noué du curcuma frais et du gingembre, cuisaient du riz et des haricots, du sucre de palme et du riz. Les familles étaient assises devant, en demi-cercle. Toutes portaient de nouveaux vêtements, les femmes et les jeunes filles, ornées de fleurs, avaient des saris ou des punjabis colorés.

Soudain, le plat déborda, le liquide écumant passa pardessus le bord du pot et les flammes bleues du gaz bondirent en virant au jaune.

– *Pongalo pongal !* s'exclamèrent les convives.

Maravan avait préparé le riz au lait, mais il ne put participer à la cérémonie du débordement. Il travaillait depuis la veille dans la cuisine du centre communautaire.

L'association culturelle tamoule y avait loué et décoré une salle. Le bureau de l'association avait délégué quelques femmes pour aider Maravan. Elles le faisaient bénévolement, mais sans grande énergie. Compte tenu du nombre des participants, Maravan avait aussi recruté Gnanam, son compatriote, celui qui habitait la mansarde au-dessus de chez lui et travaillait comme auxiliaire de cuisine. Il lui fallait un homme d'expérience, et il avait décidé de le payer de sa poche.

Le système d'aération de la cuisine fonctionnait mal et la pièce n'avait pas de fenêtre. Il y régnait une odeur intense de haricots, de riz, de ghee, de piment, de cardamome, de cannelle et de kayam, indispensable pour beaucoup de recettes de Pongal, cette herbe étrange qui perdait seulement son odeur répugnante une fois dans la poêle et qu'on appelait en conséquence « merde du diable ».

Maravan cuisina quatre plats traditionnels et végétariens de Pongal.

Il y avait d'abord l'avial, une pâte composée de deux espèces différentes de haricots et de noix de coco avec du kayam et des légumes variés. Du riz au citron, avec des lentilles, des graines de moutarde, du curcuma et du kayam. Le *parangikkai pulikulambu*, un plat épicé, aigre-doux, à base de citrouille, avec des oignons, des tomates et beaucoup de tamarin. Et le *sarkkarai pongal*, un riz au lait sucré avec des amandes et des noix de cajou, des haricots, du safran et de la cardamome.

Il était en train de faire griller des amandes et des noix de cajou dans une lourde poêle en fer lorsque quelqu'un lui toucha l'épaule. Maravan tourna la tête avec cette hâte un peu exagérée censée indiquer à quel point il était occupé et combien cette perturbation tombait mal.

Sandana se tenait à côté de lui.

– Je peux aider ?

Il réfléchit un bref instant, puis lui tendit sa cuillère en bois.

– Tournez sans arrêt, rien ne doit noircir, quand tout est jaune d'or, on le met dans ce pot et… hum… ensuite, vous m'appelez.

Il rejoignit en vitesse l'auxiliaire suivante devant le plat en terre suivant, vérifia que tout allait bien, donna quelques instructions et passa, toujours en vitesse, à la suivante.

Enfant, il avait vu un jour dans un cirque une artiste chinoise qui faisait tourner des assiettes au sommet de bâtons élastiques. D'abord une, puis deux et toujours plus, jusqu'à ce qu'il y en ait vingt ou trente, à l'époque il n'était pas aussi bon en calcul. Elle ne perdait pas une fraction de seconde pour maintenir les assiettes en rotation, courait entre les bâtons et parvenait toujours, au dernier moment, à préserver de la chute une assiette qui vacillait.

C'est l'effet qu'il se faisait à présent, au milieu d'une douzaine de poêles dont le contenu pouvait perdre l'équilibre à chaque instant.

Chaque fois, cependant, il restait un peu plus longtemps auprès de Sandana.

33

Pongal est une fête joyeuse. Les gens célèbrent un nouveau départ, ils laissent le passé derrière eux. Mais ici, dans le bâtiment utilitaire du centre communautaire, en ce quatorze janvier froid et tempétueux de l'année 2009, on ne sentait pas grand-chose de l'insouciance et de l'assurance qui caractérise cette fête.

Presque tous les membres de l'assistance avaient de la famille ou des amis pour qui ils ne pouvaient qu'avoir peur. L'armée sri-lankaise était aux portes de Mullaitivu, les LTTE livraient une défense acharnée et la population civile tentait vainement de fuir.

De nombreux visiteurs de la fête n'avaient plus eu depuis longtemps de contacts avec les membres de leur famille. Il y avait moins de bruit dans la salle que les années précédentes. Les mines étaient plus graves, les prières plus ferventes.

Maravan n'avait pas, lui non plus, de nouvelles de sa famille. La rumeur affirmait que la boutique de Jaffna qui permettait au bazar Batticaloa de maintenir le contact et d'assurer les virements avait été fermée après une rafle. Ce n'aurait pas été la première fois – jusqu'ici, en graissant quelques pattes, elle avait toujours pu reprendre son activité. Mais, dans tous les cas, cela avait pris plusieurs jours.

Maravan était assis à l'une des longues tables couvertes de nappes blanches en papier. Elle n'était qu'à moitié occupée, la décoration était bancale et incomplète. Certains des invités déjà repartis avaient emporté des fleurs.

La raison pour laquelle Maravan se trouvait encore là était assise deux tables plus loin, entourée par ses parents, ses tantes, ses oncles, ses frères, ses sœurs et ses amis. Sandana ne cessait de regarder dans sa direction, mais elle ne lui adressait aucun signe l'invitant à se joindre à eux.

Il avait déjà été tenté à plusieurs reprises de les rejoindre sans autre formalité et de leur demander si le repas leur avait plu. Après tout, c'était lui, le cuisinier. Et les cuisiniers font ce genre de choses.

Et après ? Une fois qu'ils auraient dit : « C'était bon, merci de nous poser la question », et qu'ils ne l'auraient pas invité à s'installer avec eux ? L'idée qu'il serait resté immobile près de leur table comme un colis abandonné, cherchant une manière de s'éloigner dignement, le retenait à la sienne, qui se vidait peu à peu.

Il remarqua qu'on se disputait à la table de Sandana : un échange de mots rageurs entre elle et ses parents. Les sourcils de Sandana, à peine courbés, formaient une ligne droite passant par le point qu'elle avait au-dessus du nez.

Elle se leva alors et se dirigea vers la table de Maravan, sans prendre garde aux cris de ses parents.

– Ne regardez pas là-bas, dit-elle en s'asseyant à côté de lui.

Son *pottu*, le point sur son front, était toujours soulevé par les rides que la colère avait fait naître.

– Une dispute ? demanda Maravan.

– Une dispute entre les cultures, dit-elle en essayant de rire.

– Je comprends.

– Racontez-moi quelque chose. Il ne faut pas qu'ils pensent que nous n'avons rien à nous dire.

– Qu'est-ce que je dois raconter ? (Maravan nota à quel point la question était idiote et ajouta :) Je ne suis pas très doué pour raconter.

– Vous êtes doué pour quoi ?

– Pour la cuisine.

– Eh bien, racontez-moi la cuisine.

– La première fois que j'ai vu ma grand-tante préparer de l'*aalangai puttu*, j'avais peut-être cinq ans. Elle transformait du riz et des haricots en farine, de la noix de coco râpée en lait, le tout en une pâte et celle-ci en beaucoup de petites boules qu'elle métamorphosait, avec de la vapeur, du lait de coco et du sucre de palme, en fausses figues de banian sucrées. J'ai appris à l'époque que cuisiner, ça n'est rien d'autre que métamorphoser. Du froid en chaud, du dur en moelleux, de l'aigre en doux. C'est pour cette raison que je suis devenu cuisinier. Métamorphoser les choses me fascine.

– Vous êtes un cuisinier admirable.

– Ce que j'ai fait aujourd'hui, ça n'était rien du tout. Je veux aller plus loin. Continuer à métamorphoser ce qui l'a déjà été. Rendre croustillant le dur devenu du moelleux. Croustillant ou mousseux. Ou fondant. Vous comprenez ? Je veux… (Il chercha les mots justes.) Je veux faire quelque chose de neuf avec ce qui est familier. Quelque chose de surprenant avec de l'attendu.

Lui-même était étonné de parler autant. Et surtout de ce qu'il disait. Il n'avait encore jamais pu l'exprimer ainsi.

– Nous y allons ! dit une voix derrière eux : c'était celle du père de Sandana, qui s'était discrètement approché de la table.

– Papa, voici Maravan. C'est lui qui a fait la cuisine pour nous tous aujourd'hui. Maravan, voici mon père, Mahit.

Maravan se leva et voulut tendre la main à l'homme. Mais celui-ci l'ignora et répéta :

– Nous y allons.

– D'accord. Je vous rejoindrai plus tard.

– Non. Vous venez avec nous.

– J'ai vingt-deux ans.

– Vous nous accompagnez.

Maravan vit le conflit auquel Sandana était en proie. Elle finit par hausser les épaules, les laissa retomber et dit :

– À une autre fois.

Et elle suivit son père.

Maravan s'exerçait aux drinks. Les clients du *Love Menu* ne se contentaient pas toujours de champagne et de vin. Ils réclamaient des cocktails et des apéritifs. Maravan avait trop d'ambition pour se contenter de servir des Campari ou des bloody Mary.

Il était justement en train de mixer du lait de coco épais avec de la glace pilée, de l'arrack, du ginger ale, du thé blanc, de la gomme xanthane et de la guarana. Il congèlerait cette masse jaune pastel pendant douze heures à moins vingt degrés, et la servirait sur des cuillères en porcelaine avec un peu de sucre pétillant, sous forme de pâtisserie électrique à l'arrack. Comme pour tout ce qui était électrique, Andrea lui servirait de cobaye.

On sonna. Maravan regarda l'horloge : il était près de vingt-deux heures trente. Il regarda dans l'œil de bœuf – personne. Il prit l'écouteur de l'Interphone vieillissant et cria :

– Oui ?

À travers le bruissement et le crépitement de l'électricité statique, il perçut une voix de femme. Mais il ne comprenait pas ce qu'elle disait.

– Plus fort, s'il vous plaît !

Il comprit alors un mot qui pouvait signifier « Andrea ». Andrea ? À cette heure ? Sans avoir prévenu ?

Il appuya sur le bouton de la clenche électrique et attendit au seuil de sa porte. Il entendit des pas rapides et légers dans l'escalier. Et il finit par découvrir son invité tardif : c'était Sandana.

Elle était habillée à l'occidentale, jean, pull-over, et la veste molletonnée qu'il lui avait vue à leur première rencontre. Il se dit que la tenue traditionnelle lui allait mieux.

Il lui proposa d'entrer. À cet instant seulement, il remarqua qu'elle portait un sac de voyage. Elle le laissa par terre et salua Maravan de trois baisers, à la suisse. C'était censé paraître tout naturel, mais elle le fit avec une certaine gaucherie.

– Je peux passer la nuit ici ?

Ce fut sa première question. Il avait dû paraître tellement surpris qu'elle ajouta :

– Sur le canapé ou par terre, ça m'est égal.

Maravan s'y connaissait en familles tamoules hindouistes et vit une avalanche de conséquences dévaler dans sa direction avec un bruit de tonnerre.

– Pourquoi ne dormez-vous pas chez vous ?

– Je suis partie.

– Je vais vous donner de l'argent pour aller à l'hôtel.

– De l'argent, j'en ai.

Maravan se le rappela : elle lui avait dit qu'elle travaillait dans un bureau d'accueil pour voyageurs des chemins de fer.

Sandana lui lança un regard implorant.

– Vous n'êtes pas forcé de coucher avec moi.

Il sourit.

– Dieu soit loué.

Sandana garda son sérieux.

– Mais il faut que vous disiez que vous l'avez fait.

Il l'aida à ôter sa veste et la guida jusqu'à la cuisine.

– Laissez-moi terminer ici, ensuite vous me raconterez tout.

Il remit le mixeur en marche, le laissa tourner encore quelques instants et en déversa le contenu dans un moule souple.

– Vous êtes en pleine métamorphose ?

– Oui. De l'alcool de coco en coco d'alcool.

Pour la première fois, elle sourit un petit peu.

Maravan rangea le moule au congélateur et conduisit Sandana dans son salon. Lorsqu'il ouvrit la porte, la flamme de la dîpam se mit à vaciller dans le courant d'air. Maravan ferma la fenêtre.

– Asseyez-vous donc. Vous aimeriez du thé ? Je comptais justement en préparer un pour moi.

– Alors j'en prendrai aussi.

Elle joignit les mains devant le visage, s'inclina brièvement devant Lakshmi et s'assit sur l'un des coussins.

Lorsque Maravan revint de la cuisine avec le thé, Sandana se trouvait encore à l'endroit précis où il l'avait laissée. Il s'assit et écouta son histoire. Il aurait pu la deviner :

Quelque temps auparavant, les parents de Sandana s'étaient entendus avec ceux d'un jeune homme nommé Padmakar – c'étaient des vaishyas, comme eux – pour que les deux jeunes gens se marient. La caste était la bonne, les antécédents aussi, et même l'horoscope. Mais Sandana ne voulait pas. Les noces approchaient et la dispute avait dégénéré. C'est de ce sujet qu'il avait été question lors de la confrontation à laquelle Maravan avait assisté de loin à la fête de Pongal. Mais, au cours de la soirée, le drame avait connu son apogée. Elle avait emballé quelques affaires et était partie. Sa mère avait pleuré, son père n'avait cessé de répéter : « Si tu pars ce soir, inutile de revenir. »

– Et maintenant ? avait demandé Maravan à la fin du récit.

Elle se mit à pleurer. Il la regarda un bref instant, puis s'assit à côté d'elle et lui passa un bras autour des épaules.

Il l'aurait volontiers embrassée, mais compte tenu des dernières informations qu'elle lui avait communiquées, les problèmes que cela soulèverait n'étaient pas moins dangereux : elle était une vaishya, lui un shudra. Oublie ça.

Elle avait cessé de pleurer. Elle essuya ses larmes et rouspéta :

– Et puis, de toute ma vie, je n'ai jamais mis les pieds au Sri Lanka.

– Soyez-en heureuse.

Elle le regarda, étonnée.

– Ça vous évite le mal du pays.

– Vous l'avez ?

– Toujours. Tantôt plus, tantôt moins. Mais jamais pas du tout.

– C'est vraiment si beau ?

– Quand vous voyagez dans le pays, sur les routes étroites, vous avez l'impression de traverser un unique grand village. Les routes sont jalonnées par des arbres, les maisons sont dans leur ombre, très mystérieuses, très cachées. Parfois, une classe d'écoliers en uniforme blanc. Et de nouveau des maisons. Elles sont parfois plus nombreuses, parfois plus rares, mais la série ne s'arrête jamais. Quand vous vous dites, celle-là, c'était la dernière, la première revient déjà. Un grand parc tropical habité et fertile.

– Arrêtez. Vous me donnez le mal du pays.

Sandana dormit dans le lit de Maravan, sous la surveillance de ses arbrisseaux de caloupilé. Lui-même s'était fait un coin pour dormir avec les coussins sur lesquels il mangeait. Ils s'étaient souhaité bonne nuit en s'embrassant comme deux bons copains et étaient longtemps restés éveillés sur leur couche, chastes et pleins de regrets.

Le lendemain matin, Maravan se réveilla en sursaut d'un sommeil bref et profond. La porte de sa chambre était ouverte, le lit était fait. Sur le dessus de lit, un morceau de papier : « Merci pour tout – S. » Et un numéro de portable.

Le sac de voyage était encore là.

Maravan alluma l'ordinateur et alla sur Internet. Il consultait désormais régulièrement le site des LTTE et celui du gouvernement sri-lankais. On ne pouvait faire confiance ni à l'un ni à l'autre, mais en les recoupant avec les médias occidentaux et les rapports des organisations internationales, il pouvait se faire une idée approximative de la situation.

Les forces armées sri-lankaises avaient pris Mullaitivu et continuaient leur progression vers le nord. Les Tigres tamouls ne tarderaient pas à être encerclés, et avec eux, selon les estimations des organisations de secours, quelque deux cent cinquante mille civils. Les deux camps s'accusaient mutuellement de se servir de la population civile comme bouclier. Dans les médias suisses, on ne lisait rien, ou pas grand-chose, sur la catastrophe humanitaire qui s'annonçait.

En dépit de cette situation chaotique, le centre de liaison du bazar Batticaloa avait recommencé à fonctionner. Maravan était encore assis devant l'écran lorsqu'il reçut un coup de téléphone du bazar : il devait appeler le numéro habituel le lendemain à onze heures du matin. Sa sœur voulait lui parler.

Maravan se prépara à de mauvaises nouvelles.

Après le petit déjeuner, il composa le numéro de Sandana. Elle décrocha après avoir laissé longtemps sonner.

– Je ne peux pas pour le moment, j'ai des clients, dit-elle. Je vous appelle à la pause.

– C'est quand, la pause ? demanda-t-il, mais elle avait déjà raccroché.

Il attendit donc. Il attendit et pensa au sac de voyage qui se trouvait par terre, à côté de son matelas, comme si c'était désormais sa place.

Quelles étaient les intentions de Sandana ? Voulait-elle risquer le scandale et s'installer chez lui ? Et lui, le voulait-il ? Il connaissait ce genre de cas. De jeunes filles qui étaient nées et avaient grandi ici et qui refusaient de se plier aux traditions et aux habitudes d'une culture et d'un pays qui leur étaient étrangers. Elles acceptaient la rupture avec leur famille et partaient avec l'homme qu'elles aimaient.

Le plus souvent, ces hommes-là étaient d'ici. Mais même dans des cas où une Tamoule vivait avec un Tamoul sans la bénédiction de ses parents, et *a fortiori* s'il n'était pas de la bonne caste, le couple était banni des familles et de la communauté.

Le voudrait-il ? Voudrait-il vivre avec une femme exclue de la communauté ? Ils devraient rester à l'écart des nombreuses manifestations religieuses et sociales, ou accepter qu'on leur y batte froid. Le pourrait-il ?

S'il aimait cette femme, il le pourrait.

Il se représenta Sandana. Rebelle et résignée, comme à la fête de Pongal. Décidée et incertaine, comme la veille. Avec son léger accent suisse lorsqu'elle parlait tamoul. Dans son jean et son pull-over qui paraissaient tellement déplacés sur elle.

Si, il le pourrait.

Elle rappela enfin.

– Vous auriez dû me réveiller. Je vous aurais fait des *egg-hoppers*.

– J'ai passé la tête, mais vous dormiez profondément.

Ils bavardèrent comme des amants après la première nuit d'amour. Et soudain, elle annonça :

– Il faut que je raccroche, la pause est terminée. Vous êtes chez vous entre midi et deux ? Je voudrais venir chercher mon sac. Je peux m'installer chez une collègue.

34

Onze heures du matin, l'heure que le propriétaire du bazar Batticaloa avait attribuée à Maravan, ne s'intégrait pas bien à l'emploi du temps de *Love Food.*

Ils avaient une mission dans l'appartement du Falkengässchen ; normalement, à cette heure-là, Maravan devait être en cuisine, au beau milieu de ses préparatifs. Il lui avait fallu, à lui, un peu d'organisation, et à Andrea une certaine souplesse, afin qu'il puisse être assis à l'heure dite devant son ordinateur, casque sur la tête et bloc-notes sur la table, le cœur battant, les mains fébriles.

Il composa le numéro, la liaison s'établit tout de suite. Il entendit la voix du propriétaire, Maravan donna son nom et, quelques secondes plus tard, il entendait la voix de sa sœur aînée, étouffée par les larmes :

– Maravan ?

– Il est arrivé quelque chose à Ulagu ? demanda-t-il.

Il perçut des sanglots et attendit.

– Nangay, laissa-t-elle échapper.

Non, se dit-il, non, pas Nangay.

– Qu'est-ce qu'il se passe ?

– Elle est morte, balbutia-t-elle.

Ensuite, il n'y eut plus que des sanglots.

Maravan cacha son visage dans ses mains et se tut. Il resta silencieux jusqu'à ce qu'il entende la voix de sa sœur, cette fois plus claire et plus contenue.

– Frère ? Vous êtes là ?

– Comment ? demanda-t-il.

– Le cœur. Elle était en vie, une seconde plus tard elle était morte.

– Mais enfin, elle avait le cœur solide.

La sœur de Maravan marqua une pause avant de répondre :

– Elle avait le cœur faible. Elle a fait un infarctus il y a deux ans.

– Mais voyons, elle me l'aurait dit !

– Elle ne voulait pas que vous l'appreniez.

– Pourquoi pas ?

– Elle avait peur que vous ne reveniez.

Lorsque Maravan eut terminé sa conversation, il passa dans la chambre à coucher, décrocha du mur la photo de Nangay et la posa devant l'autel domestique. Puis il s'agenouilla et fit une prière pour Nangay. Il se demanda si elle aurait eu raison. Serait-il retourné au pays s'il avait été informé de son infarctus ?

Vraisemblablement pas.

Ce soir-là, Maravan fit une variante dans le *Love Menu*. Il prépara tous les plats en respectant exactement les recettes de Nangay, celles qu'elle lui avait transmises autrefois.

Il ne prépara pas en « homme et femme » la purée de haricots urad dans leur gelée de lait sucrée, mais les fit sécher par portion dans le four.

Il servit simplement en boisson chaude le mélange de safran, de lait et d'amandes. Et du ghee au safran, il fit une pâte que l'on mangea avec du lait chaud.

Il n'utilisa ni rotovapeur ni gélification, ne détourna ni les textures ni les arômes.

Le repas de ce soir-là fut un hommage à la femme à laquelle il devait tout. Au moins pour ce jour-là, il ne voulait pas abuser de son art pour une chose qu'elle n'aurait jamais autorisée.

Pendant tout ce temps, des feuilles de caloupilé et de la cannelle mijotaient dans de l'huile de coco brûlante et emplissaient tout l'appartement avec le parfum de sa jeunesse. En mémoire de Nangay.

Andrea avait aussitôt remarqué que quelque chose n'allait pas. Maravan était resté longtemps absent au moment de la préparation. Lorsqu'il arriva enfin, tout l'appartement s'emplit d'une odeur de curry plus intense qu'elle n'en avait jamais senti dans ses cuisines aérées avec une minutie maniaque. Et ce qu'elle servait n'avait rien à voir avec le *Love Menu* qu'elle connaissait.

Tout au début, elle avait fait une remarque sur ces transformations, et n'avait eu pour toute réponse qu'un regard furibond. « C'est ça ou rien », avait-il juste lâché. Ensuite, pendant tout l'après-midi et toute la soirée, il n'avait plus prononcé que les mots strictement indispensables au déroulement du service.

Le client – un habitué – fut visiblement déçu lorsqu'elle apporta les compliments de la cuisine. C'étaient des petites cuillères remplies d'une pâte sombre, avec un verre à alcool rempli de lait chaud, qu'elle dut annoncer sous le nom de « haricots urad dans leur lait chaud ». Mais la femme qu'il avait fait venir était une nouvelle, et elle se montra tellement enthousiasmée qu'il ne broncha pas.

Peu avant qu'elle ne quitte l'appartement – Maravan était déjà parti depuis longtemps, sans dire au revoir –, le client sortit de la chambre, enveloppé dans une serviette éponge, et dit avec un sourire :

– J'ai d'abord cru que c'était la version alternative du menu. Mais je n'ai qu'une chose à dire : encore plus excitant. Mes félicitations au cuisinier.

35

Une fois de plus, Maravan avait passé plus de deux heures dans la salle d'attente du Dr Kerner. Les journaux usés par la lecture qui traînaient çà et là traitaient tous du même thème à la une : la prestation de serment imminente du premier président noir des États-Unis, Barack Hussein Obama.

Cet événement constituait aussi le sujet principal des discussions parmi ceux qui attendaient le médecin. Les Tamouls espéraient qu'il adopterait à l'égard du Sri Lanka une politique un peu moins favorable au gouvernement. Les Irakiens, un retrait rapide des troupes américaines hors de leur patrie. Et les Africains, plus d'engagement au Zimbabwe et au Darfour.

Maravan ne participait pas à la conversation. Il avait autre chose en tête.

Lorsqu'on le pria enfin d'entrer dans la salle de consultation, le Dr Kerner cessa de lire la fiche de Maravan et lui demanda :

– Comment va votre grand-tante ?

– Elle est morte.

– Désolé. Vous avez fait de votre mieux. Qu'est-ce qui vous amène chez moi ?

– Il ne s'agit pas de moi, mais de ma grand-tante. La dernière fois, vous m'avez demandé si son cœur était en bon état. Pourquoi ?

– Si elle avait eu certains problèmes circulatoires, elle n'aurait pas pu prendre le Minirin. Il fluidifie le sang. Il augmente l'effet des anticoagulants et peut provoquer une attaque ou un infarctus. De quoi est-elle morte ?

– Infarctus du myocarde.

– Et vous craignez à présent que le médicament en ait été responsable. Pas très vraisemblable. Il faudrait qu'elle ait déjà eu des antécédents de problèmes circulatoires.

– Elle a fait un infarctus. Il y a deux ans.

Le Dr Kerner le regardait tout de même à présent avec un peu d'effroi.

– Vous auriez dû me le dire.

– Je ne le savais pas. Elle l'a gardé pour elle.

36

Vers la fin janvier, une petite information en provenance du monde économique suscita un certain émoi dans les milieux spécialisés. Tant et si bien qu'on lui accorda même un peu de place dans la presse quotidienne ordinaire :

La Kugag, l'entreprise qui défiait la crise économique avec ses produits dans le domaine des énergies renouvelables, avait fait savoir qu'elle avait monté une *joint venture* avec la hoogteco, une entreprise étrangère.

La hoogteco était le principal fournisseur de l'Europe pour les énergies solaires et éoliennes. Et le plus grand concurrent de la Kugag.

Quand on savait – et certains des commentateurs le savaient – à quelle vitesse progressait l'évolution dans ce domaine, et combien les connaissances techniques étaient sensibles dans ce secteur, on avait de quoi s'étonner de cette démarche. Car elle n'était pas imaginable sans échange de technologie.

Les experts se demandaient publiquement ce que cette coopération apporterait à la Kugag, une entreprise plus petite mais plus dynamique. Son département de recherche passait pour l'un des premiers au monde, sa capacité de production avait été récemment accrue pour faire face à l'avenir, ses carnets de commandes étaient pleins et les analystes savaient que quelques innovations prometteuses en matière de produits attendaient dans les tuyaux.

La Kugag n'avait pas non plus de problèmes d'image. Son CEO avait récemment été élu manager de l'année dans la catégorie « nouvelles technologies ».

Si quelqu'un tirait profit de ce marchandage, ce ne pouvait être que la hoogteco.

Le CEO de la Kugag, Hans Staffel, pour le reste un bon communicateur, se distingua cette fois-ci par une politique d'information bâclée. C'est la hoogteco qui avait diffusé l'information au public. La Kugag commença par refuser tout commentaire, mais fit ensuite savoir que l'on ne pouvait pas encore divulguer le dossier et publia tardivement un communiqué aride qui confirmait point pour point l'information donnée par les Hollandais.

Le lundi, la Kugag fut sanctionnée par la Bourse. La hoogteco, en revanche, y commença remarquablement la semaine.

Une porte-parole de la Kugag – car l'entreprise avait, sans doute sur recommandation de son conseiller en communication, engagé une porte-parole – ramena cette affaire à des proportions plus modestes, qualifia cette transaction d'épisode tout à fait ordinaire dans la vie de l'entreprise et précisa que celle-ci avait pris sa décision alors qu'elle se trouvait en position de force.

L'un des commentateurs douta de ce dernier point et émit l'hypothèse d'éventuels goulets d'étranglement financiers, peut-être dus à des spéculations sur le marché américain des subprimes.

Un autre se demanda pourquoi le conseil d'administration n'avait pas bloqué cette démarche. Et si Staffel n'avait pas, en l'occurrence, outrepassé ses compétences.

On n'obtint aucune prise de position du CEO lui-même, auquel le feu des projecteurs ne faisait pourtant pas peur d'habitude.

FÉVRIER 2009

37

La plupart des soirées de Maravan étaient prises, désormais. Mais il pouvait brièvement interrompre ses préparatifs à l'heure du déjeuner. Dans ces cas-là, il retrouvait Sandana. Il l'attendait devant le centre d'accueil des voyageurs et ils allaient dans un café, un restaurant ou un stand de nourriture rapide près de la gare.

Ils utilisaient cette petite heure pour se parler d'eux-mêmes et de leur vie. Un jour, elle demanda :

– Si nous étions au Sri Lanka, maintenant, qu'est-ce que nous ferions ?

– Vous voulez dire : maintenant ? Juste en ce moment ?

– Oui, à midi et demi, confirma Sandana d'un geste de la tête.

– Heure locale ?

– Heure locale.

– Il ferait chaud, mais il ne pleuvrait pas.

– Alors : qu'est-ce que nous faisons ?

– Nous sommes sur la plage. Sous les palmiers, à la brise de mer, il fait un peu plus frais. La mer est tranquille. En février, le plus souvent, c'est tranquille.

– Nous sommes seuls ?

– Pas un chat à la ronde.

– Pourquoi sommes-nous à l'ombre et pas dans l'eau ?

– Nous n'avons pas de maillots de bain. Juste nos sarongs.

– On peut aussi se baigner avec.

– Ils deviennent transparents.
– Ça vous dérangerait ?
– Sur vous, non.
– Dans ce cas-là, allons nous baigner.

Une autre fois, Maravan lui parla de la peur qu'il éprouvait pour Ulagu. Et de Nangay. De ce qu'elle avait représenté pour lui. Il lui dit qu'il estimait avoir une part de responsabilité dans sa mort.

– Vous n'avez pas dit qu'elle se serait déshydratée sans le médicament ?

Maravan hocha la tête.

– Et votre sœur n'a-t-elle pas dit : « Elle était en vie – et la seconde d'après elle était morte » ?

C'est ainsi qu'ils se rapprochèrent l'un de l'autre. Ils se touchaient à peine, mais se faisaient désormais la bise chaque fois qu'ils se retrouvaient et se séparaient, un geste courant ici, mais choquant dans leur culture.

Elle vivait toujours en colocation avec sa collègue, une charmante native de l'Oberland bernois qu'il avait rencontrée un jour où ils quittaient tous les deux le centre d'accueil du Rail. Sandana n'avait plus de contacts avec ses parents.

Un soir de février où Maravan avait fait préparer un repas dans l'appartement du Falkengässchen et avait pu rentrer chez lui de bonne heure, il était installé sur son écran et surfait sur Internet. Les nouvelles de son pays étaient de plus en plus déprimantes.

L'armée avait délimité une zone de sécurité pour les réfugiés ; selon des récits concordants des LTTE et de diverses organisations humanitaires, ce secteur était à présent la cible de bombardements. On comptait de nombreux morts parmi les civils. Tous ceux qui le pouvaient fuyaient la zone des combats ; ils étaient immédiatement internés dans des camps de réfugiés. Beaucoup donnaient pour imminente la victoire des troupes gouvernementales. Maravan et la plupart des ses compatriotes savaient qu'une victoire n'était pas la voie menant à la paix.

Peu après vingt-trois heures, quelqu'un sonna comme un fou à la porte.

Il vit par l'œil-de-bœuf un Tamoul dans la force de l'âge.

– Que voulez-vous ? demanda Maravan lorsque l'homme leva pour un bref instant le doigt de la sonnette.

– Ouvrez ! ordonna l'homme.

– Qui êtes-vous ?

– Le père. Ouvrez immédiatement ou j'enfonce la porte.

Maravan ouvrit. Il reconnut alors le père de Sandana, qui entra en trombe dans l'appartement.

– Où est-elle ?

– Si c'est de Sandana que vous parlez : elle n'est pas ici.

– Bien sûr qu'elle est ici.

D'un geste de la main, Maravan l'invita à regarder autour de lui. Mahit inspecta chaque pièce, passa dans la salle de bains, il ne négligea même pas le balcon.

– Où est-elle ? demanda-t-il, menaçant.

– Chez elle, je suppose.

– Chez elle, cela fait longtemps qu'elle n'y est plus !

– Je crois qu'elle habite chez une amie.

– Une amie ! Tu parles ! Elle habite ici !

– C'est elle qui l'a dit ?

– Nous ne nous parlons plus !

Il cria presque ces mots. Puis, d'un seul coup, il se calma et répéta à un volume normal, étonné, comme s'il venait tout juste d'en prendre conscience :

– Nous ne nous parlons plus.

Maravan vit des larmes monter aux yeux de l'homme. Il lui posa la main sur l'épaule. Celui-ci l'écarta d'un geste rageur.

– Asseyez-vous. Je vous prépare du thé.

Il désigna la chaise qui se trouvait devant son moniteur. Mahit s'assit docilement, se cacha le visage dans les mains et sanglota sans bruit.

Lorsque Maravan apporta le thé, le père de Sandana s'était remis. Il remercia et but à petites gorgées.

– Pourquoi nous fait-elle croire qu'elle habite ici alors qu'elle vit chez une amie ?

– Elle ne veut pas épouser l'homme que vous lui avez choisi.

Mahit agita la tête, désemparé.

– C'est pourtant un homme comme il faut. Nous l'avons longtemps cherché, mon épouse et moi. Nous nous sommes donné du mal.

– Ici, les filles veulent choisir leur mari elles-mêmes.

Mahit s'échauffa de nouveau :

– Ce n'est pas une fille d'ici !

– Mais pas une fille de là-bas non plus.

Le père hocha la tête, et ses larmes coulèrent de nouveau. Cette fois, il n'essaya pas de les sécher.

– Cette guerre de merde. Cette bon sang de guerre de merde, dit-il dans un sanglot.

Lorsqu'il se fut calmé, il vida sa tasse, présenta ses excuses et partit.

38

Maravan n'était plus à son affaire comme jadis. Presque chaque jour, à l'heure du déjeuner, lui qui se concentrait jadis exclusivement sur les préparatifs du repas, il sortait désormais pour une heure. « Manger un morceau », comme il disait.

Lorsqu'il revenait, il était le plus souvent de bonne humeur, ce qui n'avait pas été le cas pendant une bonne période après le soir où il avait préparé la variante du menu.

Le client de cette soirée-là avait, peu après, commandé encore une fois le même menu et une autre femme, mais Maravan avait strictement refusé.

– Ça n'est pas fait pour ça, avait-il répondu à Andrea.

– Mais le client dit que ça a admirablement fonctionné.

– Ça n'était pas le but, avait-il répliqué, pensant mettre un point final à ce sujet.

Il ne voulait pas expliquer à Andrea le fond de l'affaire, et elle n'avait pas insisté non plus. C'était un sujet délicat. Elle ne voulait pas le mettre de mauvaise humeur. Et elle était contente de le voir en si bonne forme ces derniers temps.

C'est un hasard qui lui fit découvrir le motif de son changement de comportement : elle avait conduit à la gare Makeda, réservée à Genève pour un participant à une conférence de l'ONU. Après le départ du train, elle se rendit dans un bar à sandwichs, dans le hall de la gare. Et c'est là qu'elle l'avait vu.

Maravan était assis à une petite table avec une jolie Tamoule. Chacun n'avait d'yeux que pour l'autre.

Andrea hésita un moment, mais finit tout de même par décider de perturber cette scène idyllique. Elle rejoignit leur table et dit :

– Je ne voudrais pas déranger.

La jeune fille lui lança un regard interrogateur, à elle, puis à Maravan. Celui-ci en était resté coi.

– Je suis Andrea, l'associée de Maravan, se présenta-t-elle, en tendant une main que la jeune femme serra avec un sourire soulagé.

– Et moi, je m'appelle Sandana.

Elle parlait le dialecte suisse sans le moindre accent.

Maravan ne lui proposa pas de s'asseoir et elle prit donc rapidement congé, lançant un « à tout à l'heure » à Maravan, un « ravie d'avoir fait votre connaissance » à Sandana.

Plus tard, lorsqu'ils furent revenus à l'appartement du Falkengässchen, elle demanda :

– Pourquoi ne l'amènes-tu pas dans un meilleur restaurant, la pauvre ?

– Elle travaille au centre d'accueil des chemins de fer et n'a qu'une petite pause à midi.

Andrea sourit.

– Je comprends beaucoup de choses, maintenant : amoureux.

Maravan ne leva pas les yeux de son travail. Il se contenta de faire un geste négatif de la tête et de marmonner :

– Je ne le suis pas.

– Elle, si, répondit Andrea.

Le lendemain, une nouvelle information économique concernant la Kugag fit un certain bruit : Hans Staffel, tout de même l'un des managers de l'année, avait été licencié sans préavis. « En raison de divergences de vue sur l'orientation stratégique de l'entreprise. » Pour les commentateurs, l'affaire était claire : ce limogeage était lié à la décision opaque prise par le CEO de monter une *joint venture* avec l'un de ses plus grands concurrents.

– Regarde ! Celui-là, on le connaît, dit Makeda en montrant à Andrea le portrait officiel que Staffel avait fait réaliser en des temps meilleurs pour le rapport d'activité, chez un photographe pas très bon marché.

Elles étaient au lit. Andrea feuilletait les journaux qu'elle avait achetés en même temps que les croissants du petit déjeuner. Makeda la regardait faire : elle ne lisait pas l'allemand.

– Qu'est-ce qu'il lui arrive ? demanda Makeda.

Andrea lut le texte :

– Foutu dehors.

– Je croyais que c'était un génie ?

– Il a fait je ne sais quelle connerie avec une firme hollandaise.

– Celui avec lequel il est venu dans l'appartement du Falkengässchen, dans le temps, c'en était un, ou je me trompe ?

– Un quoi ?

– Un Hollandais.

Maravan lisait lui aussi le journal, mais pour une autre raison : plus de dix mille de ses compatriotes avaient manifesté devant le bâtiment de l'ONU à Genève. Ils exigeaient un arrêt immédiat de l'offensive militaire.

Ces derniers jours, les nouvelles en provenance du Sri Lanka étaient de plus en plus dramatiques. Le territoire occupé par la LTTE s'était réduit à une enclave d'un peu moins de cent cinquante kilomètres carrés au centre duquel se trouvait la bourgade de Puthukkudiyiruppu. Kilinochchi, le col de l'Éléphant, les villes portuaires de Mullaitivu et de Chalai étaient aux mains du gouvernement. Selon les estimations de la Croix-Rouge, outre les quelque dix mille combattants des LTTE, deux cent cinquante mille personnes étaient encerclées et prises sous le feu à intervalle régulier.

Pendant qu'on manifestait à Genève, le gouvernement célébrait à Colombo le soixante et unième anniversaire de l'indépendance du Sri Lanka en organisant un défilé militaire. « Je suis convaincu que les Tigres tamouls seront totalement vaincus d'ici quelques jours », annonçait le président Mahinda Rajapakse. Il appelait au retour tous les Sri-Lankais qui avaient quitté le pays à cause de la guerre.

Le gouvernement avait publié des photos, qui ne paraissaient pas très authentiques, d'un confortable bunker à deux étages censé avoir été occupé, puis fui en toute hâte, par le commandant tamoul Prabhakaran. Une rumeur affirmait qu'il était parti à l'étranger.

C'est seulement en posant le journal que Maravan aperçut le portrait de l'homme auquel il avait dû, le mois passé, ouvrir la porte de l'appartement du Falkengässchen parce que Andrea était partie chercher des allumettes et que l'invité était arrivé en avance. Il ne lut que la légende : « Licenciement du manager de l'année, Hans Staffel. »

Plus tard dans la matinée – elles étaient toujours au lit –, Makeda dit à brûle-pourpoint :

– C'est lui qui l'a photographié.

– Qui ?

– Le Hollandais. Quand ce type qui a été foutu dehors est passé dans la chambre d'à côté. Au bout d'un moment, le Hollandais s'est levé, est allé chercher quelque chose dans sa veste, a ouvert la porte sans faire de bruit, et il est resté jusqu'à ce que Cécile le mette dehors.

– Comment sais-tu qu'il a pris des photos ?

– Cécile a crié : « *Ça suffit !* Pour photographier, il faut un supplément. »

39

Histoire de changer un peu, *Love Food* prépara de nouveau un repas pour un couple marié. Les clients venaient toujours de la tribu d'Esther Dubois, la sexologue. Un couple genre arts déco, dans les quarante-cinq ans, qui œuvrait avec beaucoup de sérieux à sa relation. Andrea n'avait aucune idée de la manière dont ils s'étaient procuré son adresse. Elle supposait que des patients d'Esther Dubois se la transmettaient de bouche à oreille, car ils voyaient régulièrement arriver des clients de ce milieu.

Ils vivaient dans un pavillon avec potager, et la femme avait demandé à Maravan l'assurance qu'il n'utilisait que des produits de la culture biologique. Il l'avait confirmé, même s'il n'en aurait pas mis la main au feu pour tous les texturants moléculaires.

Pendant les préparatifs, Andrea lui demanda :

– Tu as entendu, ce Staffel a été licencié.

– La crise n'épargne personne.

– Makeda dit que le Hollandais l'a photographié pendant qu'ils baisaient.

– Je ne veux pas savoir ce qu'ils font là-dedans.

– Tu ne comprends pas ? Il l'a photographié pendant qu'il baisait et il l'a fait chanter avec les photos. On dit que, tout d'un coup, il s'est mis à prendre des décisions très étranges dans son entreprise et qu'il aurait fait cause commune avec une société concurrente.

Cela aussi n'arracha qu'un haussement d'épaules à Maravan.

– Et devine donc de quelle nationalité sont les concurrents.

– Des Hollandais ? devina Maravan.

Maravan n'était pas le seul à être tombé amoureux ces jours-ci. Pour la première fois depuis des années – il ne savait plus combien – le cœur malade de Dalmann s'était lui aussi remis à palpiter. Il battait à présent pour une femme qui ne savait pas vraiment quoi en faire : Makeda, call-girl originaire d'Éthiopie et accompagnatrice permanente d'Andrea, directrice de *Love Food*.

Il réservait désormais ses services plusieurs fois par semaine. Ce n'était pas que son appétit sexuel ait été aussi insatiable, ni que ses performances dans ce domaine se soient révélées si considérables – de ce point de vue, Dalmann ressentait les atteintes de l'âge, l'état de son cœur et son cocktail quotidien de médicaments. Non, c'était tout simplement qu'il était bien avec elle. Il aimait son sens de l'humour et son ironie parfois impénétrable. Et surtout : il ne se lassait pas du spectacle qu'elle lui donnait.

Il s'offrait ainsi, moyennant beaucoup d'argent, une liaison de petit-bourgeois, passait beaucoup de temps chez lui avec Makeda, regardait la télévision avec elle et consacrait des heures à l'affronter vainement au backgammon.

Il ne lui demanda jamais de se montrer en public avec lui, contrairement à ce qu'il avait fait avec d'autres maîtresses dans le passé. Et elle ne laissa jamais planer le moindre doute sur la nature purement commerciale de leur relation.

Au début, cela lui avait plu ; mais, au fil du temps, cela commença à le perturber. Il commença à lui demander si elle avait aussi un peu d'affection pour lui, et elle lui faisait chaque fois la même réponse : « Si j'ai de l'affection pour toi ? *I absolutely worship you.* »

Cette absence de lien affectif l'incitait à la couvrir de cadeaux. Un collier de perles, un bracelet assorti, une étole de vison noire comme la nuit.

Makeda avala le menu Grande Surprise comme si elle mangeait ainsi tous les jours. Et elle resta au champagne d'un bout à l'autre, ce qui fit mal au cuisinier qui sommeillait en Fritz Huwyler, mais réjouit l'homme d'affaires en lui. Car, malgré tout, Dalmann buvait du vin après l'apéritif et en laissait le choix au sommelier.

Dans la cuisine, la nouvelle s'était propagée comme le feu sur une traînée de poudre : Dalmann était ce jour-là en compagnie spectaculaire. Toute la brigade, à tour de rôle, vint jeter un coup d'œil à travers le guichet en direction de sa table, avant de donner son avis. Danseuse, mannequin ou pute.

Makeda était une extravagance que Dalmann, à vrai dire, ne pouvait pas se permettre. Les actions de la plus grande de ses banques, celle où il avait investi son argent prétendument placé en sécurité, étaient encore loin d'avoir retrouvé leur cours normal. Au contraire. L'établissement financier, qui avait bénéficié du soutien de l'État, venait d'annoncer pour l'année passée une perte de vingt milliards de francs suisses. On n'avait jamais vu un trou pareil dans l'histoire économique du pays. Les clients avaient retiré deux cent vingt-six milliards, et l'action avait perdu pendant cette période près des deux tiers de sa valeur. Quant aux autorités fiscales américaines, elles menaçaient de priver la banque de sa licence si elle ne leur livrait pas les données concernant quelques centaines de citoyens américains soupçonnés de pratiquer l'évasion fiscale. Sans licence aux États-Unis, la plus grande banque suisse pouvait fermer boutique.

En revanche, l'histoire avec Staffel et van Genderen avait pris un tour réjouissant. La nouvelle équipe tentait certes désespérément, sous la pression des actionnaires, de revenir sur l'accord entre la Kugag et la hoogteco. Mais lui s'en moquait pas mal : la provision avait été virée, et qui plus est dans la banque qu'il fallait.

Il était étonné de la vitesse à laquelle van Genderen avait mis dans sa poche le pauvre Staffel – il n'avait pas la moindre idée de la manière dont il s'y était pris. Mais il pouvait bien former quelques hypothèses. La rumeur selon laquelle l'épouse de Staffel avait demandé le divorce, information dispensée par une journaliste du grand quotidien, une Salzbourgeoise spécialiste des ragots, dans son éditorial hebdomadaire qui paraissait toujours un peu désemparé, allait dans ce sens. Cela non plus n'était pas le problème de Dalmann.

Dans un autre domaine aussi, ses activités d'intermédiaire et de conseil étaient sur de bons rails : il s'agissait de ses contacts thaïlandais et pakistanais, Waen et Fajahat. Tous deux s'étaient mis d'accord avec Carlisle, les produits avaient été vendus aux États-Unis et fournis à la Thaïlande et au Pakistan. Dalmann doutait qu'ils y soient restés. La marchandise destinée à la Thaïlande avait sans doute été transbordée par la voie officieuse, dans le golfe du Bengale, sur des navires des LTTE, et celle destinée au Pakistan avait vraisemblablement été embarquée, de manière tout à fait officielle, sur des paquebots pour Colombo.

Rien de tout cela n'était bien entendu de la compétence de Dalmann. Il avait seulement, et ce de manière tout à fait légale, mis son savoir-faire à disposition moyennant une commission adaptée. S'il ne l'avait pas fait, un autre s'en serait chargé. Cette somme-là aussi était du reste déposée sur un compte dans une banque de moindre envergure mais plus solide que la première.

Des revenus accessoires qui ne le rendaient pas riche, mais qui le poussaient tout de même à trouver que ses extravagances n'étaient pas si déraisonnables que cela.

40

Vers vingt et une heures, deux petits avions s'envolèrent du nord en direction de Colombo. Dans leur cockpit se trouvaient deux *Black Air Tigers*, le colonel Rooban et le lieutenant-colonel Siriththiran. Ils avaient décollé d'une route située dans la zone de combat encerclée. Rooban avait laissé une lettre dans laquelle il exhortait la jeunesse à se rallier aux Tigres de Libération.

Ils se séparèrent peu avant d'être arrivés au-dessus de la capitale. L'un des appareils se dirigea vers la base aérienne de Katunayake, l'objectif de l'autre était le commandement de l'Armée de l'air, au centre de Colombo.

À vingt et une heure vingt, les lumières s'éteignirent à Colombo. On entendit quelques sirènes.

Maravan se trouvait justement dans une boutique d'alimentation tamoule lorsque l'information tomba. On entendit soudain des cris de joie et des applaudissements dans l'arrière-salle. Le propriétaire arriva en courant dans la boutique et hurla :

– Nous avons bombardé Katunayake et Colombo ! Rien n'est perdu !

Maravan avait acheté du riz sali, du poivre long et du sucre de palme ; il attendait à la caisse le moment où il pourrait payer. Mais clients et personnel étaient engagés dans une discussion sans fin. Katunayake et Colombo ! Bombardés !

Et l'armée qui n'arrête pas de dire que les Tigres sont vaincus ! Rien n'est perdu !

Maravan rejoignit le propriétaire de la boutique.

– Totalement vaincus, il disait, Rajapakse, totalement vaincus ! couinait celui-ci.

– Je peux payer, s'il vous plaît ? demanda Maravan.

– Et il a dit que Prabhakaran avait quitté le pays ! Sans laisser de trace. Sur Internet, on voit une photo de lui avec les deux pilotes ! Tiens !

– Je peux, payer, s'il vous plaît ?

– Ça ne te rend donc pas heureux ?

– Je serai heureux quand ce sera la paix.

Le lendemain, Maravan mena jusque tard dans la nuit des expériences avec de la fumée de cannelle pour son *smoker*. Lorsqu'il laissa de nouveau entrer l'air froid par la porte du balcon de la cuisine, il entendit des cris de joie et des applaudissements au-dessus de lui. Il sortit sur le balcon et leva les yeux vers la fenêtre de l'étage supérieur.

Sur le balcon de la cuisine de l'appartement d'à côté se tenait Murugan, le père de famille forcé de fumer ses cigarettes sur le balcon. Lui aussi avait les yeux vers le haut.

– Encore une attaque aérienne ? demanda Maravan.

– *Slumdog Millionaire.*

– *Slumdog Millionaire ?*

– Un film sur un jeune garçon de Mumbai qui habite dans les slums et gagne un million dans un show télévisé. Il rafle tous les Oscars. Et chaque fois, les Ratnams sont fous de joie.

– Les Ratnams ne sont pourtant pas hindous ?

– Plus hindous que Suisses, comme nous tous.

Dalmann ne se préoccupait ni des événements au Sri Lanka ni de la cérémonie des Oscars. C'était un homme d'affaires, et Dieu sait que les affaires lui donnaient suffisamment d'émotions.

Sa banque, pour le salut de laquelle il invoquait le ciel chaque soir de la semaine, avait demandé au gouvernement l'autorisation de transmettre les dossiers de trois cents clients, des citoyens américains accusés de fraude fiscale. C'était le dernier clou sur le cercueil du secret bancaire.

On annonçait la faillite de Saab, le constructeur automobile suédois, propriété de General Motors, un groupe qui avait déjà bien été atteint par la crise. Cela ne le surprenait pas, il n'avait jamais eu beaucoup d'estime pour ces euphémismes sur roues destinés aux intellectuels ; mais que le gouvernement ait laissé faire lui donnait à réfléchir.

L'Allemagne avait annoncé un programme de relance de cinquante milliards d'euros, hissant l'endettement de l'État à des niveaux records.

Et il ne manquait plus que ceci :

Le coup de sonnette de Schaeffer le fit sortir du lit, où il serait volontiers resté à s'enivrer encore un peu du parfum de Makeda.

Il le fit attendre une heure avant d'arriver, douché, rasé et sentant un peu trop bon dans la salle du petit déjeuner, où son collaborateur était assis devant un thé et deux guirlandes d'épluchures de pommes.

– Qu'est-ce qu'il y a de si urgent ? demanda Dalmann en guise de salutation.

Il pressentait que ce n'était pas une simple manière de parler.

– Les opposants aux exportations d'armes.

– Qu'est-ce que j'en ai à faire ?

– Ils ont débusqué Waen.

– Et alors ?

– Une fuite. Ils ont su qu'il avait acheté les obusiers envoyés aux États-Unis.

– Il n'y a rien d'illégal là-dedans, tu le sais aussi bien que moi.

– Mais ils ont découvert qu'il fournissait les Tigres tamouls.

– C'est son problème.

– Heureux que tu prennes les choses avec autant de décontraction.

– Ça n'est pas ton cas ?

– Ils vont le publier dans leur feuille de chou, un de nos amis journalistes qui aura le nez creux va aller y fouiner, et dans ce cas-là il n'est pas exclu que quelqu'un tombe sur toi.

– À propos de Waen ?

– À propos de Carlisle. Tu as servi d'intermédiaire pour son achat.

– Admettons…

Dalmann se donnait l'air insouciant. Mais ils savaient tous les deux qu'il ne pouvait pas se permettre d'être cité à propos d'une affaire de ce type.

Schaeffer se leva.

– Je voulais juste te prévenir.

– Holà, pas si vite.

Schaeffer se rassit.

– Qu'est-ce que nous pouvons faire ?

– Pas grand-chose.

– C'est-à-dire ?

Schaeffer fit mine de devoir réfléchir longtemps.

– Nous pourrions peut-être faire en sorte que cette histoire soit pilotée par un média sur lequel nous pouvons exercer un peu d'influence.

Dalmann hocha la tête. Un média comme celui-là, il n'y en avait qu'un.

– Et comment comptes-tu t'y prendre ?

– Je leur donne le tuyau sur Carlisle. À condition qu'ils te laissent en dehors du coup.

Ce type était bon. Agaçant, mais un bon.

– Et comment comptes-tu empêcher qu'un autre journaliste enquête ?

– Les journalistes n'enquêtent pas sur les révélations de leurs collègues. Ils les recopient.

Schaeffer prit congé, et Dalmann, à peu près tranquillisé, s'attaqua à son petit déjeuner.

41

Peu avant onze heures du matin, Andrea appuya sur la sonnette portant l'initiale « M. » de l'immeuble résidentiel où logeait Makeda. Elle l'avait attendue en vain pendant toute la nuit. Makeda lui avait certes dit qu'elle était réservée par Dalmann, mais normalement cela ne durait jamais jusqu'au matin.

Elles étaient aussi convenues de ne jamais s'attendre, de ne jamais compter fermement l'une sur l'autre. Il fallait que chacune de leurs visites soit une bonne surprise. Mais, comme entre tous les amants, il y avait beaucoup de conventions entre elles. Et comme tous les amants, il arrivait qu'elles ne s'y tiennent pas.

Ne pas poser de questions était l'une de ces conventions. Elles voulaient avoir des secrets l'une pour l'autre. Pas des grands, pas des importants. Juste les secrets qui ne concernaient pas l'autre.

Mais Andrea n'y parvenait pas toujours. Elle ne posait pas de questions, mais il arrivait qu'elle dise, plus pour elle-même que pour Makeda : « Je n'aimerais pas savoir ce que tu as encore fait pendant la moitié de la nuit. »

Makeda ne répondit jamais à aucune de ces questions rhétoriques. Et elle n'en posa jamais non plus à Andrea.

La voix ensommeillée de Makeda résonna dans l'interphone :

– Ouiiii ?

– C'est moi, Andrea.

Makeda appuya sur le bouton de la porte de l'immeuble et, lorsque l'ascenseur arriva au quatrième, elle l'attendait derrière la sienne.

Andrea la salua d'un baiser furtif et entra.

– Café ? demanda Makeda.

Jusque-là, Andrea était furieuse : mais en voyant son amie si belle, si gracieuse, si détendue, sa colère se dissipa.

– Eh bien d'accord, dit-elle en répondant à son sourire.

Makeda prépara deux espressos, les posa sur la petite table basse entre les fauteuils, s'assit en face d'Andrea et croisa les jambes.

– Dalmann, dit-elle avec le geste de jeter quelque chose.

– Ça fait un peu beaucoup, répondit Andrea en imitant le mouvement de la main. Dalmann, je veux dire.

– Il paie bien et n'est pas fatigant.

– C'est un vieux dégueulasse qui fait des affaires louches. C'est lui qui a organisé la soirée avec le Hollandais et le manager, celle où ils ont pris des photos.

– D'où tiens-tu cela ?

– Le Hollandais était accompagné par le second couteau de Dalmann.

– Schaeffer ? Oh, comme c'est intéressant !

– Je sais que c'est contre nos accords. Mais ça me fait suer que tu passes autant de temps avec Dalmann. Ça me répugne.

– C'est mon métier, de passer du temps avec des hommes qui répugnent les autres femmes.

– Il y en a suffisamment d'autres.

– C'est un bon client de Kull. Il dit que ça fait marcher les affaires.

Andrea eut l'air malheureux.

– Ah, Makeda, dit-elle. C'est tellement difficile.

Makeda eut un instant de pitié :

– Je n'ai encore jamais baisé avec lui.

Andrea attendit qu'elle continue.

– Il ne peut pas. Il est cardiaque. Il bouffe mille cachets par jour. Et il picole, en plus.

– Qu'est-ce que vous faites, alors ?

– Question interdite.

– Je sais. Alors, quoi ?

– On parle. On mange. On regarde la télé. Comme un vieux couple.

– Et c'est tout ?

Makeda éclata de rire.

– Parfois il veut me regarder quand je me déshabille. Et je dois faire comme si je ne le remarquais pas. C'est un voyeur.

– Répugnant.

– Allons, allons. C'est de l'argent facilement gagné.

Andrea se leva, se dirigea vers Makeda et l'embrassa avec passion.

42

L'hebdomadaire *Vendredi* avait repris l'information des opposants aux exportations d'armes et révélé le trafic d'obusiers réformés sous la manchette « La ferraille-connexion ».

À côté de photos de blindés et d'un graphique présentant le golfe du Bengale avec de nombreux navires et beaucoup de flèches, on trouvait en bonne place deux petits encarts avec des photos de l'homme d'affaires américain Carlisle et de son partenaire thaïlandais Waen. Les informations sur les deux hommes étaient parcimonieuses, mais on apprenait tout de même ceci : Carlisle, mandaté par l'entreprise qui les produisait, avait acheté les blindés pour une bouchée de pain et en toute légalité auprès des autorités responsables de la destruction ou du retour des marchandises dans leur pays d'origine, et les avait vendus au Thaïlandais Waen *via* les États-Unis, en empochant certainement au passage un bénéfice considérable. Waen avait ensuite acheminé les tanks dans son pays natal.

Là, on perdait la trace des M-109, mais on pouvait penser qu'ils avaient été revendus et chargés dans l'un de ces navires auxquels on donnait le nom de « grands magasins flottants » qui livraient leurs clients dans le golfe du Bengale. Jusqu'à la chute récente des villes portuaires de Mullaitivu et de Chalai, les principaux acheteurs avaient été les LTTE.

Dalmann, satisfait, posa *Vendredi* à côté de son assiette de petit déjeuner et prit le quotidien. La veille, peu avant le premier cours de gymnastique, le toit d'un gymnase s'était effondré à Saint-Gall sous le poids de la neige. Personne n'avait été blessé.

Sandana était en poste au guichet numéro douze. Andrea ne l'avait reconnue qu'au deuxième regard dans son corsage d'uniforme assorti d'un foulard mièvre.

Sur les sièges du centre d'accueil, les clients attendaient leur numéro à la main, levant les yeux chaque fois que bourdonnait la sonnerie et que le numéro figurant sur le panneau indicateur sautait d'un chiffre.

Andrea avait tiré plusieurs numéros qui ne se suivaient pas, au cas où elle ne serait pas appelée au bon guichet.

Si elle était là, elle le devait une fois de plus au don qu'elle avait pour se mêler de la vie des autres. Makeda comptait profiter d'une soirée de liberté pour lui préparer un repas éthiopien et avait évoqué, en passant, l'idée d'y inviter aussi Maravan et son amie.

L'idée avait plu à Andrea, mais elle était presque certaine que Maravan déclinerait l'invitation. D'abord parce qu'il continuait à refuser de dire que Sandana était son amie. Ensuite, parce que, s'il ne désapprouvait pas la relation d'Andrea avec Makeda, c'est parce qu'il ne voulait pas en entendre parler.

Maravan était accablé par la situation de son pays. Mais Andrea supposait que tout n'allait pas pour le mieux non plus dans sa relation avec Sandana. Et son métier de « cuisinier du sexe », comme il se surnommait parfois avec amertume, ne le rendait pas heureux non plus.

Un dîner à quatre aiderait peut-être à améliorer l'ambiance au travail.

Elle était donc ici pour forcer la main à Maravan. Elle comptait inviter Sandana et le placer ensuite devant le fait accompli.

Le premier des numéros qu'elle avait pris fut attribué au guichet douze. Sandana la reconnut, elle se rappela même son nom.

– Qu'est-ce que je peux faire pour vous ?

– C'est privé, dit Andrea. Mon amie fait un repas éthiopien demain, j'aimerais vous y inviter, vous et Maravan.

Sandana eut l'air un peu embarrassé.

– Venez, je vous en prie.

– Maravan veut aussi que je vienne ?

Andrea n'hésita pas une seconde :

– Oui.

– Dans ce cas je viendrai volontiers.

– Nous nous en réjouissons tous.

Les contreforts de l'ouragan Emma s'étaient abattus sur le pays au cours de l'après-midi. Les rafales continuaient de temps en temps à faire vaciller les bougies dans l'appartement plein de courants d'air d'Andrea. Ils étaient assis autour de la table, Makeda et Andrea fumaient, Sandana et Maravan buvaient du thé. Ils nageaient dans cette ambiance agréable où vous plonge un bon repas.

C'était une assemblée élégante qui s'était retrouvée en cette nuit de tempête. Makeda portait un tibeb brodé descendant jusqu'au sol, Sandana un sari bleu clair, Andrea une robe de soirée au décolleté profond, et Maravan les avait toutes surprises en passant un costume et une cravate.

Lorsque Andrea l'avait invité, il avait refusé sans hésitation.

– Dommage, avait dit Andrea, Sandana vient aussi.

– Je ne peux pas imaginer une chose pareille. Sandana est une jeune fille tamoule convenable.

Andrea sourit.

– Dans ce cas il serait peut-être plus avisé que tu l'accompagnes.

Jusqu'ici, il n'avait pas regretté d'être venu. Le repas lui avait plu. Ce n'était pas si différent de chez lui. C'était aussi piquant, et on préparait aussi les plats avec des oignons, de l'ail, du gingembre, de la cardamome, des clous de girofle, du curcuma, du fenugrec, du cumin, du piment, de la noix de muscade et de la cannelle.

On faisait aussi la cuisine avec du ghee. Si ce n'est qu'il s'appelait *niter kibeh* et était épicé.

Et l'on mangeait aussi sans couverts. Et même sans vaisselle. La table, recouverte de papier blanc, était couverte d'injeras, de grandes galettes de pâte aigre à la farine de teff, une sorte de millet que l'on ne cultivait pratiquement plus qu'en Éthiopie. Les mets étaient posés à même les galettes, dont les invités déchiraient des morceaux avant de les enrouler autour de leur bouchée comme s'ils confectionnaient de grands joints comestibles.

– Chez nous, il nous arrive de faire une seule injera, grande comme une nappe. Mais avec les cuisinières d'ici, ça n'est pas possible, avait expliqué Makeda.

La compagnie aussi était plaisante. Aucune des craintes de Maravan ne s'était concrétisée. Sandana n'était choquée ni par le fait que les hôtesses étaient en couple ni par la profession de Makeda, qui ne resta pas bien longtemps mystérieuse. Les trois femmes se comportaient sans aucune gêne les unes avec les autres, comme de vieilles copines. Maravan se détendit.

L'absence de préjugés dont faisait preuve Sandana avait aussi aidé Maravan à se départir de ses propres réserves envers Makeda. Et le repas y avait contribué. Quand on faisait la cuisine comme ça, on ne pouvait pas être foncièrement mauvais.

Mais, à un moment, les femmes abordèrent un sujet qui perturba la décontraction de Maravan.

– Maravan dit que, chez vous, ce sont les parents qui décident qui vous épousez ?

C'est Andrea qui avait posé la question.

– Hélas, soupira Sandana.

– Et comment les parents trouvent-ils celui qu'il faut ? demanda Makeda.

– Par le biais de membres de la famille, de relations, parfois en passant par des agences spécialisées, ou encore par Internet. Et quand ils ont trouvé un mari envisageable, il faut encore que l'horoscope concorde, et la caste, et ainsi de suite.

– Et l'amour ?

– L'amour passe pour une marieuse peu fiable.

– Et vous deux ? demanda Makeda.

Sandana regarda Maravan qui étudiait la table devant lui. Elle secoua la tête.

Un coup de vent agita la fenêtre et gonfla un peu le rideau.

– Ici, tu peux épouser qui tu veux, constata Andrea.

– C'est vrai. Si tu te moques de faire une mauvaise réputation à ta famille et de ruiner les possibilités de mariage de tes frères et sœurs. (Après une brève pause, Sandana ajouta :) Et de briser le cœur de tes parents.

– Et ton cœur à toi ? demanda Andrea.

– Il passe après.

Pendant un bref instant, on n'entendit plus que le lointain battement d'une fenêtre avec laquelle les rafales jouaient leurs mauvais tours. Puis Makeda demanda :

– Et toi ? Comment se fait-il que tu aies pu partir de chez toi ?

Ce fut alors au tour de Sandana de baisser les yeux. Elle dit à voix basse :

– Chez moi le cœur ne passe pas après.

Dans le silence confus qui suivit, Makeda dit d'une voix encourageante :

– Mais on n'est pas forcé d'être mariés pour partager le même lit.

– Dans ce cas mieux vaut ne pas te faire prendre. C'est tout aussi grave que de se marier entre membres de deux castes différentes. Cela jette l'opprobre sur toute la famille. Y compris celle qui est restée au Sri Lanka. (Sandana marqua une brève pause avant d'ajouter, d'un ton amer :) Cela dit, au train où vont les choses, il n'y aura bientôt plus personne sur qui jeter l'opprobre.

– Encore un peu de thé ou autre chose ? demanda Andrea, l'air badin.

Maravan lança un regard interrogateur à Sandana. Si elle avait dit oui, il aurait lui aussi repris du thé.

Mais Sandana ne dit ni oui ni non. Elle prononça des mots auxquels personne ne s'attendait :

– On n'écrit rien sur cette guerre, la télévision ne diffuse pas d'images sur cette guerre, les politiciens ne parlent pas de cette guerre et, manifestement, elle ne convient pas non plus à une conversation de table, cette guerre !

Sandana s'était mise debout devant sa chaise et fronçait ses beaux sourcils. Maravan lui posa la main sur l'épaule et Andrea prit une mine coupable.

– C'est une guerre du tiers-monde, dit Makeda. Moi aussi, j'ai été chassée par une guerre du tiers-monde dont on n'a strictement rien dit. Les guerres du tiers-monde ne sont pas un sujet pour le monde industrialisé.

– Un sujet, non, une bonne affaire, oui.

Sandana attrapa le sac à main accroché au dossier de sa chaise, le fouilla un peu et en sortit une feuille de papier pliée. C'était l'article sur la « ferraille-connexion » qu'elle avait déchiré dans l'hebdomadaire *Vendredi.*

– Là, dit-elle en tendant les pages à Andrea. On vend ces blindés bons pour la casse, ils partent au Sri Lanka après quelques détours. Mais les gens qui tentent d'échapper à cette guerre, on ne les croit pas, eux, lorsqu'ils disent être en danger.

Andrea commença à lire l'article ; sa compagne regardait par-dessus son épaule.

– Eux, je les connais, dit Makeda en désignant les photos de Waen et Carlisle.

Andrea et Sandana la regardèrent avec étonnement.

– Eux ? Mais d'où ? demanda Andrea.

Makeda roula des yeux.

– Vous avez droit à trois réponses.

Maravan se leva et regarda la page un peu froissée. Andrea la lissa des deux mains, Makeda alluma la lampe au-dessus de la table. Un Asiatique à lunettes et un Américain replet dirigeaient leur regard vers eux.

– Aucun doute. Et vous savez qui a arrangé le rendez-vous ? (Makeda n'attendit pas que quelqu'un suggère un nom.) Dalmann et Schaeffer.

– Pardonnez-moi de m'être mal comportée, dit Sandana.

Ils étaient sous l'abri d'une station de tram, sur la ligne douze. Sandana devait changer ici, Maravan avait interrompu son trajet pour attendre le tram avec elle. Il faisait froid, et le vent continuait à lancer de furieuses rafales.

– Vous ne vous êtes pas mal comportée. Vous aviez raison.

– Qui sont Dalmann et Schaeffer ?

– Des clients.

– À vous ou à Makeda ?

– Les deux.

– Pourquoi avez-vous pris le nom *Love Food ?*

Durant toute la soirée, Andrea avait utilisé ce nom comme si c'était une marque connue de tous, une sorte de McDonald's ou d'Hippopotamus. Maravan avait été étonné que Sandana n'ait pas posé la question pendant le repas.

– C'est tout de même un beau nom, répondit-il.

Sandana sourit.

– Allons, Maravan, dites-moi donc.

Il regarda dans la direction d'où devait venir le tram. Rien à l'horizon.

– Eh bien, je cuisine… fit-il en cherchant ses mots, des menus stimulants.

– Qui stimulent l'appétit ?

Maravan ne savait pas si elle se fichait de lui.

– D'une certaine manière, oui, répondit-il avec gêne.

– Et où avez-vous appris cela ?

– Auprès de Nangay. Nangay m'a tout appris.

Une bourrasque balaya les casiers à journaux et fit tournoyer les quelques exemplaires d'un quotidien gratuit qui n'avaient pas trouvé preneur. Le tram de Sandana délivra Maravan.

Lorsqu'elle monta, elle lui donna un timide baiser sur la bouche. Avant que la porte ne se referme, elle dit :

– Vous me cuisinerez aussi quelque chose, un jour ?

Maravan acquiesça en souriant. Le tram démarra. Tout à l'arrière de la rame, Sandana lui faisait signe.

Mars 2009

43

Une source non précisée avait lancé *Vendredi* sur la piste de Jafar Fajahat. Dans sa toute dernière édition, les lecteurs du magazine découvraient l'odyssée de quelques blindés hors d'âge, passés par les États-Unis avant d'arriver au Pakistan, le plus important fournisseur d'armes de l'armée sri-lankaise.

Une fois de plus, l'article était illustré par des photos de Steven X. Carlisle et Waen. Ce qui était nouveau, c'était le portrait d'un Pakistanais moustachu répondant au nom de Kazi Razzaq. *Vendredi* indiquait qu'il faisait partie de l'entourage de Jafar Fajahat, lequel avait joué un rôle central dans l'affaire du nucléaire.

Les légendes étaient un peu tape-à-l'œil : « Waen, fournisseur des Tigres de Libération », « Razzaq, fournisseur de l'armée », « Carlisle, fournisseur des uns et des autres ».

– Pourvu que ça marche, gémit Dalmann lorsque Schaeffer lui apporta le journal.

Et cela marcha. La presse quotidienne reprit l'information, elle fut aussi diffusée par les médias électroniques, mais personne ne semblait trouver le moindre intérêt à creuser le sujet.

Le reste de l'information favorisa aussi un peu Dalmann : dans l'Alabama, aux États-Unis, un tireur fou avait abattu onze personnes, dont sa mère, avant de mettre fin à ses jours.

Le lendemain, à Winenden, un faubourg de Stuttgart, un garçon de dix-sept ans avait abattu douze personnes dans son ancien lycée, dont trois passants, avant de mettre fin à ses jours.

Pas plus tard que le lendemain, le gouvernement suisse acceptait les normes de l'OCDE, ce qui signifiait la fin du secret bancaire, comme l'avait prédit Dalmann.

Le transfert d'une poignée d'engins de guerre bon pour la casse vers un théâtre d'opérations un peu négligé par la presse avait perdu beaucoup de son actualité.

Ils se retrouvèrent sur le banc le plus reculé de la partie couverte du quai numéro huit. C'est Sandana qui avait proposé le point de rendez-vous, en expliquant qu'elle voulait pouvoir discuter au calme. Elle apporterait aussi le déjeuner : pour chacun d'eux, deux petits pains salés, un au fromage, un au jambon, une bouteille d'eau minérale plate et une pomme.

Maravan arriva le premier. Un peu plus loin, là où s'arrêtait le toit, l'asphalte luisait d'humidité. Une pluie fine et incessante s'était mise à tomber avant le lever du jour.

De l'autre côté des rails, beaucoup de voyageurs étaient en attente, mais de son côté le quai était désert. Le dernier train venait tout juste de partir, le suivant arriverait plus tard. Sandana n'avait rien laissé au hasard.

C'est alors qu'elle arriva, en pantalon et uniforme de la gare, revêtue de sa veste molletonnée. Maravan se leva de son banc, ils échangèrent leurs petits baisers habituels et s'assirent.

Il la regarda de côté. L'expression de son visage était celle qu'il lui avait vue à la fête de Pongal : rebelle et résignée. Elle lui tendit la dernière édition de *Vendredi*.

– Page douze, dit-elle seulement.

Maravan lut l'article et étudia la photo de Kazi Razzaq, à côté de celles, qu'il connaissait désormais, de Waen et de Carlisle. Lorsqu'il eut terminé, il tourna les yeux vers Sandana, qui l'observait avec impatience.

– Alors ? demanda-t-elle.

– Des trafiquants d'armes, répondit-il avec un haussement d'épaules. Ces gens-là ne s'embarrassent pas avec la morale.

– Ça, je m'en doute. Mais les cuisiniers. Les cuisiniers devraient tout de même se demander un peu pour qui ils cuisinent…

C'est à cet instant seulement qu'il comprit où elle voulait en venir.

– Vous dites ça à propos de ce Dalmann ?

Sandana confirma d'un geste résolu de la tête.

– S'il est en relation avec l'Américain et le Thaïlandais, il l'est certainement aussi avec le Pakistanais.

Maravan haussa de nouveau les épaules, un peu désemparé.

– C'est bien possible.

Sandana le regarda avec incrédulité.

– C'est tout ? Ce type est en relation avec des types qui fournissent les armes avec lesquels nos compatriotes s'entretuent et vous lui faites la cuisine ?

– Je ne le savais pas.

– Et maintenant que vous le savez ?

Maravan réfléchit.

– Je suis cuisinier, finit-il par répondre.

– Les cuisiniers aussi ont une conscience.

– La conscience, on ne peut pas en vivre.

– Mais on ne peut pas la vendre non plus.

– Vous savez ce que je fais de cet argent ? (La voix de Maravan trahissait son irritation.) Je soutiens ma famille et le combat de libération.

– Vous soutenez le combat de libération avec l'argent des trafiquants d'armes. Super !

Il se leva et la toisa, furieux. Mais Sandana lui prit la main et le ramena vers le banc. Il s'assit et attrapa le sandwich qu'elle lui tendait.

Ils restèrent un moment à manger sans rien dire. Puis il dit à mi-voix :

– Il n'a été notre client qu'une fois. C'est plutôt une sorte d'intermédiaire.

Sandana posa sa main légère sur le bras de Maravan.

– Excusez-moi. Moi non plus, je ne sais pas à qui je vends des voyages touristiques.

– Mais si vous le saviez ?

Sandana réfléchit.

– Je crois que je refuserais.

– Je crois que moi aussi, opina Maravan.

Makeda n'aurait peut-être eu aucune autre information sur la connexion pakistanaise si Dalmann n'avait pas une fois de plus réservé ses services pour l'une de ses « soirées tout à fait ordinaires à la maison ».

Il avait demandé à Lourdes de préparer un repas froid pour deux. En règle générale, elle composait ces en-cas avec un assortiment de charcuterie, du poulet rôti, des chipolatas grillés et un jambonneau de porc, que l'on appelait « gnagi » par ici, le tout servi froid avec de la salade de pommes de terre et de la salade verte. Il l'arrosait d'un vin de pays glacé de la région, arrondi avec quelques bouteilles de bière. Makeda en restait au champagne.

Ils mangeaient dans le séjour, ne parlaient pas beaucoup, zappaient d'un programme télévisé à l'autre et allaient se coucher de bonne heure.

Par cette soirée tout à fait normale, elle prit, pendant le repas télévisé, l'un des journaux posés sur un guéridon, et le feuilleta sans cesser de mâcher. Elle était passée sur les trois photos sans même y réfléchir. C'est quelques pages plus tard, seulement, qu'elle s'arrêta et revint sur les pages précédentes.

Elle connaissait deux des portraits : celui de Carlisle et celui de Waen. Le troisième, pas encore. Enfin : elle ne connaissait pas encore la photo, mais l'homme, si. C'était l'un des Pakistanais du repas à Saint-Moritz. Alors seulement, elle déchiffra la légende : il s'appelait Kazi Razzaq et était marchand d'armes.

Il les vendait à l'armée sri-lankaise. Et lui aussi, elle l'avait rencontré lors d'une soirée pour laquelle Dalmann avait servi d'intermédiaire. Dalmann et Schaeffer, son étrange collaborateur.

Elle regarda de l'autre côté, vers Dalmann. Assis, penché en avant, sur un canapé, il désossait son gnagi en respirant lourdement.

– S'il pouvait t'étouffer, marmonna-t-elle.

Dalmann se tourna vers elle, le sourire aux lèvres.

– Qu'est-ce que tu as dit, *darling* ?

– Je te souhaitais un bon appétit, *honey*.

Elle respecta le cérémonial, se leva tout d'un coup, dit : « Je te devance », l'embrassa sur le front, monta l'escalier qui menait à la chambre à coucher, et laissa, comme par mégarde, la porte à peine entrouverte.

Dalmann la suivit sans faire de bruit et la regarda, par l'entrebâillement, se déshabiller avec une lenteur excitante et passer dans la salle de bains, dont elle laissa également la porte ouverte. Il la vit se doucher, se savonner, se rincer, se sécher et s'enduire d'une abondante couche de crème.

Mais cette fois, elle ne lui laissa pas le temps de sortir discrètement de la chambre avant qu'elle ne revienne. Elle sortit sans prévenir de la salle de bains, le tira jusqu'au lit par sa cravate et le poussa sur le matelas.

– Maintenant je vais te croquer tout cru, menaça-t-elle avant de le déshabiller.

Elle ne ménagea pas ses efforts, et ils furent couronnés de succès. Mais dès que Dalmann voulait la pénétrer, il perdait tous ses moyens.

Elle continua ses tentatives, douce, grossière, fervente, souple, et pour finir impérieuse et décidée. Chaque fois avec le même résultat. Elle finit par abandonner et se laissa retomber dans les oreillers en poussant à voix basse un juron qu'il ne comprit pas.

Dalmann passa à la salle de bains, prit sa douche et revint en pyjama.

– Foutus cachets de merde, grogna-t-il. Autrefois ça ne m'arrivait jamais.

– Eh bien, arrête donc de les prendre.

Alors, déployant les connaissances et la fierté de celui qui avait survécu à la chirurgie, il lui donna tous les détails sur son stent qui élargissait l'artère rétrécie responsable de son infarctus, afin d'éviter qu'elle ne se bouche de nouveau. Et sur les cachets et les poudres qui bridaient sa tension, faisaient battre son cœur régulièrement et permettaient à son sang de circuler sans entraves.

Makeda l'écouta avec beaucoup de compassion. Lorsqu'il eut terminé, elle dit :

– Pourquoi est-ce qu'on n'essaie pas avec un *Love Menu* ?

Pourquoi pas, en effet ? se dit Dalmann. Il se releva et alla chercher au réfrigérateur une petite bière pour la nuit.

44

Assis devant son ordinateur, Maravan tentait d'entrer en contact avec sa sœur. Quitte à devoir attendre, il regarda les nouvelles en provenance de la zone de combats. Le front s'était réduit à une petite bande de rivage sur la côte orientale. Dans ce secteur se trouvaient enfermés, outre les combattants des LTTE, quelque cinquante mille femmes, hommes et enfants. On manquait de nourriture, d'eau, de protection contre la pluie, de médicaments, d'installations sanitaires. Chaque missile, chaque obus de mortier blessait et tuait des civils.

Aucune des parties en guerre ne se souciait des appels internationaux réclamant un sauf-conduit pour les réfugiés ou l'interdiction des combats dans les zones fortement peuplées de réfugiés.

Il était impossible d'avoir des détails sur la situation. Aucun journaliste n'était admis sur le terrain des opérations.

La liaison fut enfin établie. La sœur de Maravan avait la voix découragée et apathique. Elle égrena le nom d'amis, de parents et d'amis morts ou disparus. La situation alimentaire était mauvaise. On n'arrêtait pas de retenir les convois aux checkpoints, parfois pendant des jours. On confisquait des marchandises. L'accès maritime à la péninsule était contrôlé par la marine sri-lankaise.

D'Ulagu, aucune trace.

Elle avait honte, dit-elle, de devoir déjà lui redemander de l'argent.

Elle n'avait pas à avoir honte, l'assura-t-il. Il aurait presque ajouté que sa honte à lui était bien suffisante.

Thevaram et Rathinam, les deux hommes des LTTE, avaient mis un terme à leurs visites surprise chez Maravan. Ils pouvaient désormais attendre tranquillement ses dons spontanés.

– Vous vous trouvez dans une situation difficile, avait dit Thevaram lors de leur dernière rencontre. Vous gérez une activité de restauration à domicile. Il vous faudrait pour cela une autorisation que vous n'avez pas et qu'on ne vous donnera sans doute pas. Vous touchez l'argent du chômage bien que vous gagniez suffisamment, plus que suffisamment. Mais vous ne pouvez pas y renoncer, craignant que, dans ce cas, une administration quelconque vous demande de quoi vous vivez. Vous êtes donc contraint d'accepter cet argent. Cela ne soulagerait-il pas votre conscience si, au moins, vous donniez pour une bonne cause cet argent acquis illégalement ? Et par-dessus le marché, vous aideriez votre neveu.

Depuis cet entretien, Maravan, lorsqu'il avait touché ses allocations, déposait au bazar Batticaloa une enveloppe fermée portant les lettres « Th » pour destinataire.

Andrea ne savait rien de tout cela. Il aurait d'ailleurs continué à le passer sous silence si la réunion de planification de *Love Food* s'était déroulée autrement.

Car Andrea convoquait des réunions. Il n'y voyait rien à redire, cela présentait des avantages. On n'avait pas à parler du calendrier et des commandes pendant les préparatifs d'un repas ou un trajet en voiture. Ce qui le dérangeait en revanche, c'était que ces conclaves se déroulaient presque toujours chez Andrea et que Makeda y assistait de plus en plus souvent. Il estimait qu'elle devait séparer les affaires et la vie privée, et puis il lui était désagréable d'aborder les questions financières devant des tierces personnes.

Lors d'une réunion de ce type, dans le bureau désormais aménagé, Andrea lui annonça qu'elle avait l'intention de partir deux semaines en voyage avec Makeda.

– Et qui est censé te remplacer ? demanda-t-il.

– Je me disais que tu demanderais peut-être à ton amie…

– Sandana ? Tu es devenue folle.

– Pourquoi ? Elle est jolie et pas idiote.

– C'est une femme tamoule. Une femme tamoule ne travaille pas dans le milieu du sexe.

Makeda n'avait encore rien dit. Cette fois, elle éclata de rire :

– Une femme éthiopienne non plus.

– Et un homme tamoul ? demanda Andrea.

– Non plus, admit Maravan.

– Alors pourquoi le fais-tu ?

– Parce que j'ai besoin de cette foutue monnaie.

Andrea sursauta : Maravan ne haussait pas le ton d'habitude.

– Dans ce cas, nous décommandons toutes les dates, et tu prends des vacances aussi, proposa-t-elle.

– Je ne peux pas me le permettre, maugréa Maravan.

– Nous avons gagné beaucoup d'argent, tout de même. Tu as certainement assez d'argent de côté pour deux semaines.

C'est cette phrase qui poussa Maravan à révéler sa situation.

Les deux femmes avaient écouté en silence. Andrea finit par constater :

– Ce qui signifie qu'on te fait chanter.

– Pas seulement. Ils m'aident aussi.

– Comment cela ?

Maravan parla d'Ulagu. Il leur raconta que son neveu avait voulu s'engager dans les *Black Tigers*, et que les deux hommes avaient empêché qu'il y soit admis.

– Et tu les crois ?

C'est Makeda qui posa la question.

Il n'y eut pas de réponse.

– Ne fais jamais confiance à quiconque envoie des enfants à la guerre.

Maravan ne disait toujours rien.

– Les hommes, dit Makeda en faisant mine se de glisser un doigt dans la gorge. Pardonne-moi, Maravan. Les hommes, la guerre et l'argent. Ça me donne envie de vomir.

Andrea prit la balle au bond.

– Et pourtant tu passes des nuits entières avec un homme dont les relations d'affaires fourguent des armes aux Tigres de Libération et à l'armée sri-lankaise.

Makeda se leva sans un mot et quitta la pièce. Andrea resta assise, l'air buté.

– Dalmann ? demanda Maravan au bout d'un moment.

– Bien entendu.

– Il est aussi mouillé avec le Pakistanais ?

Andrea acquiesça.

– Toi aussi. Tu lui as fait la cuisine.

– À Saint-Moritz. (Ce n'était pas une question. C'était la confirmation d'un mauvais pressentiment.) Mais je ne le savais pas.

– Maintenant tu le sais. Et Makeda le sait aussi. Et maintenant ?

– Je ne lui ferai plus la cuisine.

– D'accord. Et quoi d'autre ?

Makeda était revenue sans se faire remarquer. Elle portait son manteau, un foulard, des gants.

– Et toi ? demanda Andrea. On fait comment avec Dalmann ?

– On attend.

Elle embrassa Andrea sur la joue, cajola le crâne de Maravan et s'en alla.

45

Une froide nuit de tempête, de la pluie mêlée à de la neige. Il y avait cinq minutes à pied depuis la station de tram. Maravan avait enfoui les poings dans les poches de sa veste en cuir et rentré entre les épaules sa tête coiffée d'un bonnet de laine.

C'était donc vrai : Dalmann était en relation avec les gens qui livraient des armes à l'armée et aux Tigres de Libération. Et pourquoi aurait-il été en relation avec eux s'il n'était pas compromis dans leurs affaires ? Sandana avait raison : l'argent qu'il envoyait à sa famille provenait peut-être des bénéfices que faisait un homme en aidant les compatriotes de Maravan à s'entretuer. Et il était possible que l'argent avec lequel il soutenait les LTTE vienne des LTTE, qui le tenaient pour leur part de gens comme Maravan…

Tout se mit à tourner dans sa tête. Il était arrivé à l'arrêt du tram, mais il continua à marcher. L'idée de s'asseoir à présent dans une rame comme si de rien n'était le plongea dans la panique.

La rue était déserte. Des voitures passaient devant lui à grands intervalles. Les immeubles se dressaient face à lui, sombres, volets et rideaux fermés. Maravan marchait vite et à grands pas. Comme un criminel en cavale, se dit-il. Et c'était exactement ce qu'il ressentait.

Il lui fallut près d'une heure pour arriver chez lui, trempé et à bout de souffle. Il mit son poêle à mazout en marche, passa un sarong et une chemise propre, alluma la dîpam devant l'hôtel domestique, sonna avec la cloche du temple et fit sa *puja*.

Lorsqu'il l'eut terminée, il savait ce qu'il avait à faire. Dès le lendemain, il irait présenter sa démission à Andrea. Refuser de travailler pour Dalmann ne suffisait pas. Des Dalmann, dans ces milieux-là, il y en avait beaucoup. S'il voulait être certain de garder les mains propres, il devait arrêter.

Il informerait Thevaram et Rathinam qu'il abandonnait immédiatement son service de restauration et qu'il avait de nouveau besoin de ses allocations.

Il était plus d'une heure du matin, mais Maravan était trop énervé pour aller se coucher. Il alluma son ordinateur et alla chercher les sites consacrés à la guerre civile.

Les LTTE avaient proclamé un cessez-le-feu unilatéral. Le ministre sri-lankais de la Défense avait qualifié cette annonce de « plaisanterie ». « Il doivent se rendre, disait-il. Ils ne se battent pas contre nous, ils fuient devant nous. »

Le site du ministère de la Défense avait mis en ligne un *« Final Countdown »* qui permettait d'établir combien de kilomètres carrés restaient encore aux Tigres de Libération. Et aux milliers de réfugiés qui se trouvaient encore tout près d'eux. Il n'y en avait même plus trente.

Pour prouver que, contrairement à leurs dires, les LTTE continuaient à recruter des enfants soldats, l'un des sites progouvernementaux avait publié une photo. On y voyait deux soldats dans la végétation que la mousson avait saturée de vert. Ils portaient des treillis, avaient leurs fusils d'assaut en bandoulière et regardaient avec indifférence l'objectif de l'appareil. Au fond, palmiers et bananiers formaient une paroi dense. Une trouée la traversait. Les chaînes des blindés avaient labouré le sol ramolli.

Aux pieds des soldats, les corps de quatre gamins étaient adossés à un tronc d'arbre. Leur tête était posée sur l'épaule, comme s'ils faisaient un petit somme. Ils portaient des tenues de combat dont le motif différait un peu de celui des soldats.

Maravan agrandit la photo. Il poussa un gémissement sonore.

L'un des quatre était Ulagu.

Maravan passa le reste de la nuit devant son autel domestique, à prier, à méditer et à somnoler. À quatre heures et demie, il s'assit devant son moniteur et composa le numéro de la boutique à Jaffna. Il était huit heures là-bas, à présent elle était ouverte.

Chaque fois, un disque lui indiquait que toutes les lignes étaient occupées et qu'il devait réessayer plus tard. Au bout d'une demi-heure, le propriétaire de la boutique décrocha.

Maravan lui demanda d'envoyer quelqu'un chercher sa sœur, Ragini. Il dut lui promettre cinq mille roupies de pourboire lors du prochain virement pour le faire accepter. On lui demanda de rappeler deux heures plus tard.

Ce furent deux heures de torture. L'image d'Ulagu ne cessait de lui revenir. Celle d'un petit bonhomme effrayé qui avait toujours besoin d'un peu de temps pour être en confiance. Celle d'un gamin sérieux qui ne voulait jamais jouer, jamais faire l'idiot, mais tout savoir sur la cuisine. Il avait toujours vu Ulagu rire lorsqu'il avait réussi quelque chose de difficile pendant une préparation ou une cuisson. Ou lorsqu'il goûtait un plat et que celui-ci avait le goût espéré.

Il n'avait encore jamais rencontré un enfant qui ait su, si petit, ce qu'il voulait devenir. Et à ce point persuadé de le devenir un jour.

Au bout de deux heures, précisément, il rappela. Le propriétaire de la boutique décrocha et le mit immédiatement en relation avec sa sœur.

– Ragini ?

– Oui, dit-elle d'une voix sourde.

– Ragini, sanglota-t-il.
– Maravan, sanglota-t-elle.
Ils pleurèrent ensemble, à huit mille kilomètres de distance, accompagnés par le chant statique du *world wide web*.

46

Andrea était allée chercher Makeda le soir même et l'avait convaincue de revenir. Maravan était déjà parti et elles s'étaient réconciliées. Mais, dès ce matin-là, elles s'étaient de nouveau un peu disputées.

Andrea avait apporté le petit déjeuner au lit et, au moment où les choses commençaient à devenir vraiment agréables, elle avait dit :

– À partir de maintenant, le nom de Dalmann est tabou, d'accord ?

Makeda sourit et répondit :

– Pas si simple, il veut un *Love Menu*.

Andrea la dévisagea, l'air stupéfait.

– Chez lui, dans son appartement. Avec moi.

– J'espère que tu lui as dit qu'il n'en était pas question.

– Non, je ne le lui ai pas dit. Ça passe par Kull, tu le sais bien.

– Dans ce cas, c'est *moi* qui le dirai à Kull.

Andrea avait posé son croissant déjà entamé sur son assiette et avait croisé les bras. Makeda continuait tranquillement à manger.

– Il ne l'acceptera pas si simplement. Il dit que Dalmann est un gros client. Un intermédiaire important, qui lui apporte des clients.

– Et moi je suis un fournisseur important.

Makeda lui passa le bras sur les épaules.

– Allez, petite, un peu de professionnalisme. Il n'y arrivera pas, tout l'art de Maravan n'y fera rien.

– Mais il essaiera, dit Andrea, boudeuse.

– Je l'espère, dit Makeda d'une voix déterminée.

– Et qu'est-ce que tu en espères ?

– Que ça le fasse claquer, répondit-elle, la mine sombre.

Andrea, effrayée, scruta sa compagne. Makeda se mit à rire et lui donna un baiser.

Au même instant, on sonna à la porte de l'appartement.

– Je n'attends personne, dit Andrea sans faire mine de se lever.

On sonna de nouveau. Et encore. Andrea se leva, furieuse. Elle passa un kimono et se dirigea d'un pas ferme vers la porte.

– Oui ? aboya-t-elle dans l'Interphone.

– C'est moi, Maravan.

Il était déjà devant la porte de l'appartement. Elle ouvrit et le laissa entrer.

– Tu as une de ces têtes !

Les cheveux de Maravan étaient hirsutes. Il ne s'était pas rasé, ce qui, compte tenu de sa pilosité, lui donnait l'air d'avoir une barbe de trois jours. Des ombres profondes se creusaient sous ses yeux et il n'avait plus le même regard. Quelque chose s'y était éteint.

– Qu'est-ce qui s'est passé ?

Au lieu de répondre, il hocha la tête sans dire un mot.

– J'arrête, laissa-t-il échapper.

Elle sut aussitôt ce qu'il voulait dire, mais demanda tout de même :

– Comment ça, tu arrêtes ?

– À partir de ce jour, je ne cuisine plus pour *Love Food.*

Makeda se tenait à présent à la porte de la chambre. Elle avait noué un drap au-dessus de sa poitrine et fumait.

– Ton neveu ? demanda-t-elle.

Il baissa la tête.

Makeda le rejoignit et le prit dans ses bras. Andrea vit les épaules de Maravan se mettre à tressaillir. Puis le tressaillement s'empara de son dos. Et soudain un bruit s'échappa de sa poitrine. Une note élevée, plaintive, étirée, qui ne cadrait pas du tout avec ce grand homme tranquille.

Le visage de Makeda se tordit alors à son tour. Ses yeux s'emplirent de larmes, et elle cacha en sanglotant son visage au creux de l'épaule du cuisinier.

Une heure plus tard, Maravan s'était suffisamment calmé pour qu'elles puissent le laisser partir.

– On reparlera une autre fois de ta démission, dit Andrea devant la porte de l'appartement.

– Il n'y a plus rien à dire là-dessus.

– Au moins, ça résout le problème avec Dalmann, nota Makeda.

– Quel problème ?

– Dalmann voulait un *Love Menu*, expliqua Andrea. Avec Makeda. Chez lui, dans son appartement.

Maravan s'en alla. Mais, arrivé sur le palier, il se retourna et revint sur ses pas.

– Après Dalmann, j'arrête.

47

– Lorsque quelqu'un meurt d'une mort qui n'est pas naturelle, son âme insatisfaite ne trouve pas le repos et revient sans arrêt hanter notre monde.

– Vous croyez cela ? demanda Sandana.

Ils s'étaient rendus au point le plus éloigné de la ville que l'on pouvait atteindre en tram et, de là, étaient allés se promener dans la forêt voisine. Il faisait froid, il avait neigé jusqu'à huit cents mètres d'altitude. Maravan avait espéré rencontrer la neige : depuis sa promenade hivernale en Engadine, il avait parfois la nostalgie de ce silence blanc. Mais tout était vert ou brun. Il fallait que le vent déchire la brume d'altitude pour qu'il puisse attraper au vol un morceau de colline et de forêts au blanc scintillant.

– C'est ce que l'on m'a enseigné. Je n'ai jamais douté de la religion. Je ne connais personne qui en doute.

Sandana portait avec sa veste matelassée un bonnet de laine rose vif qu'elle avait profondément enfoncé sur sa tête et qui lui donnait un air puéril. Il était encore renforcé par le fait qu'en dépit de la gravité du sujet elle continuait à expirer la bouche grande ouverte en observant, fascinée, le nuage de vapeur qu'elle émettait.

– Moi, si. Quand on grandit ici, on apprend à douter.

Maravan réfléchit.

– Ça doit être difficile.

– De douter ?

Il hocha la tête.
– Croire n'est pas simple non plus.
Un couple d'un certain âge vint vers eux. La femme qui, jusque-là, faisait la leçon à l'homme, cessa de parler. Maravan et Sandana, eux aussi, interrompirent leur discussion. Lorsqu'ils furent à la même hauteur, ils lancèrent tous les quatre un *« Grüezi ! »*, le salut prévu par la loi tacite des promeneurs dans la forêt suisse allemande.
Ils arrivèrent à une patte-d'oie. Sans hésiter, Maravan choisit le chemin qui montait, en direction de la neige.
Ils continuèrent à marcher au même rythme. L'effort allongeait les pauses, d'abord entre les phrases, puis entre les mots.
– Tout le monde dit que la guerre sera bientôt terminée.
– Je l'espère, soupira Maravan.
– Perdue, ajouta-t-elle.
– Mais, au moins, terminée.
– Vous reviendrez ?
Maravan s'arrêta.
– Jusqu'ici, j'en étais sûr. Mais à présent, sans Nangay ni Ulagu… Et vous ?
– Revenir ? Je suis d'ici.
Le chemin donnait sur une clairière et décrivait une courbe douce. Lorsqu'ils furent en son milieu, un chevreuil se tint tout d'un coup sur le sentier. Il tourna la tête vers eux, effrayé, et partit en courant. Sur le plus haut point du talus, il s'immobilisa et les fixa.
– Peut-être Ulagu, dit Sandana.
Il la dévisagea avec surprise et lui sourit. Alors, il joignit le plat de ses mains devant son visage et s'inclina en direction du chevreuil. Sandana l'imita.
Du ciel blanc, au-dessus de la clairière, tombait à présent de la neige.

Avril 2009

48

Il était tout à fait possible de préparer la veille quelques-uns des éléments du menu dont la préparation prenait beaucoup de temps. Par exemple les pâtisseries érotiques, qui se conservaient bien au frais. Ou les feuilles d'urad, qui prenaient leur temps pour sécher et pour geler. On pouvait également garder sans difficulté dans de petits récipients étanches les essences sorties du rotovapeur.

Il vaquait à tous ces travaux lorsqu'on sonna à la porte de l'appartement. Il ouvrit. Dans la pénombre de la cage d'escalier se tenait Makeda, grande et souriante.

– Ne prends pas une mine aussi effrayée, à part la voisine du deuxième, personne ne m'a vue.

– C'est amplement suffisant, dit-il en la laissant entrer.

Elle ôta son manteau. Elle portait en dessous une robe éthiopienne traditionnelle.

– Je me suis dit que ça allait mieux avec le quartier.

– Qu'est-ce que tu veux ? demanda-t-il.

– Le mieux serait de ton thé blanc, je suppose que tu n'as pas de champagne chez toi.

Il n'avait certes pas posé la question dans ce sens-là et n'était pas certain non plus qu'elle l'ait vraiment comprise de travers, mais il hocha la tête. Elle le suivit dans la cuisine.

Elle jeta un coup d'œil sur les pâtisseries aux différents stades de leur préparation.

– Pour Dalmann et moi ?

Maravan hocha la tête et remplit la bouilloire d'eau.

– Je peux ?

Elle désigna l'une des petites chattes glacées aux pois chiches et au gingembre.

– Une seule, elles sont comptées.

Il sortit d'un placard deux tasses et des soucoupes, et les posa sur un plateau.

Makeda pêcha une pâtisserie et en mordit un morceau.

L'eau bouillait à présent, il la versa sur le thé et la précéda avec le plateau dans son petit séjour.

La dîpam brûlait devant l'autel domestique et dégageait exceptionnellement un parfum de santal. Maravan avait fait une offrande lors de sa dernière prière. Devant l'autel se trouvait la photo des enfants soldats morts. Makeda la regarda pendant que Maravan mettait la table pour le thé.

– C'est lequel ?

Maravan ne leva pas les yeux.

– Le premier à partir de la gauche.

– Un enfant.

– Il voulait devenir cuisinier. Comme moi.

– Il aurait certainement fait un bon chef.

– Certainement. (Maravan regarda la photo.) C'est tout simplement injuste, dit-il d'une voix fragile.

Makeda hocha la tête.

– J'avais une cousine. Elle voulait devenir infirmière. À dix ans, on l'a recrutée, et au lieu de guérir et de soigner, elle a dû apprendre comment on blesse et comment on tue avec une Kalachnikov. Elle n'a jamais eu ses douze ans.

Cette fois-ci, c'est la voix de Makeda qui se brisa. Maravan lui posa la main sur les épaules.

– Pour une Érythrée libre.

Elle voulut éclater de rire, mais cela ressemblait plus à un sanglot.

Ils s'assirent. Ils plongèrent tous les deux leurs lèvres avec prudence dans le thé encore beaucoup trop chaud. Makeda posa sa tasse et dit :

– Ce sont des gens comme Dalmann qui ont ces enfants sur la conscience.

Maravan balança la tête.

– Non. Ce sont ceux qui déclenchent ces guerres.

– Eux, ce sont les idéologues. Bien sûr, ils sont épouvantables, eux aussi. Mais pas autant que les fournisseurs. Ceux qui permettent les guerres en livrant les armes. Ceux qui gagnent de l'argent avec les guerres et qui les prolongent. Des gens comme Dalmann.

Maravan balaya cette idée d'un geste de la main.

– Dalmann, c'est du menu fretin.

Makeda hocha la tête.

– Mais c'est *notre* menu fretin.

Maravan se tut. Au bout d'une longue pause, Makeda dit avec énergie :

– Il représente tous les autres.

Maravan ne disait toujours rien.

– Tu dis que tu veux arrêter. Alors pourquoi fais-tu encore ce repas ? Justement celui-là.

– Je ne sais pas.

– Tu as quelque chose en tête, non ?

– Je ne sais pas… Et toi ? Pourquoi tu le fais ?

– Moi, je le sais.

À l'extérieur, le bruit de la sirène d'une voiture de police enfla et désenfla lentement.

– Dalmann est cardiaque, dit-elle.

– J'espère que c'est quelque chose de grave.

Makeda sourit.

– Il a fait un infarctus. Ils lui ont posé un petit tuyau dans une coronaire. Depuis, il doit surveiller sa tension et fluidifier son sang, sans quoi il en fera un autre.

Maravan resta silencieux et souffla dans son thé.

– Tu sais où il l'a faite, sa crise cardiaque ?

Maravan répondit par la négative, d'un geste de la tête.

Makeda fit retentir son rire insouciant, mais il paraissait un peu forcé.

– Au Huwyler. En plein coup de feu.

Maravan n'eut aucune réaction.

– Il faut qu'il s'économise. Pas de grands efforts. Ne jamais dépasser le seuil d'effort.

– Je comprends.

Makeda but une gorgée de thé.

– Tu peux aussi guérir les troubles de l'érection ? demanda-t-elle sans transition.

– Je pense, oui… Pourquoi ?

– Tu pourrais mettre quelque chose dans la nourriture qui l'aide à en avoir une ?

– Pas d'une seconde à l'autre. Mais avec le temps, oui.

– Il faudrait que ce soit d'une seconde à l'autre.

Maravan haussa les épaules, l'air navré.

– Il y a des produits qui agissent en une demi-heure.

– Je n'en ai pas, des produits comme ça.

– Moi, si, dit Makeda.

Lorsqu'elle quitta l'appartement, un quart d'heure plus tard, un blister contenant quatre cachets était posé à côté du service à thé.

Au milieu de la nuit, Maravan fut brutalement arraché à son sommeil. Il se tenait devant un mur épais, vert foncé et trempé par la pluie – la jungle. Soudain, des blindés sortirent du fourré, tournèrent, creusèrent de nouvelles trouées et s'éloignèrent jusqu'à ce que le bruit de leur moteur Diesel ne soit pratiquement plus audible. Derrière, il voyait à présent l'océan sombre et indifférent.

Maravan était réveillé. Il alluma la lumière. Les arbrisseaux de caloupilé à côté de son lit étaient aussi immobiles que des créatures vivantes saisies par l'effroi

Il regarda sa montre. Trois heures. S'il ne se levait pas maintenant pour se préparer un lait chaud avec de la cardamome et du curcuma, il ne s'endormirait plus avant l'aube.

Tout en attendant dans la cuisine que le lait soit à la bonne température, il réfléchit à la proposition de Makeda.

Lorsqu'il prit sa décision, le lait était devenu tiède.

49

– Dans les archives du Parquet ? Aussi simplement que ça ? Tu te fous de moi ?

Déjà habillé pour le dîner, Dalmann était assis dans son cabinet, derrière son bureau à ferrures de laiton et dessous de main en cuir vert incrusté d'or. L'équipe du *catering* avait déjà passé tout l'après-midi chez lui, et il avait encore voulu s'autoriser un petit sherry avant l'arrivée de Makeda. Et voilà que Schaeffer débarquait sans prévenir avec une urgence.

Et c'en était une, une vraie. Les saboteurs du Parquet fédéral avaient trouvé dans de quelconques archives tout un jeu de copies de ce dossier dit du trafic nucléaire que le Conseil fédéral avait fait détruire, avec un sens de l'anticipation dont il n'était pas coutumier et sous la pression des États-Unis. Et au lieu de le passer discrètement au broyeur comme l'aurait fait n'importe quelle personne à peu près raisonnable, ils allaient le crier sur tous les toits.

– On sait s'ils sont tous là ? Je veux dire : s'ils sont au complet ? Oh, et puis merde : cette putain de Palucron est citée ?

– Je n'en sais rien. Mais on peut s'y attendre. Tout ce que je sais, c'est qu'il y a quelques jours déjà des gens de l'Agence internationale pour l'énergie atomique sont venus évaluer les documents et ont trié les éléments brûlants et ceux qui l'étaient moins.

– La Palucron ne compte sans doute pas au nombre des éléments brûlants.

– Partons de cette hypothèse.

– Dans ce cas, que les flics du nucléaire embarquent le brûlant… et mettent le reste au broyeur.

– Je crains que ce ne soit le brûlant qu'on passe au déchiqueteur…

Dalmann n'apprécia pas cette rectification.

– Et qu'est-ce que tu envisages, Schaeffer ?

Il lança à son collaborateur un regard réprobateur, comme s'il attendait de lui la réparation immédiate d'une faute impardonnable.

– Il est encore trop tôt pour un pronostic. Je voulais juste que tu sois au courant. Et je ne voulais pas en discuter au téléphone, tu comprends.

– Dis tout de suite que je suis déjà sur écoute.

– Quand les services secrets sont dans le coup, on n'est jamais assez prudent.

On sonna.

– Ça doit être ma visite. Autre chose ?

Schaeffer se leva.

– Je te souhaite malgré tout une bonne soirée. Détends-toi. Je pense qu'on va s'en sortir à bon compte.

– Je ne peux que te le souhaiter, grommela Dalmann, mi-figue mi-raisin.

Lui aussi se leva et accompagna Schaeffer dans l'entrée, où Lourdes était en train d'aider Makeda à ôter son manteau. Même Schaeffer sembla remarquer quelle allure renversante elle avait.

Maravan avait déjà passé tout l'après-midi dans la cuisine incommode de cette maison spacieuse et pourtant étriquée. Il travaillait avec soin et concentration. Ulagu et Nangay se trouvaient dans la pièce, il le sentait très clairement. Ils le regardaient faire filer le couteau sur les tomates épépinées et coupées en tranches, transformer des oignons blancs en montagnes de tout petits dés, détacher en deux entailles les pousses vertes des gousses d'ail, mêler en une fine pâte la coriandre, le curcuma, le piment et le tamarin. Il leur montra les nouvelles techniques de cuisine, la gélification, la sphérification, le travail avec les mousses, l'extraction d'essences. Il leur parlait d'une voix douce et ne s'occupait pas d'Andrea, qui aurait volontiers défoulé sa mauvaise humeur sur quelqu'un d'autre.

La veille, Maravan s'était levé de bonne heure et avait acheté du Minirin dans la pharmacie voisine, grâce à l'ordonnance de longue durée qu'on lui avait établie pour Nangay. La pharmacienne s'était souvenue de lui et lui avait demandé avec empathie :

– Comment va votre tante ? Ou bien était-ce votre mère ?

– Ma grand-tante. En rapport avec les circonstances, avait répondu Maravan.

Dans la cuisine, il avait attentivement étudié la notice, cassé l'un des cachets et l'avait broyé dans son mortier le plus fin. Du bout du petit doigt mouillé, il avait ramassé quelques grains de cette poudre et l'avait goûtée. Elle était amère.

Il fit dissoudre la poudre dans un verre à digestif rempli d'eau. Celle-ci devint d'abord laiteuse, mais retrouva sa clarté peu après. Il la huma, replaça le verre devant lui et réfléchit.

Soudain, il se leva, se rendit dans la boutique d'alimentation de la rue parallèle et revint avec une bouteille de Campari.

Il broya dans son mortier un deuxième cachet et fit fondre la poudre dans le même verre, mais rempli de Campari. Avec le même résultat : d'abord laiteux, puis clair.

Maravan versa le Campari dans un deuxième petit verre, prit une gouttelette de chaque avec une pipette et goûta. Amer. Les deux.

Puis il broya une dose dix fois supérieure et la fit fondre dans cent cinquante millilitres de Campari. Dès que le liquide fut redevenu clair, il y incorpora un gramme et demi d'alginate.

Il tira le Campari trafiqué avec une seringue de cuisine et le fit tomber en gouttes régulières sur une solution de chlorure de calcium. Il alla repêcher les petites boules dans cette solution, les observa, les sentit, mais se garda de les goûter.

Dans une coupe, il pressa le jus d'une orange congelée, décora le verre avec une tranche d'orange finement découpée et laissa les petites boules rouges y flotter.

Le Campari à l'orange et au Minirin de Maravan.

Il huma son cocktail puis le versa dans l'évier. Il broya encore une fois des cachets dans le mortier. Cette fois pour le lendemain. Suffisamment pour trois Campari. Il avait entendu dire que Dalmann avait une bonne descente.

Maravan fut surpris par la sonnette. Si c'était Makeda, elle avait une demi-heure d'avance. Mais Andrea entra peu après dans la cuisine et leva l'alerte. C'était l'inévitable Schaeffer, pour reprendre l'expression d'Andrea.

Une bonne demi-heure plus tard, on sonna de nouveau.

– Elle est là, annonça sombrement Andrea.

Maravan prépara les apéritifs.

– Campari orange pour le monsieur. Et Makeda reste au champagne, bien entendu.

En réalité, Dalmann aurait préféré un Campari normal. Ou encore mieux, un Campari soda. Mais il n'était pas et n'avait jamais été un rabat-joie.

Il prit donc la coupe à cocktail sur le plateau de la jolie serveuse et la laissa lui expliquer la composition du drink.

– Caviar de Campari au jus d'orange pimenté avec tranche d'orange navel glacée. *Cheers.*

Dalmann attendit qu'elle ait quitté la pièce, leva son verre et trinqua avec Makeda qui buvait, comme toujours, du champagne. Elle le regarda par-dessus le rebord du verre et, d'un sourire, effaça la colère que lui avait inspirée la fumisterie du Parquet fédéral.

On reconnaissait à peine la chambre ou le *Master Bedroom*, comme il l'appelait. Hormis le lit et la table de chevet, on avait évacué tous les meubles. On avait décoré à l'exotique une table basse ronde, les sièges étaient des coussins et des oreillers.

– Ah oui, pour qu'on soit déjà couché, avait-il plaisanté lorsqu'ils étaient entrés dans la pièce, une fois qu'il s'était habitué à la lumière des bougies, l'unique éclairage.

Le cocktail avait un goût… amusant. Il n'était pas si facile à boire, ce tapis flottant de petites boules au Campari était glissant, il fallait tantôt les aspirer, tantôt les attraper du bout des lèvres. Makeda fit retentir son rire contagieux et Dalmann exagéra un peu ses efforts pour l'amuser.

À ce jeu, le verre fut vide en un instant, et il demanda :

– Tu crois qu'on pourrait avoir un peu de rab ?

Makeda ne comprit pas le mot, et il expliqua :

– Tu crois que je peux en avoir un autre ?

Elle fit sonner la petite cloche de temple.

Maravan était en train de préparer les amuse-gueule. Lorsqu'il ouvrit le flacon contenant l'essence de feuilles de caloupilé, de cannelle et d'huile de coco, quand il en fit couler quelques gouttes sur les minuscules chappatis à la farine de riz, le parfum de sa jeunesse lui revint aux narines. Et celui de la jeunesse d'Ulagu, à laquelle on avait mis un terme tellement prématuré.

Il fit une chose qu'il n'avait encore jamais faite : il glissa l'un des chappatis dans sa bouche, ferma les yeux et se livra ainsi entièrement au goût qui se déployait entre sa langue et son palais.

Andrea, qui attendait le signal de la cloche debout près de la porte, de mauvaise humeur, l'avait regardé faire.

– Je croyais qu'il y avait juste le nombre.

Maravan ouvrit les yeux, mâcha, avala et répondit :

– Ils suffiront.

La clochette retentit depuis le premier étage. Andrea prit les chappatis et monta l'escalier avec.

Lorsqu'elle revint dans la cuisine, la coupe à cocktail vide était sur le plateau.

– Il en veut encore un.

Maravan en mixa un deuxième.

Dalmann eut encore le temps d'apprécier les cordons de haricots urad en deux consistances et l'espuma gelé au safran et aux amandes dans leurs textures de safran. Puis Makeda dévala l'escalier sous le tintement bruyant de la cloche de temple.

– Il est en train de mourir, dit-elle avant de remonter en courant.

Maravan et Andrea le suivirent.

Dalmann était allongé dans les coussins et les tissus indiens. Sa main droite était crispée sur sa poitrine. Son visage blême et trempé reflétait l'éclat des bougies. Il avait les yeux écarquillés par la peur et tentait de respirer.

Makeda, Andrea et Maravan restèrent à distance et observèrent la scène. Aucun ne fit mine de s'approcher, chacun réfléchissait dans son coin.

Dalmann sembla vouloir dire quelque chose, mais il était tellement occupé à se battre pour retrouver son souffle et pour rester en vie qu'il n'y parvint pas. Parfois il semblait abandonner, fermait les yeux, ne respirait presque plus. Puis il se cabrait de nouveau et reprenait le combat.

– Il faudrait appeler quelqu'un, dit Andrea.

– Oui, il faudrait, confirma Makeda.

– Les urgences, au 144, compléta Maravan.

Mais aucun des trois ne bougea le petit doigt.

Lorsque le SAMU arriva, Andrea et Maravan étaient partis, emportant tout ce qui pouvait être mis en relation avec *Love Food*. Makeda avait appelé le 144 et attendu l'ambulance.

L'urgentiste ne put que constater la mort du patient. L'autopsie montra que le stent posé sur le malade huit mois plus tôt après un premier infarctus s'était bouché en dépit de la cardio-aspirine et du Plavix. Selon le médecin traitant, le Dr Hottinger, ces problèmes cardio-vasculaires étaient dus au mode de vie déraisonnable que le défunt avait continué à mener.

La déposition de la ressortissante britannico-éthiopienne Makeda F., qui avait fait la cuisine ce soir-là pour le défunt, confirma ce diagnostic. Corroboré par le taux d'alcoolémie du mort.

Hermann Schaeffer organisa pour Éric Dalmann des funérailles convenables auxquelles assistèrent un peu plus de personnes qu'attendu. Et il fit en sorte qu'une belle nécrologie paraisse dans *Vendredi.*

Les autres médias se contentèrent d'une brève. Pour l'heure, on n'avait encore mentionné ni le nom de Palucron ni les relations de Dalmann avec cette entreprise.

À Scilly Island, les narcisses fleurissent dès le mois de novembre. Et à présent, en avril, ils se dressaient toujours en petites touffes dans l'herbe qui ressemblait plutôt à une pelouse anglaise.

Andrea et Makeda avaient loué une chambre pour deux semaines dans un *bed and breakfast*. Chaque jour, elles allaient se promener sur un sentier étroit, le long de la côte, devant lequel les rochers se vautraient dans le ressac comme des animaux primitifs paresseux.

– Tu veux savoir pourquoi je n'ai pas aidé Dalmann ? demanda Andrea à brûle-pourpoint – jusqu'ici, elles avaient autant que possible évité d'aborder le sujet.

– Tu voulais qu'il meure ?

– J'étais tellement jalouse, confirma Andrea.

Makeda posa son bras sur ses épaules et la serra contre elle.

Elles continuèrent à marcher ainsi jusqu'à ce que le chemin, devenu trop étroit, les force à se séparer. Andrea marchait devant.

Elle entendit soudain la voix de Makeda derrière elle :

– Il fallait qu'il baise à mort.

Andrea s'arrêta et se retourna.

– Je croyais qu'il ne pouvait plus ?

– Je voulais lui faire prendre un stimulant, sans qu'il le sache.

– Comment ça ?

– J'avais demandé à Maravan de mettre des cachets dans son repas.

Andrea la regarda avec de grands yeux.

– Vous vouliez le tuer ?

– À titre d'exemple, pour tous ceux de son genre, acquiesça Makeda.

Andrea s'assit dans l'herbe tendre du bord du chemin. Son visage blême était devenu encore plus livide.

– C'est certainement ce truc qui a provoqué son infarctus.

Makeda s'assit à côté d'elle et sourit.

– Certainement pas. Maravan ne l'a pas mélangé à la nourriture.

– Comment peux-tu en être aussi sûre ?

– Il m'a rendu les cachets. Très discrètement, le soir même.

– Dieu soit loué !

Elles restèrent assises un bon moment et observèrent la mer tempérée par le Gulf Stream et les nuages qui s'accumulaient à l'ouest.

– Il existe peut-être tout de même une justice supérieure, dit Andrea, songeuse.

– Ça ne fait aucun doute, répondit Makeda.

50

Sur une plaque reposaient des moitiés de mangue et des quartiers d'ananas. Il avait séparé les mangues tout près du noyau, découpé un quadrillage dans leur chair jaune foncé et retourné leur intérieur vers l'extérieur. La chair tendre du fruit avait à présent l'air d'un blindage de dés aux angles tranchants.

Il avait laissé aux quartiers d'ananas leur décor de feuilles dures. Il avait utilisé un couteau bien affûté pour détacher de la peau écailleuse et du centre ligneux, avec un couteau affûté, la partie la plus tendre et la plus douce de la chair, puis il y avait fait des entailles en biais. Il avait ainsi obtenu de petits cubes d'ananas, qu'il avait décalés de telle sorte qu'ils dépassent tour à tour à gauche et à droite de leur nef. Ni l'un ni l'autre n'était particulièrement original, mais c'était joli et on pouvait le manger d'une main.

Maravan se tenait dans sa cuisine personnelle. On était au début de la matinée, le ciel annonçait la pluie, une journée grise et fraîche. La benne avait vidé les poubelles à grand fracas. Le silence inquiétant s'était, depuis, redéposé sur le bloc d'immeubles de la Theodorstrasse, ce silence qui régnait depuis le jour où le gouvernement sri-lankais avait proclamé sa victoire sur les LTTE. L'accès des zones de guerre était interdit aux journalistes, aux observateurs indépendants et aux organisations humanitaires. On n'avait aucune information fiable. Uniquement des rumeurs.

D'effroyables rumeurs qui parlaient de dizaines de milliers de civils assassinés, frappés par la famine et les épidémies. Des rumeurs qui évoquaient des crimes de guerre commis dans les deux camps. Ceux qui avaient des parents dans ce secteur attendaient avec inquiétude des nouvelles ou des signes de vie. Ceux qui recevaient de bonnes nouvelles n'osaient pas s'en réjouir, par respect pour ceux qui en avaient eu de mauvaises. Et au-dessus de tout cela planait l'incertitude sur ce qui se passerait ensuite. Pour eux là-bas, et pour eux ici.

Mais, une fois de plus, les événements avaient fait en sorte que ce drame ne fasse pas la « une » des journaux. Celles-ci étaient dominées par un sujet qui concernait tout le monde : la grippe porcine était apparue au Mexique et faisait redouter au monde une pandémie semblable à celle qui avait causé des millions de morts après la Première Guerre mondiale.

La veille, Maravan avait tourné une pâte liquide et épaisse à base de farine de riz, de lait de coco, de sucre et d'un peu de levain qu'il avait laissé fermenter pendant la nuit. Une demi-heure plus tôt, il y avait ajouté du sel et de la levure chimique. Il était temps, à présent, d'oindre la petite poêle chaude en demi-cercle avec un peu d'huile de coco.

Il la reposa, y versa deux cuillerées de pâte, attrapa la poêle par le manche sur la cuisinière et fit tourner son contenu de telle sorte qu'une couche remonte sur ses côtés. Il cassa un œuf et le versa au milieu de la pâte. Puis il remit la poêle sur le petit feu et la couvrit. Trois minutes plus tard, les bords du *hopper* étaient d'un brun croustillant et l'œuf était cuit. Il garda le *egg-hopper* au chaud dans le four et prépara le suivant.

Lorsqu'il apporta le plateau avec les *hoppers* parfumés, le chutney à la noix de coco, le thé et les fruits dans la chambre à coucher, l'obscurité y régnait toujours.

Mais la voix de Sandana était claire et éveillée lorsqu'elle demanda :

– Et à *moi*, quand est-ce que tu me prépareras un menu d'amour ?

– Jamais.

ANNEXE

Les recettes de Maravan

Les recettes de Maravan sont en partie inspirées par l'admirable livre de cuisine de Heiko Antoniewicz[1]. Heiko Antoniewicz a revu celles que l'on trouvera ci-dessous de façon à ce qu'on puisse les préparer soi-même et, là où cela nous paraissait nécessaire, le faire avec des ustensiles de cuisine moins coûteux. Les quantités indiquées pour les recettes du *Love Menu* valent pour deux personnes et dix plats. Celles du *Promotion Menu* sont destinées à quatre personnes.

1. Heiko Antoniewicz et Klaus Dahlbeck, *Verwegen kochen : Molekulare Techniken und Texturen*, Stuttgart, Matthaes Verlag, 2008.

Mini-chappatis à l'essence de feuilles de curry,
de cannelle et d'huile de coco
Cordons de haricots urad en deux consistances
Ladies'-fingers-curry sur riz sali à la mousse d'ail
Curry de jeune poulet sur riz sashtika
et sa mousse à la coriandre
Churaa varai sur son riz nivara
à la mousse de menthe
Espuma gelé au safran et à la menthe,
avec ses textures de safran
Sphères de ghee à la cannelle
et à la cardamome douce-amère
Petites chattes au poivre glacé, aux pois chiches
et au gingembre
Phallus gelés au ghee et aux asperges
Esquimaux au ghee de miel et de réglisse

Mini-chappatis à l'essence de feuilles de curry, de cannelle et d'huile de coco

65 g de farine de blé
40 ml d'eau tiède
1 cuillère à café de ghee

Travailler la farine et l'eau, de préférence à la main, pour en faire une pâte souple ; pétrir environ huit minutes. Couvrir la pâte avec un linge humide et laisser reposer une heure. Former avec les mains, préalablement couvertes de farine, de petites boules de pâte de la taille de billes. Saupoudrer un plan de travail avec un peu de farine, aplatir les petites boules de pâte et les étaler en fines galettes. Peu avant de servir, brunir les deux faces dans une poêle en fonte sans matière grasse.

Essence de feuilles de caloupilé, de cannelle et d'huile de coco

100 g d'huile de coco
9 feuilles de caloupilé frais
1 bâton de cannelle grossièrement pilé

Passer tous les ingrédients au rotovapeur à 55 °C pendant environ une heure. Pour obtenir l'essence, on peut utiliser ou bien le distillat du ballon supérieur, ou bien le concentré du ballon inférieur. Servir l'essence dans une pipette avec les chappatis.

Cordons de haricots urad en deux consistances

200 g de haricots à dal
150 ml de lait
50 g de yaourt
70 g de sucre candi
2 g d'agar-agar

Plonger les haricots au moins six heures dans le lait sucré. Mixer finement. Étaler la moitié de la masse sur une plaque de cuisson, couper en bandes longitudinales et faire sécher au four à 50 °C. Détacher encore chaud de la plaque et tourner pour donner la forme souhaitée. Réserver au sec. Mélanger l'autre moitié de la masse à l'agar-agar et chauffer à 90 °C. Mixer avec le yaourt et étaler en une fine couche sur une plaque de cuisson. Laisser refroidir et couper en bandes de largeur identique. Relier aux spirales sèches avant de servir.

Ladies'-fingers-curry sur riz sali à la mousse d'ail

10 g d'okras tendres (*ladies' fingers*)
2 piments verts finement coupés
1 oignon de taille moyenne finement coupé
¼ de cuillère à café de graines de fenugrec
½ cuillère à café de poudre de piment
½ cuillère à café de sel
5 à 8 feuilles de caloupilé fraîches

50 ml d'eau
50 ml de lait de coco épais

Laver les okras et les faire sécher à l'air ou avec du papier absorbant. Les couper en morceaux de 3 cm. Bien mélanger dans un faitout les okras, les piments, les oignons et toutes les épices. Ajouter de l'eau et faire cuire jusqu'à ce qu'il ne reste pratiquement plus de liquide. Mélanger et ajouter le lait de coco. Laisser cuire trois minutes supplémentaires. Faire réduire le liquide à petit feu.

Piédestal de riz
1 tasse de riz sali
2 tasses d'eau
Sel

Faire un peu éclater le riz à feu vif et couvrir d'eau. Laisser mijoter à couvert au four à 160 °C une vingtaine de minutes, sortir et détacher immédiatement avec une spatule en bois pour qu'il ne colle pas. Garnir un moule et mettre au chaud. Le moment venu, démouler et dresser le curry dessus.

Mousse d'ail
200 ml de fond de volaille bien dégraissé
1 gousse d'ail
1 jus de citron
2 g de lécithine de soja

Mixer finement deux parts identiques du fond avec les ingrédients et passer. Mélanger à la lécithine de soja, assaisonner et monter. Recouvrir un grand bol avec du film plastique pour éviter les projections et battre la mousse par-dessous. Faire entrer beaucoup d'air, puis laisser un peu stabiliser. Ne prélever que la mousse, avec une écumoire, et dresser.

Curry de poussins au riz sashtika avec mousse de coriandre

200 g de poussins découpés en bouchées
3 cuillères ½ de graines de coriandre
½ cuillère à café de graines de cumin
½ cuillère à café de poivre vert
1 piment rouge séché
1 gros oignon haché
¼ de cuillère à café de graines de fenugrec
1 pincée de curcuma
6 gousses d'ail
Sel à volonté
400 ml d'eau
½ cuillère à café de pâte de tamarin
6 à 8 feuilles de caloupilé fraîches
1 cuillère à soupe de lait de coco épais

Broyer finement les graines de coriandre et de cumin. Faire mijoter les poussins, les oignons, les graines de fenugrec, le curcuma, l'ail et le sel dans 300 ml d'eau à couvert. Dissoudre le mélange d'épices broyées et le tamarin dans 100 ml d'eau et ajouter à la cuisson avec les feuilles de curry et le lait de coco. Porter à ébullition, laisser bouillonner deux minutes et retirer du feu.

Podium de riz

1 tasse de riz sashtika
3 tasses d'eau
Sel

Préparation comme le riz sali ci-dessus.

Mousse de coriandre

200 ml de fond de volaille bien dégraissé
20 graines de coriandre
1 botte de feuilles de coriandre
2 g de lécithine de soja

Préparation comme la mousse d'ail ci-dessus.

Churaa varai sur son riz nivara à la mousse de menthe
250 g de steak de requin
200 g de noix de coco râpée
¼ de cuillère à café de curcuma
½ cuillère à café de poivre moulu
1 cuillère à café de cumin moulu
1 cuillère à café de sel
¼ de cuillère à café de piment en poudre (selon le goût)
1 cuillère ½ à soupe d'huile de coco
1 gros oignon haché
4 piments rouges séchés
½ cuillère à café de graines de moutarde
9 à 11 feuilles de caloupilé fraîches

Faire cuire le steak de requin à la vapeur et le laisser refroidir. Effiler et bien mélanger avec la noix de coco, le curcuma, le poivre, le cumin, le sel et (selon l'envie) la poudre de piment. Faire glacer les oignons à l'huile de coco dans la poêle. Ajouter les piments séchés, les graines de moutarde et les feuilles de caloupilé jusqu'à ce que les graines de moutarde sautent. Incorporer le mélange de requin et bien mélanger le tout à petit feu.

Podium de riz
1 tasse de riz nivara
3 tasses d'eau
Sel

Préparation comme pour le riz sali ci-dessus.

Mousse à la menthe
200 ml de fond de volaille bien dégraissé
1 botte de menthe coupée en fins morceaux
Un peu de lait écrémé
2 g de lécithine de soja

Préparation comme pour la mousse à l'ail ci-dessus.

Espuma gelé au safran et à la menthe, avec ses textures de safran

Textures de safran

200 ml d'eau minérale
80 g de sucre candi pulvérisé
2 g de poudre de safran
2 g de fils de safran
2 g d'agar-agar
1 feuille de gélatine ramollie et pressée
40 g de ghee

Réchauffer l'eau avec le sucre candi. Y dissoudre la poudre de safran et mélanger l'agar-agar. Porter à ébullition et incorporer la gélatine. Verser sur des plateaux de plastique chauffés et laisser refroidir. Découper des bandes de 2 cm de large. Recouvrir finement de ghee et y répartir les fils de safran. Enrouler et poser les cylindres sur le plateau de telle sorte qu'ils flanquent les espumas.

Espuma

300 ml de crème
3 g de poudre de safran
140 grammes d'amandes pilées
2 blancs d'œuf
1 cuillère à soupe de sucre candi pulvérisé
2 g de sel

Faire chauffer la crème à 60 °C et mixer finement les ingrédients, sauf le blanc d'œuf. Incorporer le blanc d'œuf et verser le tout dans un siphon de 0,5 l, gazer avec une cartouche et mettre au froid durant trois heures. Le moment venu, intégrer de l'azote dans un dewar et congeler une cuillère en métal. Pulvériser une noix de boule d'espuma sur la cuillère et rouler pendant vingt secondes dans le bain d'azote. Disposer entre les textures de safran et servir immédiatement.

Sphères de ghee à la cannelle et à la cardamome douce-amère

Garniture

200 ml d'eau de coco
40 g de ghee
2 chatons de poivre long
1 capsule de cardamome
1 pointe de couteau de cannelle en poudre
40 g de sucre de canne
0,5 g de gomme xanthane
2 g de lactate de calcium

Travailler dans le mortier le ghee et les épices jusqu'à obtention d'une pâte fine. Réchauffer la purée, passer et mixer sous l'eau de coco avec les texturants. Laisser un peu reposer jusqu'à ce que les bulles d'air se soient échappées. Réchauffer légèrement avant l'emploi.

Saumure

500 ml d'eau minérale
2,5 g d'alginate

Mixer les deux ingrédients et laisser reposer.
Avec une cuillère hémisphérique, former, dans la saumure, des boules à partir de la garniture. Tirer le ghee réchauffé dans une petite seringue à usage unique et pourvoir celle-ci d'une aiguille. Pratiquer une injection dans la saumure et injecter le ghee. Retirer l'aiguille et tourner immédiatement la sphère pour que le point de piqûre se ferme. Laisser infuser entre trois et cinq minutes. Rincer à l'eau claire et mettre au chaud à 60 °C sous un papier de cuisson transparent.

Petites chattes au poivre glacé, aux pois chiches et au gingembre

50 g de riz sali
300 ml de riz
2 cuillères à soupe de farine de pois chiche

1 cuillère à soupe de ghee
2 cuillères à soupe de sucre de palme
1 cuillère à soupe d'amandes hachées
1 cuillère à soupe de raisins secs
3 dattes
1 cuillère ½ à café de poudre de gingembre
¼ de cuillère à café de poivre noir moulu

Humidifier le riz avec le lait et piler en ajoutant constamment du lait jusqu'à la formation d'une pâte fine et humide. Ajouter 150 ml de lait, bien remuer. Passer le tout à travers une gaze fine et bien presser. Ajouter 50 ml de lait supplémentaire à l'extrait obtenu. Faire griller la farine de pois chiche dans le ghee, faire cuire dans le liquide avec le sucre et travailler à petit feu en remuant constamment pour obtenir une masse visqueuse. Ajouter les autres ingrédients et mélanger à petit feu deux à trois minutes. Étaler la pâte sur une plaque de cuisson et laisser refroidir. Couper en parts égales et modeler. Faire sécher au four à 60 °C.

Glaçage

100 g de sucre en poudre
1 cuillère à soupe de sirop de grenade

Mélanger les ingrédients pour glacer les biscuits. Laisser sécher jusqu'à éclat mat.

Phallus gelés au ghee et aux asperges

(Préparation avec des asperges fraîches. Maravan utilise des asperges déshydratées et réduit la décoction au rotovapeur.)

200 g d'asperges blanches épluchées
1 cuillère à soupe de sucre
1 pincée de sel
4 g d'agar-agar
1 g de chlorophylle
4 capsules de cardamome finement pilées
100 g de ghee

Plonger les asperges dans une casserole d'eau froide couverte et faire bouillir. Ajouter la cardamome et laisser infuser jusqu'à ce que l'asperge soit tendre. Mouliner en fine purée et passer. Réserver 4 cuillères à soupe et les mélanger à la chlorophylle. Mélanger 3 g d'agar-agar au reste de la masse, faire monter une fois à ébullition et incorporer la gélatine. Verser dans un moule plat et laisser refroidir jusqu'à ce que la masse soit modelable. Découper en bandes, les rouler dans du papier de cuisson et mettre à refroidir. Lorsqu'ils sont fermes, dérouler et découper ces boudins en longues tiges de 10 cm. Porter à ébullition le reste de la masse d'asperges avec 1 g d'agar-agar. Y plonger une extrémité de l'asperge gelée sur 2 cm jusqu'à ce que se forme un renflement vert. Mettre au froid. Inciser les têtes vertes avec une petite lame de telle sorte qu'elles aient l'aspect de têtes d'asperges. Servir avec une petite coupe à dip de ghee à la cardamome et au piment.

Esquimaux au ghee de miel et de réglisse

100 ml d'eau
20 g de pâte de réglisse
30 g de miel
30 g de ghee
0,5 g de gomme de xanthane
40 g de pistaches découpées en fines lamelles

Faire chauffer l'eau. Incorporer le miel et la pâte de réglisse. Mixer avec la gomme de xanthane et remuer le ghee dans la masse chaude. Disposer la masse sur une plaque couverte de papier de cuisson en cercles pourvus d'une pique en bois. Saupoudrer avec les pistaches et congeler. Sortir au moment de consommer.

Le Promotion Menu

Chappatis au caviar de cannelle et de caloupilē
Vivaneaux marinēs dans le curcuma
et son sabayon de molee en curry
Espuma gelē au curry de mangue
Côtelettes d'agneau de lait à l'essence de jardaloo
avec sa purēe d'abricots sēchēs
Tandoori de poussins fumē au bois de hêtre
sur sa gelēe de beurre de tomates
Kulfi à l'air de mangue

Mini-chappatis au caviar de feuilles de caloupilé, de cannelle et à l'huile de coco
(Préparation sans rotovapeur.)

40 ml d'eau minérale
4 feuilles de caloupilé fraîche
1 tige de cannelle
1 pincée de sucre
1 pincée de sel
120 ml d'eau de coco
1 g d'alginate
2 g de chlorure de calcium
500 ml d'eau
10 g de graisse de palme

Faire chauffer brièvement l'eau. Incorporer les épices et les laisser infuser une heure. Saler et sucrer. Passer le tout à travers un linge humide fin et bien presser. Le jus devrait produire 20 ml d'essence. Mélanger et rectifier avec l'eau de coco. Mixer au batteur en incorporant l'alginate. Laisser reposer jusqu'à ce que toutes les bulles d'air se soient échappées. Mélanger le chlorure à l'eau et réserver. Remplir une grande seringue avec la masse de curry et laisser goutter dans la saumure. Y laisser infuser une minute au maximum et rincer à l'eau claire. Bien laisser égoutter et servir tout de suite pour que les boules ne gèlent pas. Disposer sur les chappatis chauds et frotter dessus un peu de graisse de palme.

Jeunes vivaneaux marinés dans le curcuma avec leur sabayon en molee de curry

4 filets de jeunes vivaneaux sans arêtes
1 pointe de couteau de curcuma
Un peu de sel
60 ml de lait de coco fluide
Jus et zeste d'un citron

Entailler un peu les filets et les disposer les uns à côté des autres dans un moule. Mixer les autres ingrédients au batteur et disposer sur le poisson. Laisser mariner au moins six heures au réfrigérateur. Sortir et essuyer. Commencer à enrouler par le côté tête et fixer avec un pic de bois. Laissez cuire 12 à 15 mn à 60 °C au four sur une plaque légèrement huilée, en position d'air pulsé, afin qu'ils soient encore légèrement glacés.

Sabayon de molee de curry

1 petit oignon coupé en dés fins
1 petit piment coupé en dés très fins, sans pépins
1 gousse d'ail coupée en dés fins
10 g de dés de gingembre
20 g d'huile de coco
1 tomate bien mûre
5 grains de poivre pilés
2 clous de girofle pressés
1 capsule de cardamome
4 feuilles de caloupilé
Bouillon mariné des vivaneaux
300 ml de fond de poisson
50 ml d'huile de coco
1 g de gomme de xanthane
1 g de guarana

Faire suer les oignons avec les autres épices dans l'huile de coco jusqu'à ce qu'ils soient glacés. Couper les tomates en quatre et les faire étuver. Griller un peu jusqu'à ce que le parfum des épices se soit bien épanoui. Mouiller avec la marinade et laisser brièvement réduire. Incorporer le fond de poisson et réduire de nouveau à 300 ml au bain-marie. Passer finement et mélanger à l'huile de coco. Mixer la gomme de xanthane et le guarana à la moulinette. Verser dans un siphon de 0,5 l, gazer avec une cartouche d'azote et mettre au chaud à 60 °C dans le bain-marie. Dresser les filets avec le sabayon du siphon.

Espuma gelé au curry de mangue
(Maravan fait griller les épices séparément, puis les pile pour faire son propre mélange de curry.)

200 g de purée de mangue
150 g de crème
20 g de farine de pois chiche
10 ml de jus de gingembre
1 pointe de couteau de piment en poudre
1 pointe de couteau de cumin en poudre
1 pointe de couteau de poudre de curry du cachemire

Mixer brièvement tous les ingrédients, passer au tamis fin et verser dans un siphon de 0,5 l. Charger avec une cartouche d'azote et mettre au froid. Si besoin, pulvériser aussi dans une cuillère métallique prérefroidie à l'azote et tourner dans l'azote vingt secondes maximum. Servir tout de suite.

Côtelettes d'agneau de lait à l'essence de jardaloo avec sa purée d'abricots séchés
2 côtelettes d'agneaux avec os
200 ml de fond d'agneau
2 oignons coupés en dés fins
20 g de gingembre coupés en dés fins

2 gousses d'ail finement râpées
2 bâtons de cannelle
1 petit piment, broyé
Un peu de cumin
1 cuillère à soupe de ghee

Faire suer les oignons dans le ghee et y incorporer les épices. Griller légèrement jusqu'à ce que les huiles se séparent et sentent. Ajouter le fond d'agneau et réduire de moitié au bain-marie. Passer le fond au tamis fin et le mettre dans un sac de cuisson sous vide avec les côtelettes d'agneau. Sceller le sac et faire cuire quinze minutes au bain-marie à 65 °C. Sortir, essuyer et rôtir brièvement

Purée d'abricots secs
100 g d'abricots non traités dénoyautés
50 ml de jus d'orange
1 cuillère à soupe de vinaigre de vin
100 g d'oignons tendres

Tremper les abricots dans le jus d'orange et le vinaigre de vin. Faire chauffer avec les oignons et travailler en purée fine. Étaler la purée et servir les côtelettes d'agneau découpées en tranches. Dresser les pommes de terre et y verser un peu du jus du fond mijoté.

Tandoori de poussins fumé au bois de hêtre sur sa gelée de beurre de tomates
2 poussins désossés
1 gousse d'ail râpée
10 g de gingembre coupé en dés fins
1 piment coupé finement
8 grains de coriandre pilés
1 pointe de couteau de garam masala
Un peu de sel
Jus et zeste d'un citron
30 g de yaourt

Placer les poussins dans un sac de cuisson sous vide. Préparer avec les autres ingrédients une pâte fine et l'ajouter aux poussins. Sceller le sac et pocher vingt minutes au bain-marie à 65 °C. Sortir les poussins et les rôtir brièvement

Gelée de paprika au beurre de tomates

100 ml de jus de tomate
100 ml de jus de paprika rouge
20 g de ghee
2 g d'agar-agar
1 cuillère à café de sciure de bois de hêtre

Mixer les jus avec le ghee et l'agar-agar. Porter à ébullition et verser dans un moule rectangulaire. Réserver au froid deux heures puis couper des morceaux de la taille souhaitée. Réchauffer au four à 90 °C.
Dresser les poussins dans une coquille Saint-Jacques et préparer la gelée. Ajouter un peu du fond de pochage. Brûler la sciure à la pipe électrique et diriger la fumée sous la coquille Saint-Jacques. Fumer une minute au maximum puis servir immédiatement.

Kulfi à l'air de mangue

100 ml de lait
100 ml de crème
40 g de sucre
Un peu de jus de citron
1 pointe de couteau de cardamome
1 g de safran

Porter le lait à 60 °C et y faire chauffer le sucre. Y mixer également le jus de citron, la cardamome et le safran. Mélanger avec la crème et rectifier. Dans un récipient isolé, remuer la masse avec de l'azote pour en faire une glace crémeuse et donner immédiatement la forme de boules.

Air de mangue

200 ml de jus de mangue
Un peu de jus de citron
2 g de lécithine de soja
5 feuilles d'argent battu

Mélanger tous les ingrédients et continuer à incorporer de l'air au batteur. Attendre un peu que l'écume se stabilise, puis la prélever. Servir en même temps que la glace en décorant avec la feuille d'argent.

Remerciements

Je remercie Heiko Antoniewicz pour ses conseils, ses expériences, et pour avoir revu et corrigé les recettes des plats. Je remercie Lathan Suntharalingam pour son aide sur toutes les questions concernant la culture et la situation des Tamouls. Je remercie mon ami, le Pr Hans Landolt, de l'hôpital de canton d'Aarau, pour ses conseils médicaux diaboliques. Je remercie Mme Irene Tschopp et M. Can Arikan, du Bureau pour l'économie et le travail de la Direction des services économiques du canton de Zurich, Mme Bettina Dangel, du Bureau des migrants du canton de Zurich, M. Beat Rinz, de la Caisse d'allocations chômage de Zurich, le service des autorisations de police de la police municipale de Zurich et le Laboratoire cantonal de Zurich pour avoir répondu à mes questions avec amabilité et sans esprit bureaucratique. Je remercie M. Simon Plüss, directeur du service de contrôle des exportations et du matériel de guerre du secrétariat d'État à l'Économie SECO pour ses informations précises et détaillées. Je remercie Mme Verena Markus pour son aide et pour son livre *In der Heimat ihrer Kinder*, et Mmes Paula Lafranconi et Damaris Lüthi pour les contributions compétentes qu'elles y ont publiées. Je remercie M. Andreas Weibel, du Groupe pour une Suisse sans Armée (GSoA), pour les informations instructives qu'il m'a données sur l'exportation d'armes à partir de la Suisse.

Je remercie mon amie et lectrice Ursula Baumhauer pour sa collaboration comme toujours professionnelle, efficace et agréable. Je remercie mes enfants Ana et Antonio pour les petites perturbations pendant mon travail sur ce livre. Je remercie mon épouse Margrith Nay pour sa critique incorruptible, précise et créative. Je remercie les éditions Diogenes pour leur assistance pendant une période difficile.

*

Olivier Mannoni remercie sa consœur Dominique Vitalyos, traductrice du malayalam et de l'anglais, qui a eu la gentillesse de relire le manuscrit de cette traduction, et de lui faire partager depuis le Kerala un peu de ses vastes connaissances (bonjour au marapatti). Et il exprime toute sa gratitude à Francis Billault, à Autrèche, qui a déposé un moment sa toque ou son écharpe pour vérifier que les recettes de Maravan n'avaient pas subi de dommages techniques pendant leur nouveau voyage d'une langue à l'autre.

DU MÊME AUTEUR

Small World
Christian Bourgois, 1998
et « Points », n° P703
repris sous le titre
Je n'ai rien oublié
« Points », n° P703

La Face cachée de la lune
Christian Bourgois, 2000
et « Points », n° P960

Un ami parfait
Christian Bourgois, 2002
et « Points », n° P1118

Lila, Lila
Christian Bourgois, 2004
et « Points », n° P1355

Le Diable de Milan
Christian Bourgois, 2006
et « Points », n° P1820

Le Dernier des Weynfeldt
Christian Bourgois, 2008
et « Points », n° P2171

Business class
Christian Bourgois, « Suites », 2008

Allmen et les libellules
Christian Bourgois, 2011
et « Points », n° P2826

Allmen et le diamant rose
Christian Bourgois, 2012
et « Points », n° P3042

Le temps, le temps
Christian Bourgois, 2013
et « Points », n° P3237

Allmen et les dahlias

Christian Bourgois, 2014
et « Points », n° P4113

Allmen et la disparition de Maria

Christian Bourgois, 2015
et « Points », n° P4348

Montecristo

Christian Bourgois, 2015
et « Points », n° P4519

Éléphant

Christian Bourgois, 2017
et « Points », n° P4896

RÉALISATION : NORD COMPO À VILLENEUVE-D'ASCQ
IMPRESSION : BLACK PRINT
DÉPÔT LÉGAL : OCTOBRE 2018. N° 140851-2
Imprimé à Barcelone